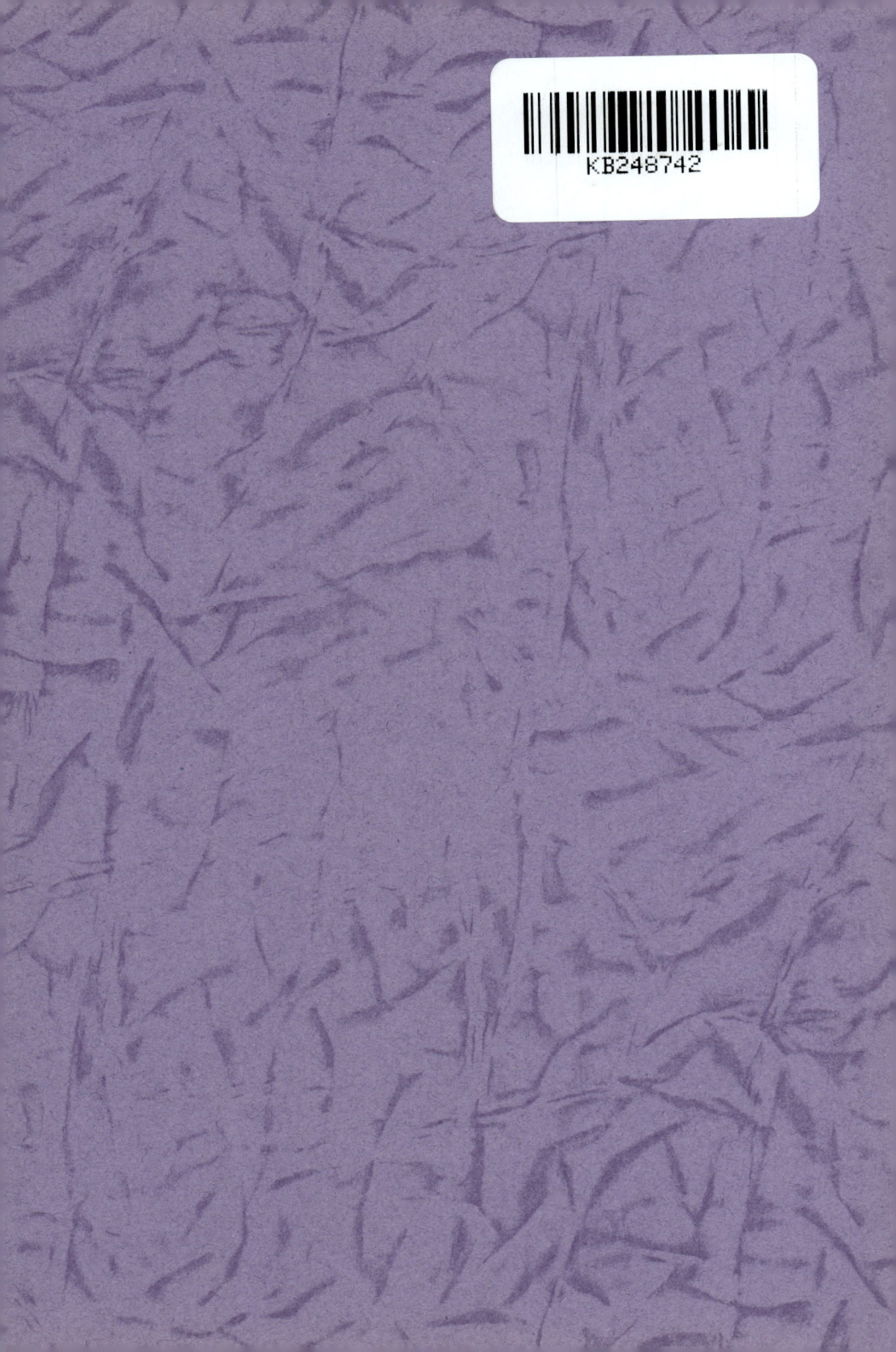

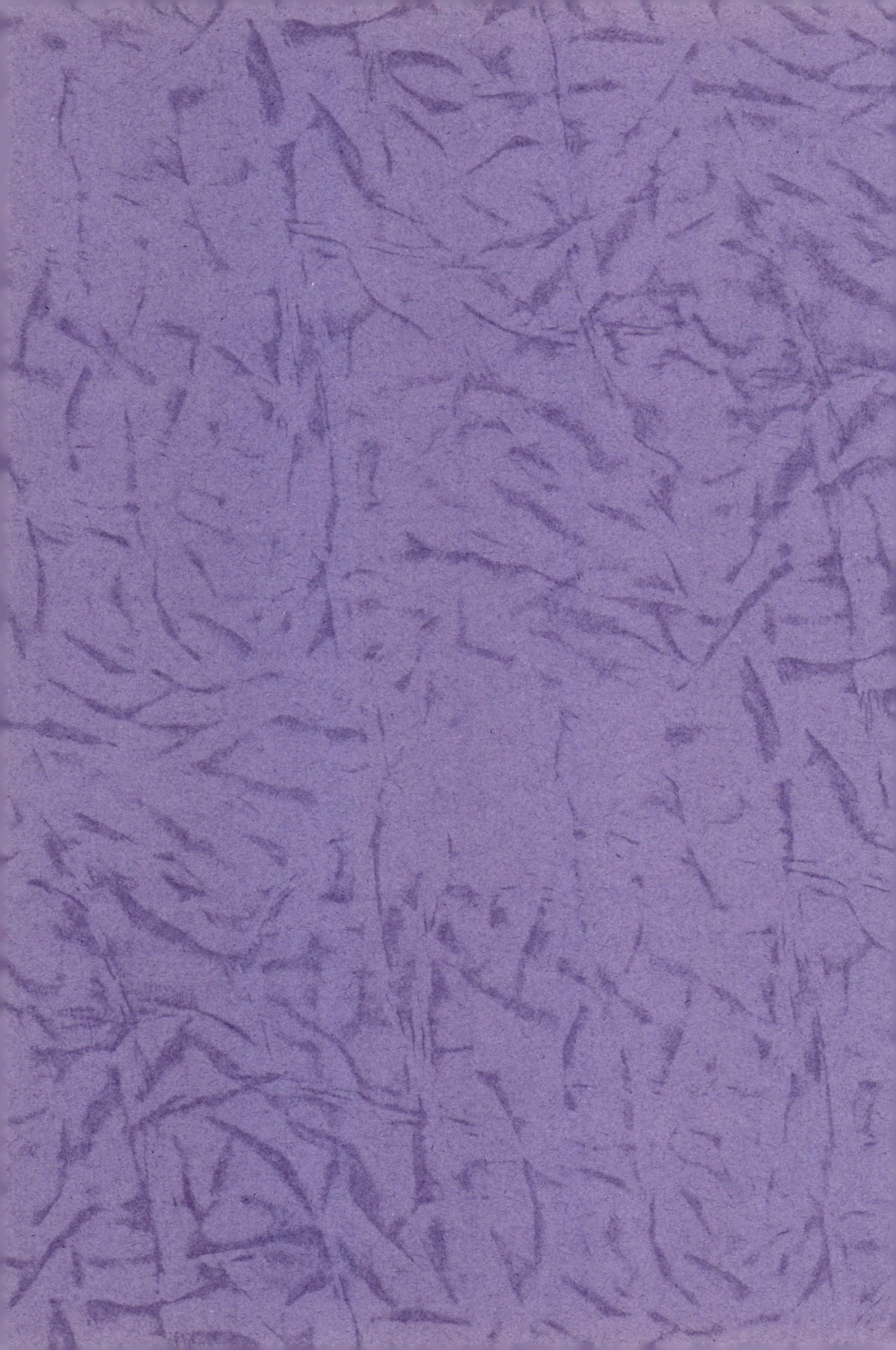

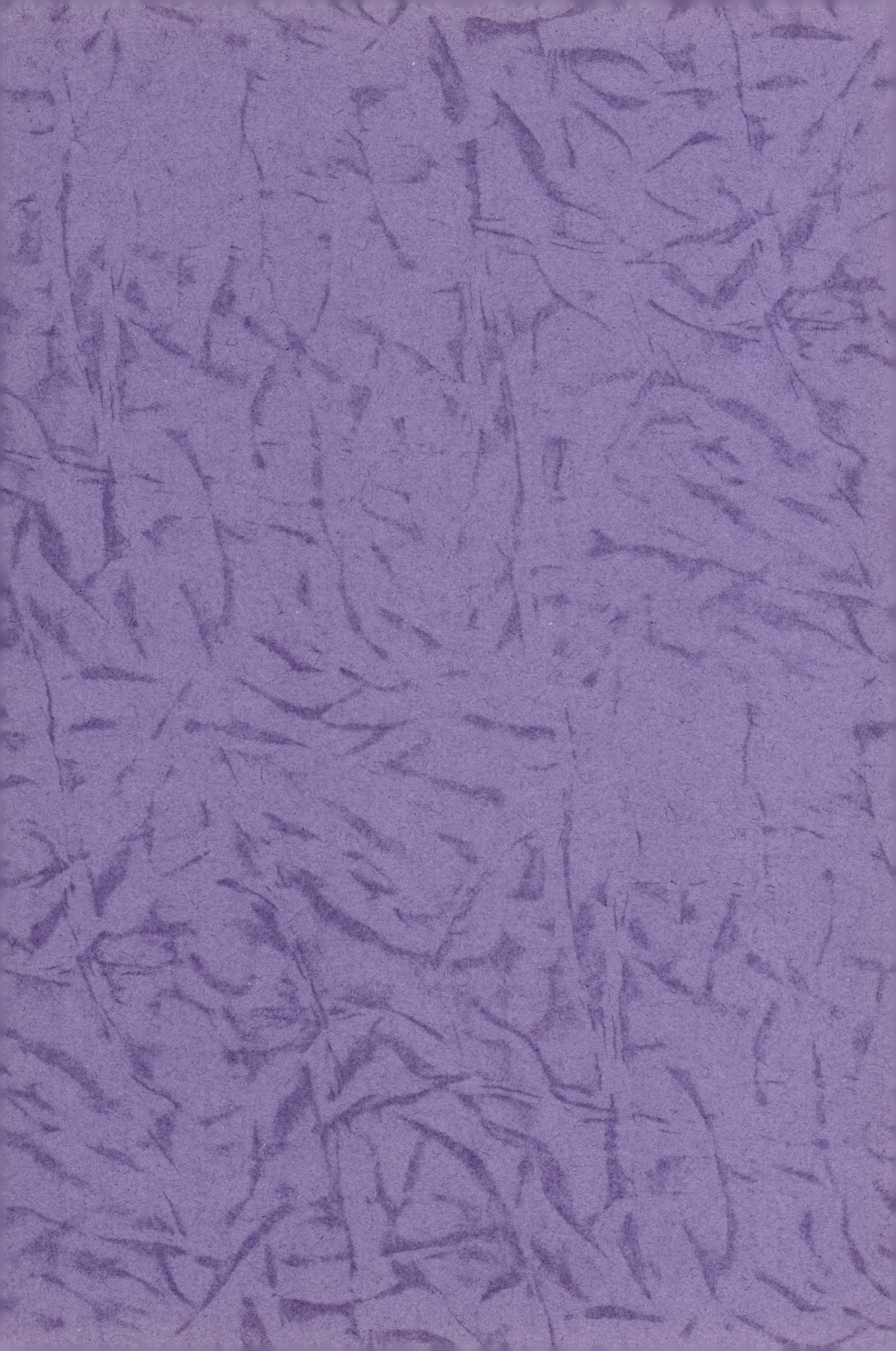

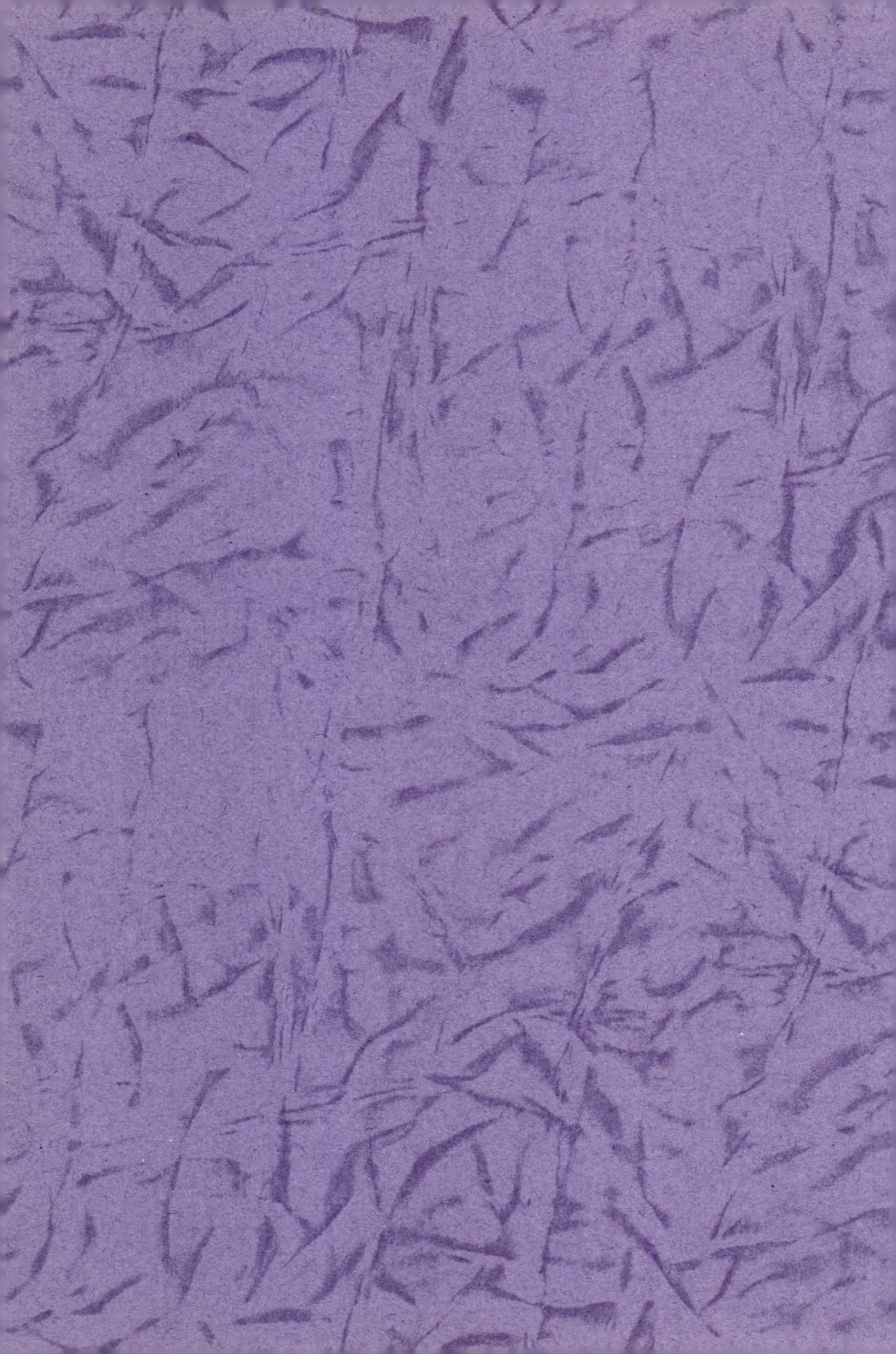

사람사는

이야기 속을 거닐다

사람사는
이야기 속을 거닐다

한정규 | 지음

징검다리

희망에 찬 봄날 책을 내면서

　이른 봄 풀 한 포기 없이 잔설에 뒤덮인 삭막한 땅위를 한발 한발 옮길 때 마다 사각사각 밟히는 소리에 귀를 기울이며 뒤돌아보니 꿈틀거리는 새 생명의 모습이 눈에 띄었다.

　봄은 만물을 소생시킨다. 씨앗은 싹을 틔우고 나무는 새순을 돋게 한다. 풀은 새잎이 돋는다. 생동하는 봄! 봄은 만물에 새로운 기운을 갖게 한다.

　그런 봄은 희망이다. 그런 희망의 봄날에 책을 내게 된 것이 내겐 영광이 아닐 수 없다.

　봄을 맞아 씨앗이 단단한 껍질을 깨고, 새싹이 얼어붙은 땅을 뚫고 세상에 태어나 아름다운 꽃을 피워 여름을 보내고 가을이 되면 열매를 맺는다. 결실의 계절 가을은 인간에게 풍성한 선물을 준다. 희망에 찬 봄날같이 이 책도 독자에게 좋은 선물이 됐으면 한다. 함께 내 인생에도 희망찬 봄날이, 풍성한 가을이 됐으면 한다.

　만연 된 이기주의와 배타주의가 아닌 이타주의나 친화력에 의한 인륜 도덕을 바탕으로 배려와 베품, 섬김과 사랑으로 화합된 미래를 맞이할 수 있었으면 하는 희망을 가득 담아 보고자 한다.

　그 희망은 개개인의 행복, 더 나아가 인류의 행복이다. 행복은 인류가 추구하고자 하는 최종목표다. 인류의 행복을 위해서는 이기주의나 배타주의는 반드시 버려야한다.

이 책이 목표로 하는 메시지는 '인간으로서 올바른 삶과 행복'이다. 그것을 칼럼형태로, 대화 형태로, 동화형태로, 때로는 은유법이나 비유법을 써서 엮어보았다. 소설에서 장편과 중편, 단편이 있듯이, 단문이나 중문 그리고 긴 장문으로 엮어 보았다. 흥미를 위한 소설의 특징인 사실을 바탕으로 플롯 화를 위한 노력도 했다.

형식에 구해 받지 않고 비교적 자유스러운 수필의 특징을 살려 자유자재로 써 보았다. 긍정적인 사고를 갖고 성실한 실천자로서의 생각을 잊지 않고 최선의 노력을 했다.

'아주 작은 불꽃에서 장엄한 화염이 폭발 한다'라고 했던 단테의 말과 같이 이 책을 통해서 희망에 찬 나날이 되어 보다 밝은 사회가 장엄한 화염처럼 됐으면 한다.

2011년 이른 봄
샘골에서 한정규

어느 시인의 시 '산중일기'

요즘 며느리와 시어머니

요즘 6·70대 시어머니들의 한숨소리가 귓전을 맴돈다.

그들이 꽃가마타고 시집갔던 며느리시절에는 호랑이 같은 시어머니가 "이제부터 너는 내 집 가풍을 따라야 한다."면서 혹독한 시집살이를 시켰다. 그 때문에 신혼이 무엇인지도 모르고 하루하루를 힘들게 살았다. 흐르는 눈물을 남몰래 훔치며 가슴 조이고 살았었다. 그렇다고 친정인들 갈 수도 없었고 간들 받아주지도 않았다.

우선 친정을 가려면 시어머니 승낙을 받아야 하고 승낙을 받지 않고 쫓겨 친정집에 가면 소박맞은 딸은 출가외인이라고 발걸음도 못하게 했다. 그래서 힘든 시집살이 참고 견디며 살 수밖에 없었다.

시집살이 견디지 못해 죽게 되어도 시집에서 죽어야 했다. 그런 시집살이 견디며 살아 온, 지금 이 시대의 시어머니들 며느리가 시키는 시집살이 같은 학대를 받으며 살아야 한다.

젊어서는 시어머니로부터 시집살이를, 늙어서는 며느리에게 받는 시집살이 같은 학대를 받으며 사는 요즘 할머니들이 하는 하소연이고 한숨이다.

60대 후반의 할머니가 하는 이야기다. 아들 하나를 낳아 애지중지

키워 장가를 보냈다. 작으나마 아파트를 분양받아 따로 살림을 내보냈다. 처음이자 마지막 맞이한 며느리다. 둘도 아닌 하나뿐인 며느리라서 더욱 그랬을 테지만 귀엽고 예뻤다. 함께 쇼핑도 하고 맛있는 음식도 사 먹이고 예술 공연구경도 하고 싶었다. 그래서 틈틈이 시간을 내 며느리 집에 갔다. 며느리가 시집을 오고 불과 5~6개월이 지났다. 시어머니가 보기에 며느리 태도가 조금씩 변해가고 있었다. 언젠가는 겨우 인사를 하고 자기 볼일만 보며 말을 하지 않아 멋쩍은 적도 있었다.

사람이란 기분이 좋을 때만 있을 수 없기 때문에 무슨 나쁜 일이라도 생겨 그러려니 생각을 했다.

하루는 아들이 퇴근길에 집에 들렀다. 아들과 말을 하다 며느리 생일 이야기가 나왔다. 시집 와서 처음 맞이한 생일이라서 선물을 하나 해야 하지 않겠느냐는 생각이 들었다. 선물을 할 바엔 며느리가 필요하고 좋아하는 선물을 하고 싶었다. 그래서 며느리에게 물었다.

"네 생일에 이 시어미가 선물을 하고 싶은데 무엇을 해주면 좋겠니. 기왕 할 선물 네가 필요로 하고 좋아하는 것을 해주고 싶구나. 어서 말해주렴. 돈은 얼마가 들던 걱정 말고."

"어머니, 괜찮아요. 안 해주셔도 됩니다."

"아니다, 해준다니까. 어려워 말고 말해 봐."

"필요 없다니까요. 특별히 갖고 싶은 것도 없고요."

"그러지 말고 말해보라니까."

"정 그렇다면 말씀 드릴 게요. 말씀드리면 꼭 들어주실 거죠?"

"그렇다니까? 어서 말 해봐라."

"그럼 말씀드릴게요. 어머니! 앞으로는 저희 집에 오지마세요. 저

불편하거든요. 어머니 얼굴만 쳐다보면 숨통이 막힐 것만 같아요. 그렇게 해 주실 거죠?"

시어머니는 기가 막혔다. 며느리 생각이 그런 것을, 그런 생각을 하고 있는 것도 모르고 며느리하고 같이 있고 싶어서 기회만 있으면 찾아가고 좋은 옷도, 맛있는 음식도 사 먹이고, 영화도, 연극도 관람하자고 했었던 것이며 생일선물 사주겠다고 했었으니 '남의 사정도 모르고 감 놔라 배 놔라 한다.' 더니 내가 그 짝 났다.

시어머니는 내가 잘 못 들었을 거야, 착한 우리 며느리가 그럴 리가 없어. 그렇게 생각을 하고 싶었다. 그런 생각을 하고 있는데 그때 며느리가 "어머니!"하고 부른다. 순간 잘못 생각했다고, 죄송하다고, 말을 잘못했다고 하려고 부르는 줄 알고

"그래 애야 말해 보아라." 했더니

"제 부탁 들어 주시는 거죠. 믿어도 되는 거죠." 하는데 어이가 없어 숨이 멈출 것만 같았다.

이것은 어느 한 며느리와 시어머니 사이에서 있었던 이야기만이 아니다. 이 시대를 살고 있는 20~30대 며느리들 중에는 그런 생각을 하는 며느리들이 있다.

인간은 다른 동물과 달리 정신세계가 있다. 그래서 나를 알고 남을 생각할 줄 아는 사고와 의식이 있다. 그리고 공동생활을 한다. 공동생활을 하기 위해서 규율과 규칙이 있다. 그런데 요즘 인간들 정신세계가 없는 개와 돼지보다도 못한 동물세계로 빠져들고 있는 것 같아 안타깝기 그지없다. 그렇게 되지 않으면 안 되는지, 그렇게 되지 않도록 못 하는 건지, 기성세대의 지성인이 해결해야 할, 책임져야 할 문제가 아닌가? 그런 생각을 해 본다.

방종은 재앙을 가져온다는 것을 알아야 한다. 인간들이 지켜야 할 질서를 지키지 못하고 도리가 무너지는 것도 재앙이다. 돌이킬 수 없는 재앙이다.

　자기만의 욕심이 아닌 배려가 필요하다. 자유가 아닌 자기 구속이 필요하다. 그런 가운데 이루어진 진정한 삶, 행복한 삶의 세계가 펼쳐졌으면 한다.

　요즘 며느리와 시어머니도 봉건적 사고에 깊이 빠진 구시대 며느리와 시어머니가 아닌 부모와 자식으로서의 질서가 깨지지 않은 정겹고 즐겁고 행복한 가정을 함께하는 며느리와 시어머니의 관계가 되었으면 하는 바람 속에 희망을 걸어본다. 섬겨야할 어른으로서 사랑해야할 자식으로서 관계, 그것은 인간이기 때문에 필요하다.

그 년 10만 원

✿자식 있으면 뭐해

고부姑婦간에 있었던 서글픈 이야기다. 단순히 꾸며낸 이야기가
아닌 실화다. 21세기를 살고 있는 한국사회가 안고 있는 심각한 사
회문제중 하나다.

제이 할머니는 1930년대 후반 한국의 시골어촌에서 태어나 10대
후반까지 그곳에서 살았다.

매일 바다로 나가 바지락을 캐고 농사를 짓는 부모를 도우며 살았
다. 점점 성장하면서 이렇게만 살 수 없다는 생각이 들어 고민 끝에
고향을 등지고 무작정 서울로 떠났다. 서울에서 혼자 자취를 하면서
공장을 다니고 있는 고향 옆 동네 언니를 찾아갔다. 언니 자취방에
서 당분간 함께 있기로 했다. 그리고 언니의 소개로 구로공단에 있
는 가발공장에 취직을 했다. 주노야독晝勞夜讀 낮에는 공장에서 일하
고 밤이면 학교에 다니며 공부를 한 산업역군이었다.

제이할머니는 한국경제부흥의 발판이 됐다는 가발공장에서 젊음
을 보냈다.

지금 젊은이들 가발공장에서 머리카락 하나하나 손으로 만지며

종일 그것도 매일같이 눈이 침침하도록 하라고 하면 왜 내가 그런 힘든 일을 해야 하느냐며 내가 바보야 하고, 뿌리칠 거다. 그래서 손으로 직접 하는 가발공장은 없어져 버렸지만 그땐 가발공장을 다니는 것만도 대단했다. 마땅히 할 만한 일자리가 없었으니…… 그뿐만 아니다. 그 가발에 쓰이는 머리, 경제적 용어를 빌려 말하면 가발용 원자재, 그것은 여자들이 기른 긴 머리였다. 그 머리 잘라 팔았다. 머리 잘라 판 돈 자식들 공부시키는 학비에 보태기도 하고 생활비로 썼다. 그렇게 해서 수출하여 벌어들인 외화로 외국에서 기계를 사와 공장을 짓고 공장에서 생산된 제품을 또 수출하여 또 다른 공장을 짓고 그래서 오늘날 우리나라가 이렇게 살고 있다.

못 먹고 못 입고 살면서 겨울이면 얼마나 떨었는지, 추워서 정신 없는데 멋이 어디 있었겠는가. 의지할 곳 있고, 굶지 않고, 일할 수 있는 직장만 있으면 그것이 최고였다.

결혼! 요즘 같은 호화스러운, 사치스러운, 호텔이나 예식장 같은 곳에서 하는 결혼식 꿈도 못 꾸었다. 식만이라도 할 수만 있었으면 다행이었다. 50~60년대 서울 같은 대도시에서 혼자 객지 생활했던 사람들 그중에는 결혼식도 못하고 사는 사람, 말하지 않아서 그렇지 허다했다. 그 때 제이는 구로공단에 있는 염색공장에 다닌 영찬이라는 남자를 알게 되어 결혼을 했다. 그 후 2남 3녀를 됐다.

남편 영찬은 6·25 동란 때 홀로 월남하여 고아로 살았다. 그래서 결혼식도 대충했다. 제이는 착하고 부지런한 남자를 만나 결혼하고, 건강하게 산 것만도 복 받았다고 주위사람들의 칭찬이 자자했다.

제이 부부는 벌이가 신통치 않아 아이들과 먹고사는 것도 만만치 않았다. 다행이 아이들이 열심히 공부하고 착하게 살아줬다. 그래서 고생을 해도 힘든 줄 모르고 한 푼이라도 더 벌기위해 공장에서 밤 늦게까지 잔업을 했다.

애들은 장학금을 받았다. 또 아르바이트를 했다. 그렇게 하여 오 남매 모두 대학도 대학원도 다녔다.

주위사람들이 부러워했다.

큰 아들 이남이는 판사가 되고 작은아들 이북이는 의사가 됐다. 딸 둘은 중, 고등학교 교사 그리고 막내딸 순희는 Y은행본점에서 근무를 했다. 월남한 남편 때문에 아들 이름을 이남이와 이북이로 지었다.

모두 결혼해서 아들딸 낳고 잘 살고 있다.

제이할머니는 아이들 키우고 공부시키느라 모아 놓은 재산이라고는 겨우 17평 아파트 하나다. 젊어서 고생을 너무해서인지 날씨만 조금 추워도 전신이 쑤시고 결린다. 영감은 젊어서 눈이 오나 비가 오나 하루도 쉬지 못하고 공사장 날품으로 고생 고생했다. 그래서인지 나이 먹으면서 병을 달고 살다 자식들에게 따뜻한 밥 한 그릇 얻어먹어보지 못하고 일찍 세상을 떠났다.

"일찍 죽기를 잘 했지. 오래 살면 뭐해! 두 노인들끼리 남 보기 싫게. 이렇게 살 것을! 지금 나 아들딸 다섯씩이나 있어도, 그 아이들 모두 서울에 살면서 함께 모시고 살겠다는 자식이 없어. 반포에서 혼자 살고 있는 걸. 물론 생활비는 자식들이 매월 각 10만 원씩 다섯이서 50만 원을 통장에 넣어줘서 쓰고 살고는 있지만 외롭지 뭐야."

큰 아들은 가까운 한남동에서 살고 있으면서도 한 달에 한 번 그것도 잠깐 얼굴만 내비치고 무더운 여름 마파람 스쳐지나가 듯 지나가니.

큰 아들은 그나마도 더 낫다. 다른 자식들은 서울하늘 아래 살고 있으면서도 얼굴 한 번도 비치지 않으니 가까운 서울에 살면 뭣해. 오는 것은 그만두고 전화 한 번도 하지 않고 손자들이 궁금해서 한 번이라도 전화를 하면 왜 전화하셨어요? 무슨 일이라도 생기셨나요? 어머니가 전화하실 때면 무슨 일이라도 생기지나 않았는지 순간 가슴이 철렁한다고 못 마땅하다는 듯이 쌀쌀맞게 했다. 며느리가 전화를 받을 때면 으례히 그랬다.

✤그 년 10만 원

하루는 손자들이 보고 싶어서 큰 아들집에 갔었다. 애들은 학교에서 돌아오지 않았고, 며느리는 외출준비를 하고 있었다. 집안으로 들어서자 친구들과 약속시간 때문에 외출해야 한다며 곧 바로 나갔다. 친구들 만나 놀다 늦을지 모르니 집에 계시다 애들 학교에서 오거든 함께 식사하고 가세요. 하고서 바쁘게 차고에 세워둔 자가용을 타고 가는데 아이가 둘씩이나 있는 중년부인답지 않고 처녀처럼 보여 요새 젊은이들이 부럽다는 생각도 들었다.

제이할머니는 며느리 집을 갈 때마다 느끼는 것이 집안에서 살림도 몸치장하듯이 하면 좋을 텐데 왜 꼭 저렇게만 해 놓고 살아야 하는지 모르겠다고 걱정을 했다. 깔끔하게 정리정돈을 하고 살 수는 없는 것일까, 한번쯤 말을 하고 싶었으나 참았다.

오늘도 여느 때와 다름이 없었다. 입다 벗어놓은 옷이며 빨아야할 속옷이나 양말 등 빨래거리가 거실에도 방안 곳곳에도 널려 있다. 청소를 며칠 씩이나 하지 않았는지 구석구석에 먼지가 쌓여 있는 꼴이 가관이다.

이것도 살림이라고 하는 것인지 한심한 생각이 들었다. 해 놓고 사는 꼴이 하도 어이가 없어 어떻게 할까 걱정을 하다 제이할머니는 텔레비젼을 켜놓고 우두커니 앉아있었다. 그 꼬락서니를 두고 앉아 있자니 몸이 굼실거렸다. 그래서 결국 거실과 방바닥에 흩어져 있는 옷가지와 양말을 세탁기에 넣어 빨래를 하고 청소를 했다.

청소를 하다 화장대 밑에 가계부가 펼쳐져있어 들여다 보았다. 콩나물 5백 원, 매생이국거리 2천 원 등 꼼꼼히 적혀있는 것을 보고 살림하는 것은 게을러 터져도 돈은 헤프지 않게 쓰는 것 같아 고마웠다. 그런 생각을 하면서 쭉 훑어보는데 지출액이 10만 원 이상도 띄엄띄엄 눈에 보였다. 10만 원 이상이라면 적지 않은 돈 같아 유심히 들여다 보았다. 주로 옷 값으로 지출됐다. 그 외에 그 년 10만 원이라고 적혀있는 것이 있어 그 년이 무엇인지, 무엇을 그 년이라고 했을까, 그리고 적지 않게 10만 원씩이나! 그 년이 도대체 무슨 말인지 궁금했다. 몇 장을 넘겨보았다. 또 그 년 10만 원이 눈에 띄었다. 더욱 궁금했다. 계속 넘겨보았다. 계속 매 월말 그 년10만 원이라고 적혀 있었다.

도대체 그 년이 무엇일까. 그 년10만 원 그것도 매 월말이면 꼬박꼬박 지출을 했다. 아마도 친구들끼리 해외여행가기로 계契를 만들어 곗돈으로…… 그렇게 생각을 했다.

하루는 제이할머니 집으로 친구들이 놀러왔다. 제이할머니 혼자 살고 있어서 친구들이 늘 놀러왔다. 점당 백 원 내기 고스톱을 치며 놀았다. 오늘도 고스톱을 치면서 경쟁이라도 하듯이 며느리자랑을 늘어놓았다. 제이할머니도 며느리가 써놓은 가계부 이야기를 했다.

가계부에 매 월말 그 년10만 원 그렇게 쓴 돈을 빼놓고는 큰 돈을 지출한 것도 헛돈 쓴 것도 없이 알뜰하게 살림을 잘 한다고 자랑을 했다.

그 말을 듣고 있던 친구가

"그래 너 자식들에게 생활비 받아쓴다고 했지?"

"그렇지!"

"매월 얼마씩 주니?"

"아들 딸 각각 10만 원씩."

"그날이 언젠데?"

"매 월말 통장으로 넣어준다."

"그래 큰며느리도?"

"그렇다니까."

"그래 그 말이다. 혹시 시어머니인 너를……."

"맞아, 이 고약한……."

제이 할머니는 큰며느리 가계부에 적힌 그 년 10만 원이 자기라는 것을 알고 화가 부글부글 끓어올랐다. 그렇다고 친구들 앞에서 욕할 수도, 아무 말을 하지 않을 수도 없어 난처했다.

친구들은 갔다. 혼자 남았다. 그동안 며느리가 했었던 행동이나 말을 곰곰이 생각해 보았다. 내 앞에서는 그렇게 나쁘지 않게 했었다. 그렇다면 이중인격자, 앞에서는 알랑대고 뒤 돌아 세워놓고 주먹질을 하는…….

평소에 어머니! 어머니 하는 것을 보면 악의가 없어 보이기도 하고 하는 짓이 귀엽기도 했다. 그런 며느리가 가계부에다 시어머니를 그 년이라고 그것도 매월 생활비 줄 때마다 반복적으로 그 년! 그 년

했다는 생각을 하니 그냥 넘길 수가 없었다. 밤이 늦어 잠을 자려고 누워있는데 잠이 들지 않아 제이할머니는 아들네 집으로 전화를 걸었다. 아들이 전화를 받았다.

"예, 어머니 접니다. 늦은 밤에 전화하시는 것이 무슨 일이라도?"

"아니다. 애 어미 바꿔라."

"아직 안 들어왔는데요. 하실 말씀이 있으시면 들어오는 대로 전화 드리라고 할까요?"

"그렇게 해라."

하고서 전화를 뚝 끊어버렸다.

그날 밤은 끝내 전화가 걸려오지 않았다. 제이할머니는 분을 삭이지 못 하고 잠을 한잠도 자지 못했다. 어려운 시대에 태어나 갖은 고생을 해가며 자식새끼들 낳아 죽을 둥 살 둥 모르고 힘든 일 해가면서 공부시켜 남의 딸자식 좋은 일만 시킨 것 같아 며느리가 살쾡이 같이 느껴졌다.

✤ 자식은 부모의 얼굴

큰며느리 해놓고 사는 꼴이며 하고 다니는 꼬락서니가 쌍스럽기 짝이 없는, 자랄 때 지지리도 가정교육을 못 받고 제 멋대로 자란 고삐 빠진 망아지 같은 년! 그런 년이 내 집 며느리라니 이 일을 어찌하나 그런 생각이 들었다.

가계부에 적힌 그 년 10만 원이라고 쓰인 그 년이 나였다고…… 이 세상에 어데 시어머니에게 그 년, 그 년 하는 그런 며느리가 있을까? 생각을 하니 며느리가 한없이 미웠다. 큰 며느리가 인간의 탈을 쓴 여우같다는 생각이 들었다.

동이 트고 아침이 됐다. 아홉 시가 지나서야 며느리한테 전화가 걸려왔다.

"어머니, 어젯밤 너무 늦어서 전화 못 드렸어요. 무슨 하실 말씀이라도 있으세요?"

제이할머니는 며느리가 '무슨 하실 말씀이' 하는 말을 듣는 순간, 아니다. 아침부터 전화로 할 것이 아니라 다음 기회에 아들네 집으로 가서 아들하고 함께 며느리가 써놓은 가계부를 보면서 따져야 겠다는 생각이 들어,

"어젯밤에는 할 말이 있었는데 이제 할 말이 없어져 버렸다. 아무 할 말도 무슨 일도 없다. 전화 끊는다."하고 전화를 끊어버렸다.

제이할머니는 둘째며느리는 무어라고 쓰는지 궁금했다. 또 딸들은 어떻게 적었을까 알고 싶었다. 그래서 가계부를 훔쳐 보기위해 둘째아들집도, 세 딸집도 드나들었다. 눈치 채지 않게 가계부를 찾아보았다. 둘째며느리 집을 몇 번 갔는데도 가계부가 눈에 띄지 않아 슬며시 물어보았다.

"작은 애야."

"예! 어머니."

"아이들 학원비며 생활비가 만만치 않게 들지?"

"생각보다는 얼마 안 들어요. 친구들 이야기 듣고 비교해 보면 우리는 정말 돈 안 들던데요. 혹시 헛돈이 써지지 않았나? 매 월말 이면 가계부를 한 번 살펴보는데 항상 비슷해요. 그리고 이북씨가 주는 돈으로 맞춰 써요."

"그래 너도 가계부를 쓴단 말이지."

"당연히 써야지요. 그래야 헛돈 쓴 것도 알게 되고 그래서 돈을 아

껴 쓰게 된데요. 저요 친구들 사이에서 짠순이로 소문났어요. 가계부 한번 보실래요." 하고 안방에 들어가 가계부를 내다 펼쳐 보인다.

그래 둘째며느리는 무어라고 적고 있는지 궁금해서 가계부 이야기를 꺼냈는데 그것도 모르고 스스로 꺼내다 보라고 준다.

가계부를 받아 앞에서부터 차근차근 넘겨보았다. 알뜰하게 살림을 하고 있는 흔적이 보였다. 매 월말을 유심히 들어다 보았다.

큰며느리 가계부와는 다르게 어머님 10만 원 또 어머님 10만 원 매번 그렇게 쓰여 있었다. 어머니라고도 쓰지 않고 어머님이라고 쓰여 있는 것을 보고 친정이 가난하기는 해도 엄격한 부모 밑에서 가정교육을 잘 받았다더니 역시 다르다는 느낌이 들었다. 안사치례 말한마디라도 할줄 모르지만 큰며느리와 비교한 나로서는 마음속으로 고맙구나 하는 그런 생각을 했다.

제이할머니는

"애야, 좋은 옷도 사 입고 그러지 가계부를 보니 싸구려 옷만 사 입었구나! 이북이에게 내가 말해야겠다. 네게 좋은 옷도 사주라고."

"하지 마세요. 열심히 저축해서 빨리 내 빌딩에 우리병원 차려 어머님 모시고 살면서 함께 여행도 다니고 그래야죠. 언제까지 어머니 혼자 계시도록 이렇게 살아야겠어요. 어머님 젊어서 공장에 다니시며 자식들 키우시느라 고생 많이 하셨다면서요? 자식들 이만큼 키워 놓았으면 호강 받고 사셔야죠. 조금만 참으세요. 제가 모실게요."

제이할머니는 둘째며느리 하는 말을 듣자 감동의 눈물이 핑 돌았다. 평소 때 전화 한 번도 하지 않고 말도 없이 무뚝뚝하기만 하던 며느리가 그런 깊은 생각을 하고 있었다니 사람은 겉과 속이 다르다

하더니 바로 이런 경우구나 하는…… 그동안 어른답지 못했던 자신이 부끄럽기도 하고 미안한 생각이 들어,

"애야 미안하다. 부모가 돈 없고 능력이 없어 병원을 차려주지 못하고 고생을 시키는구나. 면목이 없다."

"어머니는 대단하신 분이세요. 저는 아이들에게 어머님 같은 엄마가 되지 못할 것 같아요. 자신이 없어요."

제이할머니는 둘째며느리하고 오늘처럼 이야기를 해본 적이 없었다. 며느리 친정이 가난해서 친정을 도우려고 내게 소홀히 하고 돈을 빼돌리지나 않는가, 솔직히 그런 의심만 했었다.

아직은 동생들이 줄줄이 학교를 다니고 친정아버지 하는 일도 시원치 않아서 늘 그런 생각을 했었는데 며느리가 써 놓은 가계부를 보니 그동안 의심하고 살았던 내가 죄를 지었다는 생각이 들었다. 남을 의심하는 죄가 크다는데 근거도 없이…… 착한 며느리를 그것도 모르고 의심만 했었으니 큰며느리한테 그 년소리 들어도 싸지 하는 생각을 했다.

제이할머니는 착한 심성을 지닌 둘째며느리가 그렇게 예쁠 수가 없었다. 그날 이후 둘째아들 이북이를 만나면 작은며느리 친정부모에게 잘해드리라고 그리고 동생들 학교등록금도 대주라고, 뿐만 아니라 무엇이든지 도울 것 있으면 도와주라고 했다.

똑 같은 생활비를 주면서 큰며느리는 그 년이라고 가계부에 쓴 것도 쓴 것이지만, 행여 같이 살자고 할까봐, "어머니 혼자사시니까 자유스러워 좋으시지요?" 하며 꽁무니를 빼고, 또 둘째며느리는 어머님이라고 게다가 부지런히 저축을 해서 병원을 차리고 어머니를 모시고 여행도 하고 그렇게 살 테니 조금만 참고 계시라고, 두 며느

리가 이렇게 대조적이었다.

제이할머니는 딸아이들은 뭐라고 썼는지 궁금해서 내친김에 세 딸집을 돌아보기로 했다. 무엇보다도 딸 시집부모들에게 생활비나 용돈을 드리고 있는지, 큰며느리처럼 그렇게 써놓지나 않았는지 만약 그렇게 써놓았으면 그래서는 안 된다고 꾸짖고 가르쳐야지 하는 생각을 하고서 먼저 큰딸 집을 가서 가계부를 보자고 했다.

큰딸은 친정어머니 10만 원이라고만 적혀있어서 시부모에게는 하고 물었더니 드리지 않는다고 한다. 둘째딸은 가계부를 쓰지 않고 셋째 딸은 엄마생활비 그렇게 쓰여 있었다. 그리고 시부모생활비도 20만 원씩 매월 지출이 되어 있었다. 지출항목은 그이 부모님 20만 원이라고 적혀 있었다.

제이할머니는 딸들에게 시집부모가 생활비 걱정 없이 살아도 매월 조금씩이라도 용돈을 꼭 챙겨드리되 가계부에 적을 때는 반드시 어머님 또는 아버님이라고 존칭어를 쓰라고 했다.

제이할머니는 큰며느리가 써놓은 가계부 때문에 한동안 기분이 좋지를 않았다. 아들은 믿고 손자들이 걱정 됐다. 마음씨 고약한 그런 며느리 속에서 나온 손자들이 그 엄마에게서 못된 것 보고 배우지나 않을까 하는 걱정 그런 걱정이 들지 않을 수가 없었다.

큰며느리 하는 짓으로 봐서는 저도 아들 장가보내 그 며느리한테 요년이 내게 한 것처럼 똑 같이 당해보아야, 아니! 나보다도 더 심한 꼴을 보아야 싸겠지만 내 손자들만은 그래서는 안 된다, 라고 가르치고 싶었다.

✿판사면 뭐해 마누라 그 꼴인데

그리고 내 아들놈 판사면 뭐해, 혼자 사는 시어머니 모시기는커녕 생활비 한 달에 10만 원씩 주는 것 못마땅해서 그 년 10만 원하는데 아들이 그것을 아는지 모르는지 알 수 없지만 아무튼 그런 며느리 하는 행동 보나 안보나 뻔하다. 내 자식도 그것을 모를 리가 없을 것 같았고 가계부에다 그렇게 한두 번도 아니고 매월 계속 쓰고 있었으니 아들 앞에서도 그 년이라 하고도 남았을 것 같았다. 속담에 '하나를 보면 열을 알 수 있다.' 라는 말도 있지 않은가.

제이할머니는 아들에게 전화를 했다.

"이번 토요일 밤에 너희 집에 갈 테니 집에 있어라. 에미도 함께."

아들은 아무것도 모르고,

"예, 그렇게 하겠습니다. 그럼 저녁식사 함께 하도록 일찍 오세요." 하는데 제이할머니는 속으로 저녁! 내가 아무렴 여우같은 큰며느리와 지금 이 기분에 머리 맞대고 같은 상머리에 둘러앉아 밥 먹게 생겼니, 바보 같은 놈. "나 너희들하고 저녁 안 먹을 테니 너희들이나 맛있는 것 사먹던지 해먹던지 하렴. 아무튼 어멈 어디 못 가게 하여 함께 보자. 알았지?"

제이할머니는 자장면을 시켜 저녁을 대충 때우고 한남동 큰아들 집으로 갔다. 초인종을 눌렀더니 손자들이 현관으로 뛰어나오며 반갑게 인사를 한다. 며느리는 주방에서 음식을 준비하다 어머니 오셨어요. 하고 다시 주방으로 가더니 무엇인가를 부지런히 한다.

거실에서 아들과 함께 며느리를 기다리고 있는데 아들이 묻는다.

"하실 말씀이 무엇인지 궁금하니 어서 말씀하세요."

"나도 빨리 하고 가야겠다. 어멈하고 같이 이야기 하고 싶구나."

이남이는 며느리를 불렀다.

"어머니께서 당신과 함께 있는 자리에서 하실 말씀이 있으시다니 그만 여기로 오세요."

며느리가 오자 제이할머니는 아이들이 듣지 않게 큰방으로 들어가자고 했다. 자리를 옮겨 큰방으로 갔다.

이쯤 되자 아들도 며느리도 긴장을 하는 모습이 역력했다.

제이할머니가 며느리를 "어멈"하고 불렀다.

"예, 말씀하세요."

"네가 지금 쓰고 있는 가계부를 자져 올 수 있겠니?"

"가계부는 왜요?"

"그냥 보고 싶어서 그런다."

며느리는 영문도 모르고 화장대서랍에 있는 가계부를 꺼내서 시어머니 앞으로 내밀다 멈칫한다. 순간 시어머니에게 생활비를 통장으로 입금시키고 가계부에 적어 놓은 것이 떠올랐다. 그렇다면 시어머니가 그것을 어떻게 알고, 그것을 확인시키기 위해서 가계부를 가져오라고, 오라! 며칠 전에 시어머니가 오시는 것을 보고 외출했을 때 그때 가계부를 정리하다 깜박하고 화장대 밑에 펼쳐놓았었는데 그것을 집안청소를 하고 세탁을 하면서 보셨단 말이지? 그것을 아들 앞에 펼쳐놓고 확인하기위해서 가계부를 보자고 하신 것 같은데 어떻게 하지? 변명할 방법도 없고……

"어머니 제가 쓴 가계부를 꼭 보셔야겠어요? 가계부는 일기와 같아서 저만의 비밀도 있을 수 있는데 제 프라이버시도 있잖아요, 보여드리고 싶지 않네요."

"미안하다. 나 이미 다 보았다. 너 프라이버시 말하는데 나는 절망이다. 세상에 자식 낳아 고생고생해서 키워놓고 늙어서 한 달에 생활비 겨우 10만 원 받아쓰면서 '그 년' 말을 들어야 하겠니? 그 년 10만 원이 뭐니? 내가 너한테는 그 년으로 밖에 안 보인단 말이지, 어서 이리 내놓아라. 같이 한번 보자."

큰아들이 "어머니 무슨 말씀이신가요. 차근차근 말씀해 보세요. 그리고 당신, 어머니 말씀 어떻게 된 거에요?"

"제가 잘 못했어요. 할 말이 없어요. 어머님 말씀이 맞아요, 가계부에다 그렇게 써 놓았어요."

큰아들이 가계부를 낚아채서 펼쳐본다. 내동댕이친다.

✿인생 살아가는 길 뻔하다

"어머니, 용서하세요. 제가 바보였어요, 천치였고요, 어머니께서 우리 다섯 남매 어떻게 키우셨는데 그까짓 한 달에 겨우 10만 원 생활비 드리면서 그 년 10만 원. 어머니, 저를 죽여주세요. 밥 먹고 살 자격 없습니다. 남들 잘잘못 따져 재판할 판사자격 없습니다. 당장 때려치우겠습니다. 어머니, 이제부터 저하고 함께 살아요. 제가 어머니 아파트로 가겠습니다. 당신이라는 잘난 사람 애들 데리고 여기서 사세요. 앞으로는 그 년 10만 원 드리지 마세요."

어머니가 아들 말을 듣고,

"그래 너 판사자격 없다. 가정하나도 똑바로 챙기지 못 하면서 무슨 남의 잘잘못 따져 재판하나? 그만둬라. 당장 그만 둬, 알겠니? 네 말마따나 그 년 10만 원 네가 주는 생활비 필요 없다. 길거리에서 고물을 주워 팔아먹고 사는 한이 있어도 너 같은 그런 심보로 사는 사람이 주는 돈 받지 않고 살 테니 알았지? 다음 달부터는 넣지 마라.

내말듣지 않고 통장에 넣는 날이면 그 돈 찾아 네 친정부모에게 보내버릴 테니 잘 알아서 해라, 알겠니?'

제이할머니는 자리에서 일어나 아들네 집을 나왔다. 아파트단지 내에 있는 놀이터 나무 밑 벤치에 앉아 지나가는 사람들을 바라다보았다.

젊은 부부가 어린애 손을 잡고 오순도순 이야기를 주고받으며 낄낄거리고 지나간다.

제이할머니는 그것을 보고 저 젊은 부인도 친정에는 자기를 낳아 길러준 부모가 또 시집에는 시부모가 있어 그 부모들에게 용돈이나 생활비를 줄 텐데 그 돈을 주면서 무슨 생각을 할까? 혹시 우리큰며느리 같이 그 년 그놈 하면서 주는 것은 아닌지 그런 생각을 하면서 얼굴을 자세히 쳐다 보았다. 그리고 제발 늙은 부모 있거들랑 잘 섬겨라. 항상 젊은 것 아니다. 나도, 아니! 모든 늙은이들 그 누구도 한 때는 젊음이 있었단다. 사람이면 나이 먹고 늙게 돼 있단다. 그것이 진리이고 철칙인 것을 누가 아니다 라고 하겠니. 아무리 과학이 발달해도 그것만은 안 된다. 언젠가는 반드시 늙도록 돼있다.

당신들도 늙어 나처럼 될 날이 멀지 않았으니 그때를 생각한다면 젊어서 늙은 부모한테 잘 하고 복 받고 살아라.

요새 젊은이들 하는 행동 보면 조금도 배려하는 마음이 없이 너무나도 이기적이어서 머지않은 날 이 세상이 어떻게 될 것만 같아 걱정이 된다.

밤이 늦었는데도 공원에는 운동 나온 젊은이들도 있고, 나이 먹어 보이는 노인들도 있다. 늙은이들은 뒷짐을 지고 걷거나 벤치에 앉아 있다.

옆 벤치에 앉아있는 영감님은 어깨 힘이 쭉 빠져 처량 하게 보인다. 어디를 보는지 무엇을 생각하는지 앉아있는 모습이 당신도 나처럼 불쌍한 사람 같구려! 할망구 죽고 없어 혼자 사는가 보죠? 앉아있는 꼬락서니가 힘도 기술도 없어 돈도 벌지 못할 것 같고, 며느리가 그 놈하고 몇 푼씩 주는 생활비 받아 근근이 먹고 사는 병든, 독감이라도 유행하면 그 독감 피하지 못하고 걸려 죽고 말, 살날이 얼마 남지 않은 늙은이가 틀림없어 보이는데 맞지요? 내가 보기에 그렇소. 그 영감쟁이를 보며 혼자서 이 생각 저 생각을 해본다.

당신이나 나나 젊어서 힘든 일 하면서 자식 낳아 기르다 이 꼴 된 것 같은데 어떻소? 내 말 맞지요. 하고 속으로만 중얼거려보았다.

세월이 어찌 이리 잘 가나

엊그제 새해 인사하고 잔설 밟으며 봄을 기다렸던 것 같은데 펼쳐진 화선지에 심술궂은 화가가 노랗고 빨간색 뿌려놓듯 검푸르던 나뭇가지마다 붙은 잎사귀들 단풍지고, 들엔 오곡이 익어가고 있다. 그걸 보고 있노라니 세월의 무상함이 절로 느껴진다.

오늘이 추석 명절을 며칠 앞둔 9월의 끝자락이다. 월급 받은 지 며칠이 지나지 않았던 것 같은데 또 월급날이 코앞이다. 받는 사람 생각이 이럴 때 주는 사람은 어떨까 생각해보니 내 숨이 막힐 듯싶다.

이렇듯 세월은 하루하루 숨 돌릴 틈을 주지 않고 빨리도 간다. 이처럼 빨리 간 세월은 나이를 먹은 탓일까? 죽기를 두려워하는 탓일까? 이유야 어떻든 가는 세월, 세월타령이 절로 나온다.

세월아! 어찌 이리 잘 가노?

할 일은 많은데 시간은 없지요, 몸은 굳어 말을 안 듣지요, 눈도 어두워지고, 귀는 잡소리에 어리둥절해지고, 입속은 헐어 마음 놓고 씹을 수가 있나. 힘이 빠져 걷는 것 또한 마음 따로, 발길 따로, 생각은 태엽 풀린 축음기 같고, 이것이 인생이 가야하는 길이었건만 그것을 미처 알지 못하고, 아니! 알고도 천년만년 살 거라고 젊어서 허송세월 했었던 것 이제 와서 후회되지만 그것 후회한들 무엇 하나. 마음만 답답한 걸, 답답한 마음에 울화가 치밀민다.

생각에 생각을 거듭해보니, 이것이 인생살이인가 싶기도 하지만 그냥 지나쳐 버리기에는 아쉬움이 너무 크다.

뒤는 돌아보지 말고 앞만 바라보자 생각하니 후회로 막힌 가슴 뚫린 듯 여유가 생긴다.

세월아 어찌 이리 잘 가노, 너 세월 따라 내 아비 보낸 지 오래고, 금방이라도 내 어미 갈듯 싶다. 그리고 주변 어른들이며 친구들 하나 둘 보이지 않으니 그 또한 세월 탓 아니겠니.

세월에 묻혀 사는 나그네 인생 오늘도 괴나리봇짐 등에 매고 앞서거니 뒤서거니 발걸음을 재촉하며 힘든 여행길 헤매는 신세. 그것이 곧 인생이오 삶이다.

인생살이가 그렇다고 변하거나 거역할 수는 없다.

도살장으로 끌려가는 소처럼 세월에 끌려가는 인생이라도 자기는 자기여야 한다.

〈안젤로 패트리〉는 "자기의 마음과 육체를 저버리고 자기 아닌 누군가가, 어떤 것이 되려고 하는 인간만큼 비참한 것도 없다." 라고 말 했다. 순리에 순응을 전제로 한 말이다.

가는 세월 붙잡을 수도 없지만 붙잡으려고도 하지 말라. 부질없는 짓이요 어리석은 자가 갖는 터무니없는 욕심으로 화만 키울 뿐이다. 가는 세월 탓하지 말고 촌음을 아껴 하고 싶은 것 더 많이 하면 된다.

삶의 마지막 가는 길에서 보다 적은 후회 그것이면 되는 것 아니겠나.

가는 세월 붙잡지 못해 '어찌 이리 잘 갈고' 하며 한탄 섞인 생각 떨쳐 버리고 살다 보면 세월 간 것 잊을 수 있지 않을까 싶다.

인생의 봄 그리고 겨울

봄과 겨울은 인간에도 있다. 봄이 왔다고 겨울이 지났다고 일희일비—喜—悲해서는 안 된다.

오고 가는 것 인력으로는 못한다. 때가 되면 올 것은 오고 갈건 간다. 오는가 하면 가고, 떠나가는가 싶었는데 오고, 예쁜가 싶으면 미워지고, 좋은가 싶으면 나빠진다. 그러니 영원한 것이 없다. 그래! 변하는 것에 미련을 두지 말자. 미련을 두는 것은 부질없는 일이다.

대지 위에 두툼하게 쌓인 하얀 눈 그 눈이 좋다고 처마 끝에 주렁주렁 달린 고드름이 좋아서 그런 겨울을 떠나보내기 싫다고 붙잡을 수는 없다.

소牛여물 그런 말, 도시에서 태어나 자란 젊은이들은 알아듣지 못할 소리가 되리라 싶어 이런 말을 써야하나 망설여지지만 앞서 살다 간 사람들 또 앞서 살아가고 있는 사람들과 함께 가슴깊이 묻어둔 추억을 더듬어 보고 싶었다. 그들이 살아온 모습을 짚어보고 싶었다. 그래서 잠깐 생각을 해본다.

소여물을 끓이기 위해 뒤뜰에 쌓아둔 잔솔나무 꺾어 아궁이 깊숙이 쑤셔 넣고 불을 지폈다. 날씨 꽁꽁 얼어붙은 한겨울엔 지글지글

끓은 사랑방 아랫목을 서로 차지하려고 궁둥이를 들어대며 비벼 댔던 사람들이 눈에 선하다.

산업화가 되기 전, 산업화 초기 그 시절, 나무를 땔감으로 밥을 짓던 시절, 춘궁기 보릿고개가 있었던 시절, 허기진 배를 움켜쥐고 추위에 떨며 잠 못 자고 밤을 새우던 때, 그때 겨울은 왜 그렇게 추웠었는지 생각만 해도 오금이 시리지만 지금 생각해보면 그래도 그때가 좋았던 것 같다.

그땐 추억이 가득 넘치는 겨울이었기에 너무 좋았다. 그런 추억이 있는 겨울이라도 붙잡지 마라. 붙잡으면 질서가 깨지고 재앙이 생긴다.

자연 속에 봄과 겨울이 오가듯이 인간들의 삶에도 봄과 겨울이 있다. 겨울이 있으면 봄이 있고 또 겨울 봄 수시로 오고간다. 그 봄과 겨울 오고가는 것 막을 수 없다.

철학자 〈앙리베르그송〉은 '변화하는 것은 성숙하는 것이며 성숙하는 것은 우리자신을 끝없이 창조하는 것이다.' 라고 했다. 가는 겨울을 붙잡고 오는 봄을 막는다는 것은 변하지 않고 현재에 머무는 것이다. 변화가 없이 머무는 침체와 퇴보는 죽음과도 같다. 겨울이 가면 붙잡지 말고 봄이 오면 맞이해라. 그 봄을 맞아 또 다른 세상을 창조하고 즐겨라.

봄은 나른함도 있지만 생명을 잉태하고 살찌우는 기운도 있다.

생동하는 대지는 향기 그윽한 꽃동산을 만들고 비릿한 풀냄새로 산과 들을 가득 채운다. 인생의 봄도 희망과 행복을 꿈꾸게 한다.

닭이 울지 않아도 새벽이 오듯 인생의 사계 또한 피하지 못한다.

지구와 태양이 공전과 자전을 계속하는 한 봄은 온다. 갔다 또

온다.

인간들에게도 따스하고 차가운 그런 계절이 아닌 또 다른 봄과 겨울이 있다. 그런 봄과 겨울이 일생 동안 수없이 오고 간다. 긴 봄도 짧은 봄도 있고 긴 겨울 짧은 겨울이 있는가 하면 깊은 겨울도 있다. 못 견디기 힘든 겨울도 있다. 그런 일련의 것들을 맞이할 줄도, 보낼 줄도 알아야 한다.

아름다운 꽃을 보기위해서는 혹독한 겨울이 지나가야 하듯이 인생의 봄도 아픔을 딛고 일어서야 한다. 혹독한 겨울이 오고가는 것은 자연의 순리다. 자연의 순리를 거슬러서는 안 된다. 순리를 거스르면 반드시 재앙이 온다. 그래서 오는 것 막지 말고 가는 것 붙잡지 마라, 순리대로 살아야 한다. 봄은 봄으로 겨울은 겨울로 순응해야 한다.

누구나 자기인생의 봄이 언제 있었는지 모르고 산다. 모르는 것이 흉이 아니다. 모른다고 바보가 아니다. 내일을 알 수 없는 삶이 계속되고 있으니 그럴 수밖에.

다만 늙고 병들었을 때 죽음을 목전에 뒀을 때 저승사자 앞에 무릎을 꿇었을 때 그때 생각해보면 아! 그때가 내 인생에 봄이었음이 느껴질 것이다. 그때 느끼는 봄이 당신에게 진정한 봄이었을 것이다. 그리고 가슴깊이 한기가 스며드는 순간, 매서운 겨울이 찾아들고 있는 것을 느끼는 순간 정신이 흐려지고 물체들이 눈으로부터 멀어져 희미해진다. 영영…… 그것이 당신에게 마지막 찾아오는 겨울이다. 그때 생각해보면 내 인생에 최고의 봄은 언제였던가. 분명 알게 될 것이다.

이렇 듯 사람마다 일생에 수 없는 크고 작은 봄과 겨울이 슬며시 찾아왔다 어느새 달아나버린다.

  봄과 겨울을 느끼는 순간에 내 육신에서 영혼이 또 다른 세계로 떠난다.

아버지! 아버지!
저 알아보시겠어요, 저예요

아버지! 저 알아보시겠어요, 저예요.

남쪽에 사는 89세 아버지에게 북쪽에 사는 69세 아들과 67세와 64세 딸이 60년 만에 금강산 이산가족 상봉 자리에서 만나 하는 말이었다. 아버지! 아버지! 저 알아보시겠어요, 저예요. 하는 말이 한 서린 울음소리와 함께 2009. 9. 25일 전파를 타고 온 누리에 울려 퍼졌다.

그 뉴스를 보는 순간 가슴이 뭉클했다. 우리민족에게 주어진 비극을 새삼 느끼게 했다. 이념을 빙자한 인간의 모순을 엿볼 수 있었다.

얼마 전까지만 해도 지구는 넓고 멀다고 생각을 했었다. 몇 달을 걸려 가는 곳도 있었다. 그러나 과학문명의 발달은 우주공간을 좁고 가깝게 만들었다.

지금은 지구를 가리켜 지구촌이라고 한다. 세계 곳곳에 퍼져 살고 있는 인류를 지구촌 한 가족이라고 한다.

촌은 작은 고장을 일컫는 말이다. 한 가족이란 작은 집단을 의미한다. 지구촌이라는 말과 걸맞게 불과 몇 시간 하늘을 날다 보면 못 가는 곳 없이 어디나 간다. 이렇게 멀고도 가까운 곳이 되어, 오고

가는 것, 마음만 먹으면 어느 때나 갈 수 있다.

그런데 안타깝게도 올 수도, 갈 수도 없는 곳이 한반도의 남과 북이다. 한반도 그 중간에 동서로 철조망을 쳐 놓고 오도 가도 못하게하고 있다. 그렇다 보니 갓 태어난 소 돼지가 주인의 손에 끌려 어미도, 새끼도, 또 새끼들끼리도 오고 간 곳 모르고 헤어져 살아야 하듯, 인간으로 인연을 맺고 태어나 60년 기나긴 세월 생사도 모르고살다 집권자들의 알량한 배려로 만난자리에서 서로가 서로를 알 수없어 확인하는 말이었다.

아버지! 저 알아보시겠어요? 했지만…… 알아보기는 무얼 알아볼 수 있다고? 그 대답 뻔히 알면서도 묻는 말이었다.

60년 전 아홉 살, 일곱 살, 네 살짜리 어린 아이들을, 스물아홉 살젊은 청년이었었던 사람을, 89세 노인이 된 아버지 혹은 노년이 된자식들 서로가 서로를 알아 볼 수 있다면 그것은 기적이거나 아니면거짓말일 수밖에…… 그러려니 하는 마음에서 한번 해 보는 소리였을 것이다. 그런 안타까운 현실을 보고 또 씁쓸한 마음으로 지켜보았다.

아버지! 아버지! 저 알아보시겠어요, 저예요. 확인하는 말소리는60년 세월동안 쌓이고 쌓인 그리움 그리고 한恨 그것들이 함께 어우러져 울음으로 변해 버렸다.

이산의 아픔, 만남의 아픔이 금강산 일만이천봉에 메아리져 울려퍼졌다. 그런 아픔 속에서도 잠시 만남이 그리워서 "이제 한을 풀었다."라고 말했다. 과연 한이 풀리기는 풀린 것인지, 돌아서면 더 많은 한이 쌓일 것을, 그래도 그 순간을 좋아한다.

그 아픔! 그것이 결코 이산가족 그들만의 아픔이 아니다. 민족의 아픔이요 인류의 아픔이다. 그런 아픔이 왜 하필이면 우리민족이 그 고통을 받아야 하는 것인지, 여기서 또 일본 놈들 말이 나올 수밖에 없다. 일제 36년이라는 강점기가 없었다면 이런 비극은 없었을 것 아니었겠는가. 그런 생각 떨쳐버릴 수가 없다. 참으로 안타까운 일이다.

너도 나도, 남쪽 사는 사람도 북쪽 사는 사람도, 말로는 통일을 외친다. 그 어느 누구도 통일이 돼서는 안 된다고 말 하지 않는다. 위정자들일 수록 더욱 강하게 통일에 대한 의지를 보인다. 그러나 정작 60년이 넘는 세월이 흘렀는데도 통일을 이루지 못하는 모순을 보인다. 양 당사자들이 만나 머리 맞대고 진지하게 논해 보지 않는다. 이율배반적, 언행 불일치함을 보여줬다.

언제까지 남과 북으로 흩어진 이산가족 상봉이라는 행사를 갖고, 울음바다가 되는 그 광경을 봐야하며, 지구촌을 달구며 애처로워해야 하는 건지 모두가 함께 생각하고 반성해 볼 필요가 있다.

아버지! 아버지! 저 알아보시겠어요, 저예요. 언제까지 해야만 하는 것인지? 우리 함께 그들의 아픔을 역지사지로 가슴에 손을 얹고 생각해 볼 필요가 있다.

야! 너무 싫다 느끼해

눈을 감고 살 수도 없는 일, 이 일을 어찌하나?

세상이 변하는 것은 당연한 이치인 걸! 이를 누가 탓하겠느냐만, 변화의 흐름도 그렇고 변화 된 모습이 너무도 느끼해서 이럴 때엔 어떻게 할까 생각하고 있노라면 답답함이 끓어올라 낙서를 하며 혼자 말로 중얼거렸다.

이야기 배경은 이렇다. 2010년 7월 17일 늦은 오후였다. 충청남도 아산시 온양에 사는 김 군자 시인이 '별이 빛나는 바닷가'라는 시집을 출판, 출판기념회를 가졌다. 행사에 참석 격려 말을 해 줬으면 하는 부탁이 있어 그 곳을 다녀오는 길이었다.

온양기차역 승강장에서 기차를 기다리고 있었다. 그 때 20대 초쯤 된 대학생 또래 여자 두 명이 말을 주고받으며 시시덕거리고 있었다. 보통 시끄러운 것이 아니었다. 뿐만 아니라 대화 내용이 남자들 흉을 보는 말로, 듣는데 조금 민망스러웠다. 둘이 경쟁이라도 하듯 꼬리에 꼬리를 물고 말을 하고 서 있었다. 이를 하얗게 내놓고 웃는 모습은 보기에도 쌍스러웠다. 그것을 보고 서 있자니 슬슬 짜증이 치밀었다. 그때 또 다른 20대 초반으로 보이는 한 남자와 한 여자가 옆으로 가까이 와 손을 마주잡고 섰다. 그들은 무슨 말인지 알아들을 수 없는 국적 불명의 말을 조용조용 오순도순 주고받았다. 때로는 킬킬대고 웃기도 했다. 갑자기 조용해졌다. 무심코 그들을 쳐다보았다. 이 일이! 웬일입니까? 여자가 남자 볼을 붙잡고 입을 갖다대고, 남자는 여자 허리를 껴안고 두 사람은 키스를 하고 있었다. 키스를 하고 또 하고 마침내는 두 사람이 몸을 서로 붙였다. 그들이 하는 행동거지가 정말 볼썽사나웠다. 그것을 보고 있던 한 여자가 갑자기, "야! 너무 싫다. 느끼해!" 하고 소리를 크게 질러댔다.

그래도 두 남녀는 듣는 척도 않고, 껴안고 키스를 하고 있었다. 마치 눈도 멀고 귀도 먹어 주위를 전혀 보지도 듣지도 못한 사람처럼 그들은 하던 짓을 멈추지 않았다. 추태였다. 그것을 보고 있자니 목구멍에서 무엇인가 토해 나올 것만 같아 참느라 힘들었다. 왜 사람들이 저렇게까지 돼 버렸나.

인간이 동물과 다르다면 그것은 가릴 것 가릴 줄 알고, 해서는 안 되는 행동, 보여서는 안 되는 것은 남들이 보지 않는 곳, 들리지 않는 곳에서 조용히 숨어서 할 줄 아는 것, 그래서 옷으로 몸을 가리고, 얼굴엔 화장을 하고, 머리를 손질하고, 손톱 발톱도 깎고, 몸도 씻는다.

또 다른 웃지 못 할 추태가 있었다. 물론 그들은 추태가 아니라 애정 표시고 본인들 좋아서 하는 행동인데 남의 일에 왜들 왈가왈부냐? 라고 할런지 모르나 생각하는 것이, 하는 행동이 객관적이지 못하고 주관적이면서 동시에 제3자들로부터 비난 받는 것이라면 그것은 옳은 생각이 아니고 추태다.

햇볕이 강하게 내리쬐는 날 오후 손님이 사무실로 찾아오겠다기에 전철역 가까운 곳 커피전문점으로 나가 만났다.

그 때 고등학교를 갓 졸업했거나 아니면 고등학교 3학년 또래 남녀 두 사람이 배낭을 메고 들어 와 옆 테이블에 앉았다. 그들은 마주보고 앉아 서로 얼굴을 빤히 쳐다보다 남자가 테이블에 팔을 세워턱을 받치고 여자를 쳐다보자 여자가 자신의 입을 손으로 살짝 가리고 그 남자 입에 갖다 대고 키스를 했다. 하는 행동이 세련 된 것으로 봐서 처음 같지는 않았다. 몇 번이고 상습적으로 그런 장소를 찾아다니며 해본 사람들이 틀림없어 보였다. 곁눈으로 주위를 살피다 시선이 자신들을 향해 있는 것 같으면 슬며시 뗐다 다시 입을 갖다댄다. 계속 몇 번이고 반복하다 자리에서 일어나 손을 마주잡고 아무 일도 없었다는 듯 유유히 커피숍을 빠져나가 거리로 나갔다. 그들은 커피도 마시지 않고 테이블 하나를 차지하고 한 동안 앉아 할 짓 다하고 자리를 떴다.

개나 말과 같은 동물이나 식물들은 춥고 더워도 견디는 것이 상책이며 추한 모습도 감출 줄 모른다. 그러나 인간은 춥고 더운 것을 피하고 추한 모습을 감출 줄 안다. 그래서 만물의 영장이라고 한다.

인간이 만물의 영장이라고 하면서 겨우 하는 행동이 개나 말 보다못한 행동을 하는 것은 인간이 인간 스스로를 망가뜨리는 것이다.

요즈음 젊은이들 중에는 이해할 수 없는 행동을 스스럼없이 하는 사람이 많다. 꼭 그렇게 해야 만이 애정 표현인줄 알고 있는지 모르지만 이성과 감성을 가진 인간이라면 최소한의 사회질서는 지킬 줄 아는 자세가 필요하다. 그런데도 최근엔 이런 형태의 이상스러운 일들을 많이 볼 수 있다. 밝은 낮에 그것도 많은 사람들이 전철을 타기위해 기다리는 승강장에서, 또 한시도 손님이 끊이지 않고 들락거리는 커피전문점에서 젊은 남녀가 하는 행동들을 보고 잘 못했다고 한 내 생각이 잘 못된 것인지 스스로 반성을 해 보았다. 그러나 아무리 생각하고 또 생각해도 이해가 되지 않았다. 과연 인간의 미래가 어떻게 될 것인지 걱정이 됐다.

그런 행동들이 난무한 세상에 눈을 감고 살 수도, 뜨고 살 수도 없으니 반쯤 지그시 감고 감은 듯 뜬 듯 사는 것이 가장 현명할 것 같다. 생각도 반쯤 떼어내 버리고 새로운 아주 새로운 사람, 그런 사람으로 살아야할 것 같다. 그런 광경을 보고 미래의 인류가 어떤 모습으로 변해갈까 걱정스러운 생각을 하는 건 비단 나만이 아닐 것이다.

전철역에서 그런 행동 하는 젊은이들과 똑 같은 세대, 똑 같은 때와 똑 같은 공간에서 살고 있는 "야! 너무 싫다 느끼해" 했던 젊은 여자와 같은 사람, 그런 사람도 수 없이 많을 것이라 믿는다.

어느 시대 어느 사회나 꼭 있어야할 사람이 있는가 하면 있어서는 안 되는 사람이 있다. 사람들 하는 행동 또한 다를 리 없을 것이다.

인간이 지켜야할 도리, 올바른 삶 그것을 추구하는 사람, 갈망하는 사람들이 넘치는 사회가 됐으면 한다. 꼭 있어야 할 사람이 많은 사회가 됐으면 한다.

야! 너무 싫다. 느끼해 그런 말이 없는 세상이 됐으면 한다.

숨 막히는 세상

1988년 하계 서울올림픽 이전만 해도 지금처럼 외국인이 길거리에서 많이 보이지 않았다. 그러던 것이 2000년부터는 서울도 국제도시답게 외국인들이 많이 보이기 시작했다. 특히 고궁 같은 관광지에는 생김새와 피부 색깔이 다르고 언어가 다른 사람들이 북적거렸다. 하루에도 수만 명이 인천공항 등을 통해 외국으로 나가고 들어오곤 한다.

외국을 가고 오는 사람이나 우리나라를 방문하는 외국인들 중엔 여행이 목적인 사람, 직장 일로 출장 중인 사람, 국제회의에 참석하기 위한 사람들로 목적도 다양해졌다.

1950년 6.25전쟁을 치르면서 우리나라는 잿더미가 된 폐허의 땅이 됐다. 그런 우리가 경제부흥을 일으키게 되기까지는 국민들이 시간과 싸우며 살아 온 결과라 할 수 있다. 그렇게 사는 한국사람들이 외국인의 눈에는 불안하고 초조하게 보였겠지만 우리로서는 그것이 바탕이 돼 발전했다.

얼마 전 매일경제신문에서 요그르 미하엘 도스탈 서울대 행정대학원 교수가 쓴 '서울의 시간'이라는 글을 읽었다. 그에게 유럽친구들이 종종 "서울은 대체 어떤 곳이냐?"고 묻는다고 했다. 그러면서 그는 이렇게 말했다.

"서울은 계절마다 분위기가 바뀌고 하루에도 다양한 경험을 할 수 있는 곳이다. 이렇듯 시간이 지나면 거의 모든 것이 변화하는 곳이 서울이기 때문에 결국 서울을 정의 할 수 있는 유일한 요소는 '시간' 이다. '서울의 시간' 이란 어떤 것일까? '서울은 잔뜩 긴장해 있는 사람' 과 같아서 이곳에서는 늘 시간이 충분하지 않다."라고 했다. 그 교수의 말처럼 서울은 쉴 새 없이 변화하고 있다.

변화란 살아 있음을 의미한다. 변화는 진화의 또 다른 말이다. 그의 말처럼 서울은 시간이 지나면 거의 모든 것이 변화하는 곳, 어떤 형태로든지 진화해 버리는 곳이 서울이다. 어제가 먼 옛날이 돼 버리는 곳이 서울이다. 그래서 서울 사는 사람들은 잔뜩 긴장해 있으며 항상 시간이 모자라 몇 가지 일을 동시에 하며 쫓기듯 산다.

길을 걷거나, 전철을 타거나 또 버스를 타고 이동을 하면서도 귀에는 이어폰을 꼽고 무엇인가를 듣고, 입에는 음료수나 햄버거를, 손엔 휴대폰으로 문자를 주고받으며, 또 다른 손에는 책을 펼쳐들고 열심히 읽는다. 그렇게 시간을 쪼개고 또 쪼개며 고군분투하면서 산다. 그런 곳이 서울이며 서울사람들의 삶이다.

서울사람들 사는 모습에서 여유로움이란 찾아 볼 수 없다. 서울은 긴장과 초조만이 상존한 사회다. 서울은 각박하기 이를 데 없다. 그래서 사회적 모순이 곳곳에서 눈에 띄게 나타나고 있다.

그런 급격한 변화와 긴장은 스트레스를 주고 그 스트레스가 쌓여 나태해지고 삶의 의욕을 저하시키며 주변을 돌아 볼 여유를 주지 않는다. 그것이 도덕 불감증으로 변했다.

지금 서울은 부도덕한 사회로 변해 가고 있다. 얻는 것이 있으면 잃는 것이 있다는 말이 있다. 여기서도 득과 실이 상존한다. 경제발전은 물질이 풍부해진 반면 전통적인 예의는 찾아 볼 수 없도록 핍박해져 버렸다.

전철에서 중년과 노년 사이 젊은이와 늙은이 사이 앉을 자리를 놓고 다투는 것을 볼 수 있다. 그 광경을 보고 있노라면 언제부터 우리 사회가 저런 모습으로 변해버렸을까? 원망도 하고, 또 잘 못 변해버린 세태世態를 볼 땐 회의감이 들 때도 있다. 그런 서울에서 배려 따위는 찾아 볼 수 없다. 이기주의가 만연한 사회로 동방예의지국이라는 말이 무색할 정도로 서울은 변해 버렸다.

노약자는 전철통로에 서서 쓰러지지 않으려고 안간힘을 쓰고 젊은이들은 자리에 앉아 두리번거리거나 무엇인가를 열심히 하는 척, 아니면 눈을 감고 있거나 스마트폰을 들여다보고 혼자서 희희덕 거린다.

부도덕과 이기주의는 가정교육과 학교교육이 잘 못된 탓이고 긴장 속에 허둥지둥하는 것은 욕심이 부른 결과라 할 수 있다. 거기다 성급한 국민성도 한 몫하고 있다. 또 물질만능세상에서 견물생심이라는 심리적 작용과 허영심도 빼놓을 수 없는 원인 중 하나다. 시간을 쪼개가며 동시에 이것도 하고 저것도 하면서 쫓기듯 긴박하게 사는 생각과 행동을 스스로 바꾸지 않는 한 부도덕과 이기주의는 더욱 심화 될 것이다.

그 교수는 이런 지적도 빼놓지 않았다. "서울사람들은 허둥지둥하며 무언가를 끝내려 하지만 그렇게 해서 실제로 일이 빨리 끝나지 않는 것 같다. 변수를 고려하고 계획하고, 공감하는 과정 없이 서둘러 처리한 일들은 다시 원점으로 돌아온다. 급하게 마무리하는데 이미 시간을 써버렸기 때문에 돌아 온 원점에서 그들은 또 서둘러야 한다."

그 교수가 지적한 것과 같이 서울사람들은 마음만 급하고 급한 생각에 과정이나 원리를 무시하고 보다 빨리 결과를 얻고자 했었으며 지금도 마찬가지다. 원리를 연구할 시간적인 마음의 여유가 없다. 그래서 남의 것을 모방하는데 급급했다.

급함은 일상생활에서 쉽게 찾아 볼 수 있다. 전철역이나 백화점의 에스컬레이터에서 뛰어 오르고 내린다. 또 한 걸음 앞서기 위해 옆 사람을 밀친다. 그것이 서울사람들의 생활이다. 그런 광경을 지켜본 외국인 눈에는 긴장과 불안 그리고 초조한 사람들로 보인 것이 지극히 당연했을 것이다.

그래서 "서울은 대체 어떤 곳이냐"고 묻는 답변에 "서울은 홍콩보다 덜 붐비고, 싱가포르보다 덜 영미英美화 되어 있고, 도쿄보다 덜 비싸다."라는 답변보다도 한 마디로 '시간' 이다라고 했었을 것이다. 서울은 '잔뜩 긴장 해 있는 사람' 과 같다고 했었을 것이다.

결국 긴장과 초조는 불안을 일으키고 불안은 불행을 몰고 온다. 또 불안은 행복의 조건이 못 된다.

사람들은 누구나 행복해 지기를 원한다. 그러나 행복이란 수학문제와 같이 공식을 대입하여 풀 수 있는 획일적인 정답이 있는 것이 아니다. 그래서 사람마다 진정한 행복을 느끼는 수단과 방법은 다르다. 어떤 사람은 사는 보람을 일하는 것이라 말한다. 사는 보람과 일하는 보람을 마음으로 느낄 수 있을 때 행복하다고 했다.

서울사람들이 길을 걸으면서 또는 버스나 전철에서 귀에 이어폰를 꼽고, 입에는 음료수나 햄버거를, 한 손엔 휴대폰을 켜 문자를 열심히 보내고 또 다른 손에는 책을 펼쳐들고 그렇게 바쁘게, 정신없이 사는 것도 자신이 좋아서 하는 일로 보람을 갖는다면 그것도 행복이 아닐 수 없다.

그 교수가 말한 "서울사람들은 변수를 고려하고 계획하고 공감하는 과정이 없이 서둘고 허둥지둥하기 때문에 긴장과 초조 속에 스트레스를 받고 불안한 생활을 한다." 라고 했으나 사실은 그것이 아니다. 그 교수는 뭔가 잘 못 보았다.

서울사람들은 그런 생활에 익숙해져 있다. 그래서 오히려 그런 생활을 즐긴다. 그렇게 바쁘게 살지 않으면 병이 날 정도로 생활화 돼있고 그것에 푹 빠져 있다. 서울은 숨 막힐 정도로 긴박한 도시, 급하게 변해가는 도시인 것만은 사실이다. 그렇다고 결코 숨 막히는 곳, 그런 사람들이 사는 각박한 곳만은 아니다.

사람마다 삶이 다르고 각기 다른 삶속에서 갖는 행복 또한 같을 수가 없다. 그래서 서울사람들은 지칠 줄 모르고 그렇게 사는지 모른다.

'문 하나가 닫히면 이내 다른 문이 열린다는 것은 특별할 것 없는 인생의 규칙이다. 그러나 닫힌 문에 연연하여 열려진 문을 소홀히 한다는 것이 인생의 비극이다.' 라고 앙드레 지드가 말했다.

앙드레 지드의 말과 같이 문이 열리면 또 다른 문이 닫히듯이 사람이 살아가는데 변화는 필연이다. 그 변화의 속도를 빠르게 하느냐 아니면 느리게 하느냐는 선택이다. 다만 서울사람들은 그 변화를 빠르게 하고 또 빠른 속도로 쫓아간다. 그래서 숨 막히는 세상으로 보일 것이다.

닫힌 문에 연연하기 위해 열려진 문을 소홀히 한다는 것이 인생의 비극이라고 앙드레 지드가 말 한 것과 같이 변화의 두려움 때문에 숨 막히게 사는 것이 싫다는 것 또한 비극이라 할 수 있다. 그러나 결국은 서울의 변화가 지구를 풍요롭게 할 것이다. 서울은 인류에겐 행복을 주는 그런 곳으로 진화 될 것이다.

어느 시인의 시 '산중일기'

시인도 아닌 내가 하루는 시집 한 권을 배낭에 넣고 집을 나서 가까운 곳에 있는 나지막한 산으로 등산을 갔다. 산을 오르다 숨이 차 잠깐 쉬어가기 위해 약수터라는 푯말이 붙어 있는 곳 물이 고여 있는 웅덩이 옆 바위에 걸터앉아 플라스틱 조롱박에 물을 퍼 목을 적셨다. 그리고 또 다시 산을 오르고 있었다. 나무와 풀이 무질서하게 어우러진 산길을 걸었다. 숲속 나무 그늘에 앉았다. 땀을 식히는 동안 시집을 꺼내 책장을 넘기는데 내 눈을 잡아 묶는 '시' 가 있었다.

묵정밭에 섭니다./ 그냥 버려둔 땅이 죄스럽다며/ 무엇이든/ 심어서 가꾸시던/ 어머니

내 나이/ 당신 세월만큼이나 거슬러 올라서야/ 그 깊은 속/ 헤아립니다.

종일 울어대는 뻐꾸기 소리로/ 한을 풀어내시며/ 짙은 볕살 등에 지고/ 작은 영토에서/ 오늘은/ 내가 주인이 되어/ 풀꽃으로 흔들리고 있

습니다.

밤이슬 한 모금씩 머금고/ 수줍게 얼굴 드미는 밭이랑 서면/ 어느새/
당신으로 서 있습니다.

이 시는 손희자 시인의 시집 「그 외딴 집」의 '산중 일기 텃밭에서'
라는 시다. 시인은 오래 내버려 둬 잡초가 무성한 밭을 보고서 어릴
적 어머니가 "농사를 짓지 않고 묵혀 둔 땅이 죄스러워 무엇이나 심
어 가꾸셨다"고 하셨던 말, 그 속에 깊은 뜻이 담겨있었음을 많은 세
월이 지나고서야 겨우 이제 깨달았다고 했다. 땅을 소중히 여기는
농부의 뜻을 뒤늦게 알게 됐다는 말로 시작 지난 세월을 뒤 돌아 보
며 인간들의 생각이, 인간들의 삶이 과거나 현재 크게 다르지 않다
는 것을 현재의 자신과 과거의 어머니와 견주며 말하고 있었다.
　농사짓는 사람들은 무엇보다도 토지를 소중히 여긴다는 것을 알
게 됐음을 이야기하고 있었다. 그리고 오래 전의 어머니 모습을 떠
올리며 그리워했다. 또 철없이 살았던 지난 날에 대해 나이를 먹을
만큼 먹고서야 겨우 깨우치게 됐다는 넋두리도 하고 있었다.
　시를 읽다 문득 어린 시절 내가 보았던 부모님 모습이 떠올랐다.
　내 어릴 적 부모가 농사를 짓던 농토가 있었다. 집 근처 가까운 곳
에도 있었고 멀리 산골짜기 외딴 곳에도 있었다.
　산허리 가로질러 희미한 오솔길을 따라 걷다보면 산골 한적한 곳
에 움막 한 채가 있고 그 옆으로 좁고 길게 뻗어 있는 논 자락 밭 자
락이 있었다.
　논에는 벼를 심고 밭에는 감자도, 보리도, 때로는 고구마도 심었

다. 논은 천수답이지만 벼 아닌 다른 작물을 재배하기엔 여건이 좋지 않았다.

벼를 심어 놓고 비가 오지 않으면 두레질을 해서 마른논바닥에 물을 적셔주곤 했다. 물이 담긴 샘이 말라 두레질 할 물마저 없어 논바닥이 거북이 등이 되면 벼 포기는 푸름을 잃고 메마른 줄기에 누렇게 말라 비비꼬인 잎이 애처롭게 비를 기다린다. 그 모습을 지켜본 아버지는 안절부절, 병든 자식 품에 안고 이리 뛰고 저리 뛰듯 허둥 댔다. 그것이 비단 내 아버지만의 모습이거나 손희자 시인의 '산중 일기의 텃밭에서' 나오는 어머니의 모습만은 아니었을 것이다. 농사를 짓는 사람이면 너나할 것 없이 다르지 않을 것이다. 땅을 소중히 하는, 땅을 가꾸는, 땅과 삶을 함께하는 그들에게는 묵정밭이 돼버린 농토, 가뭄으로 죽어가는 농작물, 병충해로 망친 작물을 바라보는 농부의 가슴은 시꺼멓게 타들어가고 추운 겨울 먹을 것 걱정하느라 한숨이 시들어 땅이 꺼질 것만 같았다.

손희자 시인의 시집 「그 외딴 집」의 '산중 일기 텃밭에서' 시를 읽다 문득 농사를 짓던 부모님 생각이 떠올랐다. 그리고 농촌 사람들의 사는 모습을 떠 올려 보았다.

검은 그림자

사자와 모기의 싸움

당신은 사자와 모기가 싸운다면 그 승자는? 또 모기와 거미의 싸움에서는 어느 쪽이 이길 거라고 믿는가? 먼저 어느 쪽이 왜 승자가 될 것이다. 라는 생각을 해 보고서 천천히 읽어보아라.

이 이야기는 이솝의 우화에 나온 것이다.

사자의 주위를 모기가 윙윙거리며 계속해서 맴돌자 사자가,

"저리가. 내 눈으로는 보이지도 않을 만큼 코딱지만 한 것이 감히 내게." 하며 화가 잔뜩 난 목소리로 크게 소리를 질렀다.

그 소리를 듣고 자존심이 상한 모기가,

"사자 너 까불래? 나하고 한번 싸워 볼 거야? 다들 너를 왕이라고 한다 해서 내가 겁낼 것 같니? 나는 너보다 더 힘센 황소도 한방에 꼼짝 못하게 할 수 있어, 알겠니?"

모기가 사자 등에 달라 붙어 톡톡 쏘며 싸움을 걸었다. 사자가 화가 나서 길길이 뛰었다. 주변에 있던 다른 동물들이 슬슬 자리를 피했다.

모기는 사자의 등, 얼굴, 코, 귀 할 것 없이 마구 찌르며 공격을 했다. 사자는 고통을 참지 못하고 이리 뛰고 저리 뛰며 벽에 몸을 연신

부딪쳤다. 골칫덩이 모기는 달아나지 않고 여기저기 자리를 옮겨가며 쏘아 댔다. 정글의 왕이라고 큰소리를 쳤던 사자는 기진맥진하여 쓰러졌다. 의기양양한 모기는 승리의 즐거움을 만끽이라도 하듯이 윙윙 소리를 내며 날아갔다.

"모기님, 미안해. 나 여기 당신을 기다리고 있다." 배가 고픈 거미가 줄을 쳐놓고 기다리고 있었다. 그 거미줄에 모기가 걸렸다. 그 때 거미가 나타나,

"꼼짝 하지 마. 나 지금 몹시 배가 고프단 말이야. 잘 됐지 뭐야. 이게 웬 떡" 하며 모기를 한 입에 넣었다. 이솝의 우화는 하찮은 것도 그냥 넘겨서는 안 된다는, 힘만으로는 세상을 지배 할 수 없다는 것을 보여줬다. 세상에 영원한 강자가 없다는것, 사자와 모기, 모기와 거미의 관계에서 보았듯이 강자도 약자도 없다는, 때로는 강자가 되기도 하고 때로는 약자가 되기도 한다는 것을 말해주고 있다.

여기서 우리는 힘만으론 살 수 없다는 교훈을 얻을 수 있었다. 삶에는 힘보다는 지혜가 더 낫다는 것을, 힘을 지배할 수 있는 것이 지혜임을 알 수 있었다. 모기와 거미관계는 또 다른 교훈을 가르쳐 주고 있었다. 방심해서는 안 된다는, 긴장을 늦춰서는 안 된다는, 들뜬 기분으로 잠시 방심했다가는 생명을 잃을 수 있다는 언제나 세심하고도 신중한 행동이 필요함을 일깨워 주고 있었다.

지금 세계도처에서는 금융위기라는 경제적 돌풍 때문에 국가는 국가대로 기업은 기업대로 개인은 개인대로 고통을 받고 있다. 이럴 때 일수록 세심한 주의와 미래를 바라다 볼 수 있는 지혜가 필요하다. 용기 있는 도전을, 고통을 이겨내는 인내도 필요하다.

사람 사는 세상에 위기는 도처에 시도 때도 없이 도사리고 있다.

굶주린 호랑이나 배고픈 하이에나가 먹이 감을 찾아 헤매듯이 인간들도 재물을 넘보고 생명을 위협하고 있다. 그래서 방심이나 자만은 금물이다. 그리고 의지가 있어야 한다. 보이지 않게 당신을 쫓는 무엇이 있음을 잊어서는 안 된다. 그런 것을 알아야 하고 그것을 지킬 의지가 있어야 한다.

대 문호이자 철학자였던 〈괴테〉는 이런 말을 했다. '아는 것만으로는 충분하지 않다. 이를 적용해야 한다. 의지만으로는 충분하지 않다. 이를 실천에 옮겨야 한다.' 알고 적용했을 때 이로써 충분하다. 또 실천하지 않은 의지는 부족하다. 그러니 알면 적용하고 의지 또한 실천해야 한다고 했다.

사자 같은 인간이 되어서도, 모기 같은 인간이 되어서도 안 된다. 사자에게 주어진 힘이 있다면 이를 적절하게 이용 할 줄 알아야 한다. 또 의지가 있으면 실천 할 줄 알아야 한다. 그렇게 했을 때 비로서 살아남을 수가 있다. 제 아무리 힘이 세고 꾀가 많다고 해도 방심해서는 살아남지 못한다. 사자와 같이 제풀에 꺾이고 모기와 같이 반항 한번 해 보지 못하고 모든 것을 잃고 만다.

총성이 멈출 줄 모르는 전쟁터에서도, 허리케인이 휩쓸고 간 곳에서도, 폭풍우가 지나간 곳에서도, 원폭이 투하된 곳에서도 살아남은 것이 있듯이 위기 가운데 기회가 기회 중에서도 호기가 있음을, 그 호기를 놓치지 않는 지혜가 필요하다. 호기를 놓치지 않는 자만이 성공한다. 싸움, 투쟁, 경쟁에서 승자가 된다. 사자처럼 힘만 세다고 모기처럼 꾀만 많다고해서 반드시 성공하는 것은 아니다 라는 것을 알아야 한다.

언젠가 벌과 개가 싸우는 것을 본적이 있다. 개가 야생벌집을 발견하고 앞 두발로 벌집을 후비자 벌집에 있던 벌들이 떼를 지어 개의 주변을 에워 싸고 개의 코, 머리, 목덜미 등에 붙어 쏘아대자 개가 꼬리를 흔들며 그 자리에서 빙글빙글 돌다 도망을 치는데 도망치는 개를 따라 벌떼가 쫓아가며 개의 몸에 붙어 쏘자 결국 길거리에 쓰러져 있는 것을 지나가던 사람이 보고 나뭇가지를 꺾어 벌을 때리자 벌은 도망치지 않고 그 사람에게 덤벼 벌침을 쏘아댔고, 그 사람마저도 비틀거리다 쓰러진 것을 보았다. 그 사람을 병원으로 옮겨 중화제 주사를 놓아 다행히 몇 시간 후 회복이 되었으나 그 사람의 몸 전체가 벌겋게 달아오르고 퉁퉁 부어 몰골이 말이 아니었다. 벌에 쏘인 개도 사람도 한 동안 고생을 했었다. 벌의 협동심 벌들의 공동생활에 대해서 익히 알고 있었으나 동료애와 협동정신 단합된 행동을 직접 볼 수 있었다.

벌은 침을 쏘고는 생명이 끝난다고 한다. 그럼에도 불구하고 벌들은 자기들의 집단생활을 위해 자신을 희생시키는데 서슴지 않는다.

이솝의 우화에 나오는 사자와 모기의 싸움에서 모기가 이기듯 벌과 개의 싸움에서 개가 벌을 못 이기고 사람의 도움으로 겨우 목숨을 건졌다는 이야기는 이야기로써 듣고 흘려 보낼 것이 아닌 삶에 대한 하나의 지혜로 받아들여야 하지 않을까 싶다. 사나운 사자나 개도 모기나 벌 같은 하찮은 곤충을 이길 수 없다는, 몸집과 힘만으로는 결코 싸움에서 승자가 될 수 없다는, 생명을 가진 동물은 물론 식물도 강자 앞에서 생명을 위협하는 상황에서 그를 피하고 살아남기 위한 수단이 있음을 알아야 한다.

생명을 가진 모든 동식물들이 그러하지만 특히 인간이라는 동물들은 정신의 세계가 있고 이기적이고 한없는 욕심 때문에 한 순간도 쉬지 않고 싸우고 있으며 또 계속 싸워야 한다. 삶 그 자체가 싸움의 연속이다. 싸움에서 벗어날 수 없는 순간의 이음이 곧 생명이다.

사자와 모기 그리고 거미에 대한 이솝의 우화나 벌과 개의 싸움에서 본 바와 같이 힘이나 덩치만 믿어서도 안 되고 자만과 우월감에 도취되어 방심 같은 그런 일이 있어서는 더 더욱 안 된다.

지금 위기니 공황이니 이런 말이 난무하는 요즘 모기가 사자에게 도전해 끈질긴 인내로 사자를 넘어뜨렸듯이 지혜와 의지로써 경제적위기를 극복해야 한다. 또 모기가 사자를 이기고 그 자만에 빠져 방심하다 거미줄에 걸려 거미 먹잇감이 돼버렸음을 명심해야한다. 방심이나 자만은 금물이다.

아름다운 경치와 부서진 사진기

사진 찍는 사람의 기술이 뛰어나고, 아름다운 경치도 저 화질 또는 부서진 사진기로 찍으면 사진이 흉물스럽거나 찍히지 않는다.

좋은 사진을 찍기 위해서는 사진 찍는 사람의 기술, 아름다운 경치, 그리고 사진기가 좋아야 비로소 멋진 사진을 찍을 수 있다.

이 말은 지극히 당연한 말이다. 누구나 생각하고 할 수 있는 평범한 말이다. 누구나 생각하고 할 수 있는 말, 그 말을 왜 할까? 분명히 이 말을 하게 되는 데에는 특별한 이유가 있고 대단히 중요한 의미가 있다.

여기서 사람의 마음을 사진기에 비유해 보아라. 좋은 사진기만이 뛰어난 기술로 아름다운 경치를 담은 좋은 사진을 찍을 수 있듯이 사람의 마음씨도 고와야 보고 듣는 것이 아름답게 보이고 들린다는 것이다.

이 세상에 제 아무리 좋은 것도 나쁜 생각으로 부정적인 생각으로 보거나 듣는다면 그것은 나쁘게 보이고 나쁜 소리로 들리게 돼 있다는 것을 의미한다.

그래서 사람이면 누구나 착하고, 건전하고, 훌륭한 생각은 물론 근면성실하게 생활하려는 자세가 필요하다. 그렇게 했을 때 올바른 삶의 태도가, 보람되고 바람직한 생활태도가 형성되고 그것은 결과적으로 행복한 삶으로 이어질 것이다.

사람은 누구나 부서진 사진기가 돼서는 안 된다.

욕망과 의무

　다시 말해서 욕망은 하고 싶은 의욕, 의무는 해야 하는 것으로 양자는 곧 일치하는 경우도 있지만 대부분 상치된다. 그 중 하고 싶은 것 보다는 해야만 하는 것이 지배적이다. 어려서는 부모의 간섭으로, 나이 먹어 판단력이 있을 때는 주변 여건이 그렇게 만든다.

　그렇게 살다 보면 엉뚱하게 타고난 소질도, 취미도, 무시당한 채 평생을 살다 흔적 없이 사라져 버리는 것이 보통사람들이다.

　하고 싶은 것과 해야 하는 것, 즉 능동과 피동 사이에서 오고 가다 보면 되는 일이 없다. 능동과 피동 사이에서 오고 가며 즐겁지 않게 산다면 그것은 진정한 삶이 아니라 살아 있는 생명을 이어가는 수단에 불과하다. 어쩌면 '죽지 못해 산다.' 라는 말이 적절한 표현일거다.

　그런데 해야만 하는 것을 이루어 낸 다음 하고 싶은 것을 성취한 젊은 여성이 있다. 그는 변호사이면서 가수다. S대학에서 독문학을 전공한 그는 "어려서부터 뮤지컬 배우나 가수처럼 음악으로 사람들에게 다가가고 싶다는 생각을 한 번도 놓지 않았다."며 "전문직에 발성 좀 된다고 나서는 게 아니라, 고군분투하면서도 너무너무 노래를 들려주고 싶어 나왔다는 진정성을 보여주고 싶다."고 말했다.

제 노래의 진정성, 거짓 없는 참된 정이나 애틋한 마음을 보여주고 싶다는 그녀는 변호사와 가수 중 어느 것을 택하겠느냐는 질문에는 "이게 싫어서 저걸 한 것도 아니고 제가 열심히 하면 여기에 공감하면서 전업 가수가 아니더라도 제 음원을 평가해주는 사람들이 생기지 않을까요?"라며 하고 싶은 것도, 해야만 하는 것도 모두 하겠다고 했다.

여기서 우리는 근성이 강한 사람은 어떤 경우도 하고 싶은 일을 이루어 낼 수 있다는 것을 알 수 있었다. 결국 성공하지 못한 것은 근성이 부족해서 라고 이해 할 수 있었다.

또 다른 불굴의 사나이가 있다. 여건이 녹녹치 않는데도 끈기와 투지 그리고 강한 승부욕으로 오뚝이처럼 사는 중년에(운동선수로서는) 해당 되는 야구 선수가 있다.

그는 "올해 제대로 한번 미치고 싶다. 군대 간 동안 아이 키우느라 고생한 아내를 위해서라도 꼭 우승을 하고 싶다."라고 말했다. 고생에 대한 반항 같은 삶을 다짐이라도 하는 것 같았다. 그가 한번은 경기 중 도루하다 손가락 하나가 뒤로 젖혀져 주먹을 쥘 때 굽혀지지 않고 꼿꼿이 서는 부상을 당하고도 쉬지 않고 운동을 계속 했었다고 했다. 그러면서도 경기를 해야만 하는 삶, 그것은 하고 싶어 한다기 보다는, 해야만 하는 사정 때문이었다면 그런 삶은 즐거운 삶이 아닌, 죽기 아니면 살기로 또는 전쟁터에 나간 장병이 갖는 삶과 다를 바가 없다.

그가 프로야구선수 생활을 하기까지에는 하고 싶어서 했었는지, 해야만 하는 특별함이 있어서였는지, 차치且置하고 지금의 그는 하고 싶어서라기보다 해야만 하는 운동선수생활을 한다.

그는 군대 간 2년 동안 애 키우느라고 고생한 아내를 위해서 올해 제대로 한번 미치고 싶다고 했던 말이, 해야만 하는 야구라는 사실을 충분히 말해주고 있다.

운동선수로서 중년인 30세에 군대를 가 2년의 공백 후에 제차 시작되는 선수 생활이 쉽지 않았기 때문에 그는 야구를 할 수 있는 몸을 만들기 위해 헬스장 근처에 방을 얻어 놓고 틈만 나면 웨이트트레이닝에 매달렸다.

그럴 수밖에 없는 것이 나이 한계를 극복해야 할 뿐만 아니라 줄줄이 치고 올라오는 후배들 틈에서 살아남기 위해선 피할 수 없는 선택이다. 그 뿐만이 아니라 뛰어난 재능과 탁월한 능력을 갖추지 못하는 한 본인의 의사와는 무관하게 가고 싶지 않은 팀이나 구단으로 트레이드를 당해, 하고 싶지 않은 포지션에서 경기를 해야 하는 것을 피하기 위해서는 불가피한 일이다. 이런 경우는 하고 싶어서 하는 것이 아니라 해야만 하는 것으로 삶에 대한 수단에 지나지 않는다.

여기서 우리는 변호사의 경우는 '하고 싶어서 하는 근성이었으나, 야구선수의 경우는 해야만 하는 어쩔 수 없는 형편' 때문에 할 수 밖에 없어서 드러내는 근성이었음을 엿 볼 수 있었다. 여하간 어느 경우가 됐던지 보다 즐겁고 행복한 삶을 위해서는 목표가 있어야 하고 그 목표를 달성해 낼 수 있는 근성이 있어야 한다. 그리고 해야만 하는 피동보다는 하고 싶어서 하는 능동에 의한 행위여야 한다.

검은 그림자

캄보디아 여성의 '슬픈 귀향' 이라는 신문기사를 읽으면서 마음 어딘가 너무 아팠다. 살이 갈기갈기 찢어진 것만 같았다.

그는 18세 어린 나이로 자신보다 열아홉 살이 많은 한국 남자에게 시집 온 순간 불행이 시작됐다. 남편을 살해한 흉악범으로 교도소에 수감이 된 비운의 여자가 됐다. 그리고 교도소에서 어린아이를 낳아 캄보디아의 친정어머니에게 보냈다.

그녀에게 그런 비운이 찾아 온 것은 2008년 봄이었다. 그녀는 가난에서 벗어나 보다 잘 살아보겠다는 일념으로 부모형제와 고국을 버리고 이국 만 리 한국에 시집오면서 시작됐다. 그 여인은 캄보디아 시골에서 태어나 한국인 남자와 결혼, 결혼 한지 9개월, 임신한지 3개월째 되던 어느 날밤 술에 취한 남편이 배와 옆구리 등을 발로 차는 등 마구 때리자 태아를 지키기 위해 엉겁결에 흉기로 남편을 찔렀던 것이 잘 못 돼 병원에 입원하게 됐다. 남편이 입원한지 닷새 만에 숨졌다. 그녀는 평소에도 남편으로부터 잦은 구박과 폭력에 시달려 왔었다. 결국 남편 살해범으로 징역 4년을 선고 받고 수감 중 이주여성인권센터의 도움으로 1년 6개월만인 2010년 8월 15일

광복절 특사로 출감했다.

그는 교도소를 나오면서 "한국에서 살고 싶어요. 하지만 고향에서 자라고 있는 내 딸과 엄마가 너무 보고 싶어 한국을 떠납니다."라고 했다.

또 그녀는 "참 기분 좋아요. 내일이면 사진으로만 보던 딸과 엄마를 만날 수 있다고 생각하니 잠도 잘 오지 않았어요."라는 말도 덧붙였다.

여기서 처절悽絶한 인간애를 엿볼 수 있었다. 또한 비애도. 자식과 부모 사이는 혈연血緣 관계로 뗄 라야 뗄 수 없음을 그러나 남편과 아내라는 부부는 남남인 여자와 남자가 만나 육체를 결합하고 법으로 정한 규정에 따라 맺어진 인륜人倫 관계로 현격한 차이가 있음을 알 수 있었다. 인륜관계와 혈연관계는 차이가 있다는 것을. 부부는 헤어지면 남남으로 다시 돌아간다는 것을 보여줬다. 그러나 그 여자에게는 죽은 남자가 죽기 전엔 남편이었고 자신이 낳은 딸의 아버지다. 그런 남자가 자신의 실수로 죽었다. 그런데 죽은 남편에 대한 안타까움 보다는 고향에 있는 딸과 어머니를 볼 수 있다는 희망에 들떠 잠도 못 잘 만큼 기분이 좋았다하니 그 생각만 해도 끔찍하다.

또 얼마나 서글픈 말인가? 그의 말에서 냉혹한 세상을 다시 한 번 생각해 볼 수 있었다. 하지만 그 여인에게는 평생 끊을 수 없는 악연의 그림자가 따라 다닐 수밖에 없다. 아버지 없이 키워야 하는 딸이 그렇고, 잠깐 실수였다고는 해도 남편을 살해했다는 죄책감이 그렇고, 어린나이에 결혼을 해서 남편과 사별했다는 실패한 결혼이 그렇고, 가난이라는 현실 속에서 딸과의 삶이 그렇다.

그녀는 가난을 피해 한국 남성에게 시집 온 것이 오히려 일생동안 가난에서 벗어나기 위해 홀로 안간 힘을 쏟으며 살아야하는 처지가 됐다. 어린아이까지 딸린, 그것도 이국남자와의 사이에서 낳은 자식을 키워야하는 부담을 가지고 살아야 한다.

또 다른 슬픈 이야기가 있다. 이 역시 가난에 굶주린 캄보디아 여인과 얽힌 사연이다.

2008년 초에 있었던 일이다. 캄보디아 10대 한 소녀 이야기다. 그 소녀는 "에이즈보다 더 무서운 것이 배고픈 것이다"라고 했다. 에이즈는 현대 인류에게 가장 큰 재앙이다. 에이즈는 곧 죽음을 불러온다. 그런 에이즈를 퇴치하기 위해 유엔이, 전 세계의 의학계가, 전 인류가 비상이 걸린 인류의 적이다. 그런 에이즈보다도 더 무섭다는 것이 배고픔이다. 라는 캄보디아의 소녀, 그는 10대 여자의 몸으로 한 가정의 생계를 해결하기 위해 고국을 떠나 이국에서 "성"(매춘)을 팔아야 한다는 음울한 기사였다.

'가난이 죄' 라는 우리 속담이 있다. 남편을 살해한 것도 10대 여자요, 어린나이로 가족의 생계를 위해서 성매매를 하는 자 또한 10대 여자다.

가난이라는 것, 배고픔이라는 것 때문에 몸부림치며 살아야하는 인간들이 참으로 안타깝다. 또 그것을 이용해서 자신의 만족을 갈구하는 한심한 인간들 또한 안타깝다.

'어물전 망신은 꼴뚜기가 시킨다.' 라는 말과 같이 잘 못된 몇몇 남자들 때문에 요즘 글로벌화 돼가는 결혼을 두고, 성 매매 행위를 두고, 국제사회에서 이웃나라 사람들로부터 우리나라를 추(醜)한 나라, 우리민족을 추(醜)한 민족으로 각인 될까 걱정하지 않을 수 없다. 그런 것들이 바로 검은 그림자다. 그런 검은 그림자는 캄보디아의 나이 어린 여자들이 당하는 것만이 아니다.

국가가 조금 잘 살게 됐다고 경제적으로 부강해졌다고 우리보다 가난한 나라, 가난한 사람들을 무시하거나 멸시하는 잘 못된 사고를 갖은 우리나라 사람들 또한 마찬가지다. 가난한 나라 가난한 사람들에게도 천부적 인권天賦的人權이 있다. 천부적 인권天賦的人權은 최대한 보장돼야한다. 그것을 서로 보장해 주는 마음가짐이 필요하다.

돈에 양심을 판사람

돈 밖에 모르는 욕심꾸러기 중소기업 사장이 있었습니다.

그렇게 오래 전 일이 아닙니다. 남의 나라 이야기도 아닙니다. 산업화가 한창인 1980년대 수도권에 있었던 한 회사이야기입니다. 그 회사는 하루 수백 톤 특정폐수를 배출하고 있었습니다. 그 공장에는 폐수처리장을 설치해 놓고 배출시설관리인도 있었습니다.

하루 배출하는 특정폐수를 적정하게 처리하기 위해서는 전기료, 공업용수료, 약품 등 방지시설 운영 등 직접비용만도 200여만 원이 들어갔습니다. 그래서 사장은 돈에 눈이 멀어지고 양심을 버리기 시작했습니다. 폐수를 처리하지 않고 무단방류를 해 버리면 하루 200만 원 한 달이면 6,000여만 원의 비용을 절약하고 그것이 곧 이익이라고 생각을 했습니다.

하루는 사장이 찾는다하기에 사장실로 갔더니 "김군, 당신 일 잘한다며? 그래서 오늘부터 과장으로 승진시키기로 했어요. 알겠죠." 그리고 "김 과장"하고 불렀습니다. 그래서 "고맙습니다." 라고 고개 숙여 인사를 하고 나왔습니다. 그리고 얼마 후 돈에 눈먼 사장 왈 "회사가 어려울 때는 희생할 줄 아는 직원이 필요하다는 것을 여러

분이 알고 사장이 말하지 않아도 스스로 잘 해 주기를 바랍니다. 예를 든다면 이런 말입니다.

폐수처리장에서 하루만 적당히 처리하면 200여만 원의 비용을 줄여 줄 수 있다고 생각합니다. 어때요? 제 생각이 틀린 것은 아니죠? 김 과장, 내 생각이 맞는 거죠? 그래서 말인데 배출시설관리인을 과장으로 승진시킬 때는 다 그만한 이유가 있었거든. 김 과장은 사장의 뜻을 헤아릴 줄 모르는 것 같아요?"

김 과장은 그 말을 듣고도 모르는 척 흘려 버렸습니다. 그런데 사장은 그 후로도 폐수처리용 약품구매 요구서를 결재 올릴 때면 똑같은 말을 했습니다.

그 때마다 김 과장은 알아듣지 못하는 바보처럼 행세를 했습니다. 또 하루는 구매부서에 약품구매 청구서를 올렸는데 며칠이 지나도 약품을 구매해주지 않아서 독촉을 했습니다. 그리고 두어 시간이 지난 뒤 사장이 찾는다는 연락이 있어 사장실로 갔습니다. 결국 양심에 털 난 사장이 본색을 드러내기 시작했습니다.

사장실 문을 열고 들어서기가 무섭게 소리를 지르는데 "그따위로 일 하려면 그만 둬요."라는 것이었습니다. 왜 사장이 그렇게 화를 내는지 이해가 되지 않아 조용한 목소리로 "제가 무엇을 잘 못했습니까? 말씀을 해 주셔야지 무조건 사표를 내라고 하시면 저는 어떻게 합니까. 사장님, 이유를 말씀해 주세요." 그랬더니 "나 바보천치 같은 사람은 필요 없어요. 내가 하는 말도 알아듣지 못하는 사람이 바보천치이거나, 아니면 내 말을 듣고도 개 닭 보듯 해 버리거나 둘 중 하나잖아요? 그런 사람하고는 일할 가치가 없다고 생각하는데 굳이 다른 이유라도 있어야 한다는 건가? 이유가 있으면 말해 봐요." 라고 다그쳤습니다. "이유라기보다는 난 바보천치가 아니거든 요. 그러니 말씀해 주세요. 고칠 것이 있으면 고치고 사표 낼 일 있 으면 사표를 내겠습니다."

"그래 좋아요. 이번에 당신이 구매 요구한 약품을 사 줄 수 없으니 당신 봉급에서 사 쓰던지 아니면 그냥 방류를 해버리던지 당신 알아 서 하세요. 그렇다고 난 폐수를 처리하지 않고 방류하라는 말은 하 지 않겠소. 알겠어요? 그리고 앞으로 폐수처리장에 쓰는 약품은 회 사형편이 더 좋아질 때까지 사 줄 수 없으니 그렇게 아세요. 알았으 면 나가보세요." 그렇게 윽박질렀습니다.

김 과장은 더 이상 할 말을 잃고 나왔습니다. 사장이 야속했습니 다. 그래서 회사를 당장 때려치우고도 싶었으나 막상 사표를 쓴다고 생각하니 눈앞에 처자식이 아른거렸습니다.

사표를 내고 집으로 돌아가 처자식을 대할 생각을 하니 용기가 나 지 않았습니다. 대책 없이 그만 둔다는 것이 무모한 짓 같기도 했습 니다. 하는 수 없이 돈에 눈먼 사장의 뜻을 좇아 무단방류를 결심했 습니다. 낮이면 저류조에 폐수를 모아뒀다 늦은 밤에 무단방류를 했 습니다. 단속공무원이 불시에 들이닥칠까 봐 가슴이 쿵당쿵당 했습 니다.

그리고 열흘쯤 지났을 때에 회사정문에서 사장과 마주쳤습니다. 사장은 낙락한 웃음을 띠며 어깨를 툭 치고 "잘 해 봐요." 라고 했습 니다. "예"하고 대답을 했지만 마음속으로 저 욕심꾸러기, 양심에 새까맣게 털난 나쁜 놈, 인피人皮를 둘러 쓴 늑대, 그렇게 돈 벌어 어 디 쓸려고? 김 과장에겐 그런 날들이 하루가 열흘이나 된 것처럼 아 니 한 달쯤 길게 느껴졌습니다.

그렇게 보낸 나날이 한 달이 되어 갔습니다. 월급 날이 됐습니다. 월급을 받아 퇴근을 하고 저녁을 먹는 자리에서 아내에게 여차여차 이야기를 했습니다. 그리고 폐수처리장에 필요한 약품을 구입 비상용으로 비치해 두기 위해 아내를 설득해 돈을 약간 얻어냈습니다. 그래서 약품을 구매해 놓았습니다.

화학적 처리시설에다 오후 6시면 조업이 끝났습니다. 그래서 열시쯤 되면 저류지에 모아져 있는 폐수를 무단방류해 버렸습니다. 두 달여쯤 됐을 무렵이었습니다. 늦은 밤 불시점검반이 들이닥쳤습니다. 마침 무단방류를 하고 저류지에는 폐수가 없었습니다. 단속 공무원이 몇 분만 빨리 왔으면 무단방류현장을 목격할 뻔했습니다. 운 좋게 피하기는 했지만 낭떠러지에서 굴러 떨어진 기분이었습니다.

김 과장은 이튿날 아침 출근한 동시에 사장에게 그 정황을 보고했습니다. 사장은 수고했다는 한마디로 끝냈습니다.

그리고 약품을 구입해 달라고 애걸을 했습니다. 무단방류하다 적발되면 조업정지와 고발이 되고 고발되면 관리인뿐만 아니라 사장도 구속 실형을 받을 수 있으니 이제 그만 약을 구입해 주세요. 그렇게 사정을 했습니다. 사장은 막무가내였습니다. "두 달여 동안 별일 없이 잘 넘어갔는데 뭐가 겁나. 그것이 싫거든 그만 두면 될 것 아니야. 당신 아니라도 내 말을 잘 듣겠다는 사람 많아. 김 과장 그것을 몰라서 그러는 모양인데 나 당신 같은 사람 붙들고 싶지 않아요. 그러니 앞으로 더는 그런 말 하지 말아요. 알겠지요?" 그렇게 말을 했습니다. 사장은 정말 나쁜 사람이었습니다.

환경을 오염시키고 직원의 피를 빨아 돈을 벌었던 그런 사람을 1990년대까지만 해도 쉽게 볼 수 있었습니다. 그러면서도 그들은 국가경제발전을 위해서 크게 공헌한 사람들처럼 허세나 부리고 큰 소리쳤습니다. 그런 꼴을 당하면서 관리인 생활을 하는 자신이 부끄럽기도 하고 목구멍이 포도청이라 하더니 자신이 그런 꼴이었습니다. 더 이상은 그렇게 살 수가 없어 다른 직장으로 옮겼습니다.

다시 옮겨간 회사 사장은 출근하는 첫날 부탁하는 말이, 이전 사장과는 너무도 달랐습니다. 폐수처리장에 들어가는 약품 등 필요한 것 그때그때 요구하면 얼마든지 지원해 줄 테니 그렇게 알고 말썽 없이 근무만 잘 하라고 했습니다.

사장이 해주지 않아서 잘 못 됐다고 그런 말이 나와서는 안 된다고 했습니다. 그렇게 지원하는데도 혹 잘 못 처리하다 환경관계법을 위반 하는 일이라도 발생하면 그 땐 책임질 각오를 하고 근무하라고 부탁했습니다. 그리고 이 말도 했습니다.

당신 전임자도 5년여 동안 잘 했었는데 얼마 전 잘 못 처리된 폐수를 방류하다 적발 행정처분을 받고 스스로 회사를 그만 두었으니 그런 각오로 잘 하라고 부탁을 했습니다. 그리고 사장은 돈 때문에 거짓행동을 하는 등 양심을 버리는 사람이 돼서는 안 된다는 말도 했습니다.

이 회사는 전 직장보다 규모가 몇 배나 컸고 직원 수도 배가 넘었습니다. 그런데도 화목한 분위기에 협동과 협력으로 뭉쳐있었습니다. 직원들은 일을 스스로 찾아서 했습니다.

모두가 자율적으로 일을 열심히 하고 있었습니다. 이 이야기는 1980년대 한 회사 폐수처리장 배출시설관리인의 하소연이었습니다. 여기서 인간이 어떻게 살아야 하는가를 말하고 있습니다. 양심과 욕심 그 중 어느 것을 택해야 하는가를 알게 됐습니다. 돈은 있다

가도 없고 없다가도 있는 법, 돈 때문에 양심을 버려서는 안 된다는
것을 알아야 합니다.

토지와 박경리

매일 아침이면 직장출근길에 삼화출판사 정문 앞을 지나간다. 하루는 4톤 트럭이 책을 가득 싣고 내 앞을 가로 질러 가고 있었다. 무심코 화물을 쳐다 보았더니 박경리 소설가가 쓴 책 「토지」였다.

소설가 박경리는 2008년 5월 초 세상을 떠나셨다. 박경리 소설가는 이미 운명을 달리 이 세상에는 안 계시는데 그가 쓴 책 「토지」는 오늘도 이른 아침부터 저렇게 살아서 활개를 치고 서울시내 한 복판을 누비고 있다니, 그것을 보는 순간 참 보기가 좋았다. 나 자신 늦었지만 이제라도 글을 쓰기 시작했다는 것만도 다행이다. 라는 생각을 새삼스럽게 하게 됐다. 비록 시작이 늦었지만 나 자신도 저렇게 되도록 노력해야하지 않겠느냐? 라는 각오도 다짐했다. 마음 뿌듯함도 자부심도 가졌다.

그렇다. '예술은 길고 인생은 짧다.' '호랑이는 죽어서 가죽을 남기고 사람은 죽어 이름을 남긴다.' 라는 속담이 있는데 그것이 바로 이것이었구나 하는 것을 느끼게 했다.

삼화출판사는 교양서적 보다는 학생이 보는 교재 전문출판사라고 알고 있었는데 그런 출판사에서 「토지」와 같은 소설책을 출판했을까 하는 생각이 들었다.

며칠 뒤 글을 쓰는 작가 몇 분을 한자리에서 뵙게 되는 기회가 있어 그 때 있었던 이야기를 했더니 아동문학을 하는 작가 한 분이,

"아! 박경리 선생 「토지!」 그 책 중·고등학생들에게 반드시 읽도록 돼 있는 것 몰랐어요?" 라고 했다.

그 말을 듣고 박경리 작가가 더 자랑스러워 보였다. 그리고 좋은 작품을, 독자들의 심금을 울리는 소중함이 듬뿍 담긴 글을 써 책으로 펴내야겠구나 하는 다짐도 해 보았다.

이 세상에는 약 5천여 년 전에 문명의 발상지 티그리스 강과 유프라테스 강 유역의 메소포타미아 사람들이 점토를 비벼 만든 책도 있고, 기독교 구약성서며, 불교 무구정광대다라니경, 소크라테스의 변명 같은 책은 수백 년이 지난 지금도 전해 오고 있으며 많은 사람들의 관심 속에 살아 숨을 쉬고 있다.

지금 세상에는 하루도 쉬지 않고 매일같이 헤아릴 수 없을 만큼 많은 책들이 쏟아져 나온다. 그처럼 많은 책들 중에서 영원히 살아남기 위해서는 예술성을 지니고 시대를 초월한 삶에 대한 철학이 담긴 창작이어야 한다. 그런 글을 써 책으로 펴냈을 때 비로소 작가의 실체가 존재하지 않아도 작가의 이름과 작가가 남긴 글(책)이 영원히 미래의 인류에게 전해질 것이다.

박경리 소설가는 세상을 떴지만 그가 남긴 작품 「토지」가 만인의 가슴속에서 영원히 살아 숨 쉬고 있는 것과 같이, 문인이라면 시대를 초월해 미래의 인류가 두고두고 읽을 수 있는 양서 한 권쯤은 펴내야 하지 않겠느냐 하는 각오로써 글을 써야 할 것으로 봐진다.

인忍

인간에게는 선善과 악惡이라는 두 가지 대칭적對稱的 심리상태가 있다. 그 중 선善은 선천적인 반면 악惡은 후천적이다. 라는 견해가 지배적이다.

어린이가 태어나는 순간 얼굴에 나타난 표정에서 천진난만天眞爛漫함을 엿볼 수 있다. 어머니 자궁을 빠져나오면서 울음을 터트리는데 그것은 새로운 세상에 태어난 것을 알리는 소리라고 했다.

사람들은 세상에 태어나면서 울었던 것 외에도 살면서 이런저런 사유로 운다. 그 울음의 대부분은 슬퍼서 슬픔이 복받치며 슬픔을 참다못해 울음을 쏟아낸다. 반면 즐겁고 행복해서 터져 나오는 울음도 있다. 모진세상, 험난한 세상을 살아가면서 많이도 운다.

그러나 갓 태어난 어린아이의 얼굴에는 한 점 티 없이 밝은 표정으로 방긋 웃음을 띤다. 그 천진난만天眞爛漫한 모습을 보고 사람들은 천사와 같다고 한다.

천진난만한 어린이의 얼굴을 보고 천사의 모습을 떠 올리며 천사에 견줘 그 어린이가 곧 천사라고 사람들은 말하고 있다.

어린이가 성장하면서 천진난만天眞爛漫한 성격이 점점 미움으로 변한다. 또 미움이 변해 악마가 된다. 결국 선이 악으로 변한다. 선이 악으로 전이 되는 것을 막기 위해서 또 악을 선으로 되돌리기 위해서 필요로 한 것이 인忍이다. 인忍의 실천이 곧 선이 되고 천사가 된다.

그러나 실제 천사라는 존재는 없다. 천사란 인간들이 만들어 낸 상상의 존재로 허상일 뿐이다. 그래서 천사를 본 사람 또한 없다.

다만 천사는 선善의 표상表象일 뿐이다. 사람은 누구나 태어날 땐 천진난만天眞爛漫하다. 악이란 찾아볼 수 없이 선이 전부다. 천사와 같다. 그것이 시간이 점점 흐르면서 가슴속 깊은 곳에 미움이라는 씨앗이 뿌려지고 그 씨앗이 싹터 자라기 시작한다. 그래서 마음에 칼을 품게 된다. 마음에 칼을 품게 되면 선이 악으로 변해간다. 결국 악은 마음속에 있는 칼을 휘두르는 잘못을 저지를 수 있다. 칼이란 잘 못 쓰면 흉기로 변한다. 흉기는 사람의 목숨을 해치기도 한다.

마음속에 흉기로 변해버린 칼, 그 칼을 함부로 써서는 안 된다. 그래서 '참아라, 인내하라, 모질어야 한다.' 라는 의미를 두고 인忍자를 썼다.

인忍자를 살펴보면 칼도刀 밑에 마음심心을 하여 마음속에 있는 칼을 의미하고 마음속에 있는 칼을 써서는 안 된다. 쓰지 말라는 뜻에서 참아라. 인내하라. 모질다라 하여 참을 인忍이라 한다.

〈윌리엄 셰익스피어〉는 '인내심이 없는 사람은 얼마나 불쌍한 사람들인가' 라는 말을 남겼다. 그는 인내심을 곧 행복으로 보았다. 불쌍한 사람이 되지 않기 위해서는 인내할 줄 알아야 한다. 라고 했다.

또 참기 위해서는 모질어야한다. 모질지 않고는 참기 어렵다. 여기서 말하는 모질다는 독하다 라로 인식되기도 하고 실제로 독한 자치고 모질지 않는 사람 또한 없다. 독하게 생각하고 실천해야한다.

인내에 대해서 〈장자크 루소〉는 '인내는 쓰다 그러나 그 열매는 달다.' 라고 했다. 루소가 한 '인내는 쓰다' 는 말은 참는 것이 쉽지 않다는 말이다. 사람들은 단것에 비해 쓴 것을 상대적으로 싫어한다. 쓴 것은 당장 먹는데 불편하다. 그래서 사람들은 쓴 것을 싫어하듯, 참는 다는 것 또한 힘들고 어렵기 때문에 싫어한다.

'그러나 그 열매는 달다' 라는 말은 마음속에 있는 칼, 비수를 쓰지 않고 참음으로써 얻어지는 결과는 실失이 아닌 득得이 된다. 라는 것이다. 그래서 인내하라는 말이다.

마음속에 숨겨진 칼 그 칼의 의미, 칼의 사용 시기와 장소를 구분할 줄 아는 지혜 또한 필요하다.

인忍! 참을 인! 그것은 곧 행운을 가져다주고 또 행복을 가져다준다. 모든 사람들이 그런 인, 인을 염두에 두고 실천하며 살아야한다. 그런 사회라야 다툼이 없는 사회, 소통과 화합에 의한 서로가 서로를 돕는 밝은 사회, 희망이 넘치는 사회, 모두가 행복한 사회가 된다.

세월이라는 약

'세월이 약이다.' 라는 말이 있다. 세월이라는 약은 그 유명한 동의보감이나 의약서적 어디에도 없는 약 중에 약이다. 그런데도 그 약은 세간에 널려있어서 대가없이 누구나 언제 어디서나 얼마든지 사용해도 된다.

얼핏 '세월이 약이다' 라는 말의 의미를 음미해보면 낭만적인 사람의 태도, 낙천적인 사람의 태도와 같이 보인다. 그러나 그 말의 진의는 삶이 고달프고 힘들 때, 대책이 없고 답답할 때, 자신의 운명을 세월에다 막연하게 맡겨버리고 안 되는 일도 시간을 보내다 보면 어떻게 되겠지 하는 자포자기를 한 사람이 하는 말이고 태도다.

희망을 잃어버린 사람이 자신을 달래며 스스로를 위로하는 태도다. 그래서 남용해서는 안 된다. 남용하게 되면 무능해지고 나태해진다.

〈단테〉는 '가장 지혜로운 자는 허송세월을 가장 슬퍼한다.' 라고 했다. 문제의 해결을 위해서 최선의 노력을 하는 것이 아니라 시간이 흐르면 어떻게 되겠지 하는 생각으로 허송세월하는 것은 슬픈 일이다. 라며 시간의 소중함을 말했다.

그런데 요즘 사람들 중에 세월이 지나면 어떻게 되겠지 하며 세월에 의존하고 사는 사람이 많다.

지구에 수억 년의 세월, 무한한 세월이 이어진다 해도 지구에 존재하는 하나의 생명체는 무한한 것이 아니다. 그래서 한 인간에게 주어진 세월이란 유한하다. 그것도 찰나에 지나지 않는다. 그런 세월이 거저 얻어지는 것 또한 아니다. 귀중한 생명을 소모하고 그 대가로 얻어진 것이다.

로마의 철학자이자 극작가며 정치가였던 〈세네카〉는 '우리에게 삶을 허용하는 시간은 매 순간 줄어들고 있다.' 라고 했다. 그 말은 시간이 곧 생명이고 유한하다. 라는 말이다.

또 〈셰익스피어〉도 '자갈 덮인 해안을 위해 파도가 이는 것처럼 시간은 끝을 향해 빠르게 흘러간다.' 라고 시간의 유한성에 대해 말했다. 〈세네카〉나 〈셰익스피어〉의 말처럼 매 순간 줄어드는 시간, 끝을 향해 빠르게 흘러가는 귀중한 시간을 소중하게 여기지 않고 헛되게 보낸다는 것, 유한한 생명과 바꿔 얻어지는 세월을 보람 없이 헛되게 보낸다는 것, 그런 잘 못된 태도로 사는 사람은 불행한 사람이다.

목적하는 바 뜻을 능력의 한계로 이루지 못한 것을 스스로 위안삼아 세월이 약이라며 세월에 맡겨버리는 태도는 바람직하지 못하다. 어떤 경우도 그 누구도 삶을 세월이 약이라는 태도로 살아서는 더욱 더 안 된다.

세월이 곧 목숨이요 시간이 곧 생명이라 생각하고 소중하게 여겨야 한다. 그 소중한 세월, 소중한 시간을 함부로 쓸모없이 낭비해서는 안 된다.

또 삶이 고달프고 힘들 때 일수록, 대책이 없고 답답할 때 일수록, 세월이 약이라는 잘 못된 생각을 갖고 말을 함부로 해서는 안 된다.

포기하는 태도로 '세월이 약'이 되더라가 아닌, 안 되는 것도, 힘들고 고달픈 것도, 인내와 열정을 가지고 성실하게 추진하면 뜻이 이루어지더라 하는 희망적인 생각과 태도에서 '세월이 약'이 된다. 그렇게 생각을 바꾸는 것 또한 필요하다.

처자식과 함께 안정된 생활을 할 수 있는 공간을 갖는 것, 고급관료가 되겠다는 희망, 그런 바람들이 하루아침에 이루어지는 것이 아니고 결국 그 뜻을 펼 수 있는 필요한 세월, 노력을 할 수 있는 세월이 있어야 하더라. 그래서 '세월이 약'이 되더라. 라는 의미로 가치를 달리할 필요가 있다.

왜? 당연한 일에 사람들은
찬사를 보내는가?

'억대 돈 가방 찾아준 천사' 라는 제하의 신문기사를 읽으면서 왜 당연한 사실에 사람들은 찬사를 보내는가.

세상이 잘 못된 탓 때문 일거란 그런 생각을 해 보았다.

당연한 일에 찬사를 보내는 것은 견물생심이라는 심리에 가려진 인간들의 양심, 그래서 찬사를 보내고 천사라고 했었는지도 모른다. 그러나 천사는 아니다. 미덕일 수는 있다.

천사는 마음씨 곱고 어진사람을 일컫는 말로 쓰인다. 그런데 그 한 가지 일로 마음씨 곱고 어진사람이라고 평가한다는 것, 그것은 지나친 평가임에 틀림없다. 이 경우 마음씨 고운 것은 그렇다 치자. 그러나 어진 것은 그 한 가지 일로 단정할 수 없다.

기사 내용은 부산에 있는 모 기관 직원이 70대 노인이 기차에 두고 내린 가방에 든 현금과 수표 1억2천만 원을 주인을 찾아 돌려줬다.

그 사람은 자기 옆 빈 좌석에 있는 가방을 열어 보았다. 혹시 연락처가 있지 않을까 그런 생각을 하고. 그런데 가방 속에는 거액의 돈이 있었고 다행히 연락할 수 있는 주소도 있었다. 그 주소로 연락해 주인을 찾아줬다. 가방주인이 하는 사례도 받지 않았다. 가방주인은 그 뜻이 고마워 신문사에 알리게 됐다는 말도 기사 내용에 쓰여 있었다.

남의 것을 욕심 내고 강도, 절도, 사기, 경우에 따라서는 살인도 서슴지 않는 요즘 세상에 거금을 주워 스스로 주인을 찾아 돌려 준 행위를 두고 신문에서 그 사람을 고맙고 착한 행동으로 '천사' 라 했다. 그럴법한 표현이기도 했다. 그러나 그 행위에 무조건 천사라는 수식어까지 붙여 찬사만을 보내기에는 이 사회가 원망스러운 점도 있다.

남의 물건에 손을 댄 것, 주워서 주인을 찾아준 것, 그것은 그 사람의 몫일 수도 있지만 또 아니기도 한다. 특히 기차나 역 대합실, 터미널 대합실, 공공기관 사무실 등 특별한 시설물이나 장소는 관리자가 있기 때문에 자기 물건이 아니면 손대지 말아야 한다. 주인이 없는 남의 물건을 보았다 하더라도 손을 대지 않으면 그 물건은 그 시설물 관리자가 보관하게 되고 보관하고 있으면 주인은 언제나 찾아 갈 수 있다. 그런데 사람들이 자기 물건도 아닌 남의 물건에 손을 대기 때문에 잃어버리게 돼 있다. 기차내 좌석에서 가방을 주워서 주인을 찾아주었다는 1억2천만 원이 든 가방, 그 가방을 아무도 손대지 않으면 그 가방은 철도공사 유실물센터로 옮겨져서 그곳에서 주인을 기다릴 것이고 물건을 잃어버린 가방 주인은 언제나 철도공사 유실물센터로 가서 자기물건을 확인하고 찾아 가면 된다. 더욱이 KTX 등은 좌석이 지정 돼 있을 뿐만 아니라 요금지불을 대부분 카드로 하기 때문에 그 좌석을 이용한 승객의 신원파악이 가능 철도공사에서 가방주인을 찾아 돌려줄 수 있다. 승객이 잠깐 실수로 물건을 놓고 내렸다 하더라도 놓고 내린 물건을 찾기 위해서 허둥대지 않아도 되고 분실하지 않을까 마음조이며 불안해하지 않아도 된다.

또 다른 점은 그 물건에 손을 대지 말고 옆자리에 주인 없는 물건이 있다는 사실만 승무원에게 알렸어야 했다. 그런데 자신이 가방을 손 대고 그 속에 들어 있는 물건을 확인하고 직접 연락하여 주인을 찾아주었다는 것은 지나친 친절이었다. 만약 연락할 만한 전화번호나 주소가 없었으면 어떻게 했겠는가. 그 땐 물론 승무원에게 넘기거나 경찰관서에 신고했을 것이고 그 과정이 조금은 번거로웠을 것이다. 내용물을 서로 확인해야하고 서로 연락처가 필요했을 것이다. 뿐만 아니라 주인을 찾아 가방을 전달하는 과정에 내용물 중 무엇인가 없어졌다면 누명까지 쓰고 잘 못하면 경찰 수사까지 면치 못 하는 경우가 발생할 수도 있는 일이다.

그런 몇 가지 정황으로 보았을 때 돈 가방을 주워서 주인에게 돌려주었다는 행동은 착하고 마음씨 고운 사람으로서 할 수 있는 일을 했을 뿐이지 천사는 아니다.

정의로운 사회가 아닌 불의不義가 난무한 세상이 되다 보니 당연한 것도 미덕이 되고 천사라고까지 칭송을 하게 됐다.

정의로운 세상, 서로가 서로를 존중하는 사회, 신의를 중시하고 부당한 탐욕을 갖지 않는 사람들이 사는 곳에서는 금은보화가 든 가방이라도 자기 것이 아닌 한 손을 대지 않을 것이고 주인이 아닌 다른 사람이 손대지 않은 물건은 언제까지나 그곳에 있을 것이다. 그러면 물건을 잃어버린 사람은 언제고 생각이 났을 때 그곳에 가서 찾아가면 된다. 그런 사회가 돼야한다.

지나친 말이 된다고 혹자는 비방할 런지 모르지만 엄밀히 말하면 물건을 주웠다는 것은 주인의 승낙 없이 남의 물건에 손을 댔다는 말이 된다. 원시취득이 아닌 한 불법이다. 그런 경우를 두고 찬사를 보낸다는 것은 생각해 볼 필요가 있다. 당연한 일, 당연한 행동을 하는 사람에게 착한 사람, 고마운 사람 정도로 칭찬하면 된다. 인간은 최소한 자신이 할 일만 하면 된다. 그리고 올바른 사회를 위해 인류가 요구하는 의무와 주어진 권리만 지키면 된다.

자신의 귀중한 생명까지도 인류를 위해서 버렸던 예수나 석가모니와 같은 성인은 아니라하더라도 최소한 탐욕을 버리고 무소유의 정신으로 실천은 물론 인간들에게 필요 이상의 재물을 탐내지 말라는 가르침을 잊지 않았던 법정스님이나 마하마트 간디의 정신을 조금이라도 이해하고 실천한다면 이 사회는 한결 정의로울 것이다. 그 땐 당연한 일에 천사와 같은 수식어를 붙인 찬사를 하지 않아도 될 것이다.

칭찬은 좋은 말이다. 그러나 필요할 때 하는 것이 칭찬이다. 칭찬할 일이 아닐 때 하는 칭찬은 비웃음에 지나지 않는다. 당연한 일에 지나친 칭찬은 그 사람의 인격을 무시한 처사이기도 하다. 그래서 왜 당연한 일에 사람들은 천사라는 말까지 써가면서 찬사를 보내는가. 라는 의문을 던져 보았다.

돈이 필요한 이유

'당신에게 무엇 때문에 돈이 필요한가?' 라고 묻는다면 무어라고 대답하겠는가? 그 대답은 천태만상. 그렇게 생각하겠지만 반드시 그런 것만도 아니다. 따지고 보면 결국은 딱 하나, 누구나 할 것 없이 보람되게 사람 사는 것 같이 살기 위해서라는 똑 같은 답을 내 놓을 것이다. 다만 표현 자체만 달리 할 것이다. 그럼 보람 있게, 사람 사는 것 같이 살기 위해서라고 한다면 그 삶은 무엇인가?

힘든 일을 하면서 돈을 많이 버는 것, 아니면 힘들지 않게 일하면서 좋은 옷, 생활에 편리한 집과 생활도구, 맛있는 음식, 하고 싶은 여행 그런 것들을 모두 즐기며 사는 것, 그것이 사람답게 사는 것이다. 그 답은 누구나 할 것 없이 그 둘 중 하나로 귀결 될 것이다. 그 중에서도 후자를 위해서라고 할 것이다. 후자를 만족시키기 위해서는 많은 돈이 필요하다. 그렇다면 그 돈은 어떻게 충당해야 하는가. 결국 가진 것이 없다면 일을 해서 벌어야 한다. 다시 말해서 돈이 필요한 것은 사람답게 살기 위해서다.

국내 유수기업 중 글로벌기업으로 개인 기업에서 일하고 싶어 하는 사람이면 남녀 누구나 선호하는 S그룹이 있다. 그 그룹에서는 최단 5일에서 최장 12일까지 '자기계발 휴가' 또는 '특별 휴가'인 리프레시 휴가 제도를 생산성 향상을 들어 2010년부터 없앴다. 그 대신 입사 8년 기준 보상금으로 세전 연 600만 원 내외로 지급했다.

그것을 보고 S그룹에 근무하는 직원을 부러워하는 사람이 있는가 하면, 금전적 보상이 문제가 아니라 돈으로써 인간의 모든 것을 해결하려는 그 자체와 국내 타 기업에 미치는 영향이며, 근로자들의 위화감 조장 등등 문제를 제기하는 것 아니냐는 곱지 않은 시각도 있다.

2010년 초 우연한 기회에 어느 한 40대 초반의 중년 부인과 대화를 할 수 있는 기회가 있었다.

그 부인은 남편이 S전자에서 20년이 넘게 근무하다 2009년 하반기 부장으로 퇴직 벤처기업으로 직장을 옮겼다. 라고 했다.

"남편이 40대 중반이라며 누구나 선호하는 그 좋은 회사 꼭 필요한 위치에서 중요한 일을 할 나이에 다른 직장으로 옮겼다는 것은 여건이 S전자보다 좋았었나 보죠." 라는 내 말이 끝나기도 전에,

"아닙니다. 남편이 S전자에 다닐 때는 사람 사는 것 같지 않았습니다. 물론 돈은 많이 벌어 좋았지요. 그러나 돈이 전부는 아니잖아요? 마치 남편은 돈의 노예가 됐고 가족들은 노예와 같이 사는 것 같았어요. 도대체가 사생활이 있어야죠. 그래서 몇 번이고 망설이다 비록 연봉은 S전자에 비해 확연히 적더라도 가족과 함께 더 많은 시간을 갖기로 타협하고 회사를 옮겼답니다. 요사이는 사람 사는 것 같습니다. 삶은 결코 돈 만이 전부가 아니다. 라는 것을 알았습니다."

나는 그 부인의 말을 듣고 그래 배가 고파보지 않은 사람, 경제적

여유가 있는 사람, 그런 사람들은 당연한 것 아니겠느냐 라고 생각하며, 앞에서 말했던 후자에 해당되는 사람이라면 돈 벌기 위한 일보다는 행복한 삶 그것을 선택하는 것 지극히 당연한 것 아닐까라고 생각했다.

돈이 왜 필요한가? 필요하다면 필요한 것만큼 가져야 한다. 그래서 벌어야 한다. 돈 때문에 즐거움이나, 자유, 행복, 가정 그리고 건강과 같은 중요한 것을 잃어서는 안 된다. 그런 것들을 위해서라면 돈은 적당히 벌면 된다.

기업 또한 일이 많아 인력이 필요하다면 한정된 인력으로 생산성을 높이는 데만 급급하지 말고 필요한 인원만큼 일자리를 늘려 근로 가능한 국민들에게 안정된 직장을 제공하는 것, 그것이 기업가의 책무요, 보람이 아닐까 싶다. 이쯤 되면 당신은 보람된 삶을 살기 위해서 적당한 돈이 필요하다. 라는 답을 얻었으리라 생각된다. 그리고 보람된 삶이 어떤 삶인가라는 답도 얻었을 것이다.

보람된 삶 그 기준은 스스로 정해야 한다. 그리고 그 기준에 맞게 살기 위해 필요한 만큼 돈을 벌어야 한다.

'궁극적으로 최상의 행복을 누리기 위해 돈이 필요하다.' 라고 말하면 될 것이다.

행동과 생각 사이

　행동을 하는 것은 육체고 생각을 하는 것은 정신이다. 정신과 육체 중 어느 것이 더 중요하다. 라고 비교 말할 수는 없다. 때와 경우에 따라서 다르기 때문에 보편적인 경우는 동일선상에서 보는 것이 적절할 것이다. 굳이 구분을 하자고 들면 정신이 육체보다 상위개념이라고 볼 수 있다.

　생각에 따라서 행동하는 것이 육체다. 그런 점으로 봤을 때 정신이 육체보다는 중요하다. 또 사람들이 흔히 말하기를 '육체는 정신을 담은 그릇에 불과하다.'라고 한다. 그래서 육체보다는 정신이 더 중요하고 상위개념이다. 라는 것이다. 만약 당신에게 정신과 육체 중 어느 것을 더 중요하게 생각하느냐고 묻는다면 무어라고 대답하겠는가? 혹자는 정신, 또 다른 사람은 육체, 대답은 가지가지 일 것이다. 이 문제에 대해서 눈을 감고 곰곰이, 차근차근 생각해 보자. 도대체 무엇일까? 십중팔구는 정신이라고 대답할 거다. 그럼 육체보다는 정신을 더 중요하게 생각하는 경우를 살펴보자.

　사춘기의 남녀가 열애중이다. 서로 좋아서 늘 만난다. 만나면 거리를 걷기도 하고 밥도 먹고 영화도 본다. 정신적인 결합은 이미 오래 전부터 이루어졌다. 하루라도 만나보지 않고는 견디기 힘들 정도로 마음을 주고받는 사이가 됐다. 이 경우 남자가 육체적 접촉을 원한다. 마음속으로 모든 것을 다 줘버린 여자가 행동을 어떻게 해야 하는가. 여자 쪽에서 육체적 접촉을 원치 않는다면? 원치 않는 특별한 이유는 없다. 좋아하지 않아서가 아니고 그것만은 아니라고 한다. 여기서 행동과 생각 사이, 정신이 육체보다 더 중요하고, 육체보다 정신이 상위개념이라는 말에 모순이 생긴다.

마음속으로는 사랑하는 사이면서 육체적 접촉을 피한다는 것은 결과적으로 정신보다는 육체가 더 소중하다는 것을 보여주는 예로써 그 사실만으로도 생각과 행동이 불일치하는 모순을 엿 볼 수 있다. 즉, 소중히 여기는 정신이 결합되지 않는 상태에 열애란 있을 수 없다. 또 열애중인 남녀의 상상은 행동을 초월한 육체의 결합에 이르고도 남았을 것이다. 이미 몸이 섞이고 또 섞였을 것이다. 마음속으로는 모든 것을 했었을 것이다. 그런 상태에서 굳이 육체적 접촉을 꺼리는 것은 행동과 생각 사이에 모순이 아닐 수 없다. 이런 경우 육체보다 정신을 더 중요하게 생각한다고 볼 수 있겠는가? 정신이 중요하다고 하고선 실제는 육체를 더 중요시 한다. 인간의 삶이란 모순투성이다. 정신과 육체가 일치하지 않고 따로 이다.

당신 곁에 두고 싶은 편지

바닷가 사람들

바다와는 동떨어진 육지내륙에 살았던 내게는 언제나 바다는 그리움이 가득한 곳이었다. 낭만이 영근 곳으로 여겨졌다. 그래서 바다구경을 떠나고 그곳에서 마냥 즐거워 해가 진 줄도 모르고 하루를 지낸 적이 있었다.

밀려오는 파도는 가슴을 설레기에 부족함이 없었다.

파란하늘과 검푸른 바닷물이 맞붙어 입맞춤하는 곳으로 빨려 들어가는 태양 그 빛나던 햇빛은 오간 곳 없이 짙게 깔린 어둠을 뚫고 길 잃은 갈매기 떼가 또 짝 잃은 갈매기가 날고 있다.

불덩이처럼 벌겋게 달아올라 있던 해를 삼켜버린 바다는 트림이라도 하듯이 파도가 일고 희미한 달빛에 번득였다. 처녀 젖가슴 같은 은빛물결을 드러냈다. 누가 보기라도 할까봐 수줍은 모습으로 불그스레한 얼굴 어느새 숨겨버렸다. 바닷가 사람들은 그런 것들을 수없이 봐온 탓인지 그것을 보고도 아랑곳 하지 않고 고기잡이 나갈 준비에 여념이 없다. 하루가 그렇게 시작되고 그렇게 지나갔다. 그런 것들이 농촌 산간 사람들에게는 흥미를 가져볼만한 볼거리였다. 아름다운 풍광이었다. 볼거리와 풍광도 풍광이지만 성난 파도를 보고 파도와 싸우며 살아야 하는 바닷가 사람들에게는 낭만이나 풍광 못지않게 삶에 대한 의지도 투지도 힘도 있어야 했다.

거친 파도와 싸워야하고 무엇이나 삼키고 소화해버리는 바닷물을 이겨내야 하기에 농촌 산간 사람들보다는 더욱 더 강한 힘과 의지가 필요했다.

〈마하마드 간디〉는 '힘은 뼈와 근육에서 나오는 것이 아니라 불굴의 의지에서 나온다.' 고 했다. 의지는 폭력보다도 세다. 결국 세상을 지배하는 것은 폭력이 아닌 의지다. 라는 말이 있다. 그래서 거친 파도, 노도와 같은 바다를 터전으로 사는 바닷가 사람들에게는 무엇보다 중요한 것이 의지다. 그래서 바닷가 사람들에게는 그런 강한의지가 있다. 탐험과 모험의 정신이 있다. 힘차게 뻗어나가려는 투쟁의 힘이 있다.

바다는 무엇이나 가리지 않고 삼키고 소화해버리는 것 못지않게 풍요로움이 있다. 재물의 보고다. 물 없이는 생명이 없고 또 다른 생명이 없는 곳에 인간 또한 살 수 없다. 그래서 사람들은 풍요로움을 즐기기 위해 필요한 재물을 얻기 위해 위험을 무릅쓰고 물을 따라 산다. 바닷가나 강을 끼고 도시가 발달했다. 또 문명의 발달을 주도하고 개척의 발판이 됐다. 나폴리, 베네치아, 시드니, 상하이 같은 아름다운 도시가 오대양 육대주 바다와 강을 따라 곳곳에 있다.

이렇듯 바다와 인간은 삶과 밀접한 관계에서 뗄 수 없다.

내게도 추억의 바다가 있다. 45여 년 전 처음 항구를 찾았다. 그 항구가 목포였고 목포항에서 제주항을 오가는 화양호에 몸을 실어 바다위에서 밤을 새웠던 적이 있다. 그 때가 홍도와 흑산도를 구경하고 제주도 여행을 하기로 친구들과 함께 나섰다가 태풍을 만나 목포항 부두에서 이틀 밤을 보냈다. 목포항에서 머문 사흘 때문에 홍도와 흑산도 관광을 포기하고 남은 일정에 따라 제주도 여행길에 올랐다. 바다를 덮치고 육지를 할퀸 태풍은 지나갔다. 목포항을 출항한 배는 먼 바다를 향해 달렸다. 육지에서 멀어질수록 물살은 거칠어지고 배는 뒤뚱거리기 시작했다. 오리가 땅위를 뒤뚱뒤뚱 어정어정 걷듯 먼 바다에서 밀려오는 파도에 부딪쳐 배가 널뛰기를 하고 사람들은 지쳐 쓰려졌다. 갑판 위를 넘나드는 물보라는 추자도 앞바다를 지나면서 어느덧 고요의 바다로 변했다.

나는 망망대해에서 배가 파도에 떠밀려 뒤집히기라도 할까봐 그 짧지 않은 시간 얼마나 가슴 조였는지 제주항에 정박한 순간 이제는 살았구나 하는 안도의 한숨이 기도를 통해 내뱉어졌다. 바다와 떨어져 산간마을에 사는 내게는 처음 있었던 일로 목포항을 떠나 제주항에 도착하는 짧지 않은 시간 내내 두렵고 무서워 등골에서 땀이 흐르고 소름이 끼쳤었으나 바닷가 사람들에게는 평범한 일상이었다. 어느덧 배는 제주항 부두에 매달렸다.

제주항 부두는 육지에서 파도와 싸우며 밤을 새 바다를 건너온 나그네들을 맞이하기 위한 사람들로 붐볐다. 동쪽바다 지평선 위로 솟아오른 아침햇살은 육지를 떠나온 나그네들의 발걸음을 바쁘게 했다.

밤새 고기잡이를 한 배들도 항구에 모여들었다. 선창가 공터에 어시장이 열리고 고기를 사려는 사람들과 팔려는 사람들이 함께 어우러졌다.

오고가는 말 주고받는 고기와 돈이 인간들의 삶 그 자체인 듯싶었다. 밤새 파도와 싸우며 잡아 온 고기는 어부들의 생명과도 같았다.

바닷가 사람들의 일상은 늘 생명을 담보로 하는 바다와의 싸움이다. 바다는 수많은 종의 생명을 잉태하고 인간들에게 유용한 자원을 공급하는 보고임에는 틀림없다.

그런 바다는 자원의 보고답게 부족함이 없다. 바다는 바닷가 사람들의 삶의 터전이다. 물이 들 때면 고기떼가 몰려들고 물이 난 뒤면 해초 더미가 쌓이고 조개류들이 썰물을 따라 가지 못하고 죽은 듯이 갯벌 속 또는 자갈 틈새에 숨어있다. 또 퇴적물이 쌓여 에너지를 만든다. 일상에 없어서는 안 되는 광물질을 만든다. 그런 자원을 얻기 위해 인간들은 쉴 새 없이 바다와 싸워야했다. 그래서 때로는 바닷물에 휩쓸려 제물이 되기도 했다.

나는 제주도 여행 중 바닷가 사람들의 이모저모를 보고 또 들을 수가 있었다.

제주도 북군 조천읍을 지나다 보면 바닷가에 북촌이라는 마을이 있다. 북촌 앞에 조그만 섬 '다라도'가 있다. 바위와 돌무더기로 이루어진 섬이다. 또 원앙이 주로 찾아오는 철새들의 천국이기도 하다. 군데군데 돌무더기에 뿌리를 박고 간신히 붙어사는 풀과 나무들이 있다. 오직 그것뿐이다. 그래서 사람이 살지도 못하지만 드나들지도 않는다. 가끔 북촌사람들이 돌 사이를 삶터로 하는 고기를 잡으러 갔다.

제주도 여행 중 나는 운 좋게 북촌사람들을 따라 그 섬에 들어갈 수 있었다. 그곳에서 고기를 잡아 아가미 사이에 철사를 꽂아 불을 피워 구워 먹었다. 지글지글 기름이 솟아 살 갗에 배도록 구워진 고기 살이 뜨거워 호호 불며 뜯어먹는 맛 그것이야말로 일품이었다. 그것은 낭만이었다. 살아서 펄펄뛰는 고기를 구운 것과 죽어서 소금에 절인 구운 고기와는 맛이 사뭇 다르다. 너무나도 맛이 다르다. 바닷가 사람들만이 즐길 수 있는 맛 그 맛을 나는 봤다.

원시시대의 유목민들의 생활을 느껴 볼 수 있었다. 상상도 가능했다. 그런 것들이 바닷가 사람들에게는 하나의 즐거움이었다. 또 바닷가 사람들은 삶을 위해서 여자들은 가까운 해변에서 전복을 따고 파래를 채취하고 바지락을 캐지만 남자들은 똑딱선이나 무동력 작은 배에 몸을 싣고 노를 저어 고기가 많이 잡히는 먼 바다로 나가 고기를 잡는다. 고기잡이 나갔다 크고 작은 풍랑이라도 만나 배가 뒤집혀 영영 돌아오지 못하고 고기밥이 되기도 했다. 그래서 바닷가 사람들은 혼자 사는 여자들이 많다. 같은 날 제사가 많다. 그것도 늙고 병들어 죽은 사람들의 제사가 아닌 살 날이 많은 젊은 남자들의 제사가 많다. 가족과 함께 먹고살겠다고 바다로 고기잡이 갔다가 고기밥이 되어버린 사람들의 제사가 많다. 그래서 생사고락을 같이하는 바닷가 사람들은 화합과 단합 끈기와 의지가 강하다. 끈끈한 정이 결집된 탁월한 응집력을 엿볼 수 있다.

남자들을 귀하게 여기는 여자들의 생활상도 엿볼 수 있다.

지금은 많이 달라졌지만 먹고살기 힘들던 보릿고개가 있었던 춘궁기 배고픔을 채우기 위해 풀뿌리 캐먹고 나무껍질을 벗겨먹고 살았던 시절, 불과 40여 년 전 노를 젓는 배를 타고 고기잡이 나갔던 시절, 그때 그 시절엔 그랬었다.

지금은 구경할 수 없이 전설 같은 이야기로만 들을 수 있고 드라마로써나 즐겨 볼 수 있는 그런 볼거리가 되어버렸지만 그것이 바닷가 사람들만이 가질 수 있는 특이함이다.

해안선을 따라 바다를 삶의 터전으로 하고 사는 사람들에게 슬픔 같은 것, 서글픔 같은 이별의 눈물이나 동백꽃 쓸어안고 우는 그런 일은 더 이상은 없어야 한다. 더 이상 없도록 하는 것 또한 바닷가 사람들의 몫이다.

바다 속 풍경

　우주속의 지구, 지구에는 세 개의 세계가 있다. 하나는 바다 속 수중세계요 대기층의 세계다. 또 다른 하나는 땅위의 세계다. 한 마디로 물속의 세계, 땅 표면의 세계, 땅위 하늘이라는 세계다.

　하늘의 세계는 풀 한포기 나무 한 그루 없는 우주공간의 세계로써 구름이라는 형체불명의 것 그리고 햇빛조화의 세계요, 지구표면의 세계는 생명이 잉태하고 그 가운데 식물과 동물이 존재하는 세계 또 다른 물속 그 세계는 넓고도 깊은 바다 속 세계가 있다.

　지구표면의 세계와 하늘의 세계는 인간의 눈으로 충분히 깨뜨려 볼 수 있는 세계지만 특수한 방법이 아니면 알 수 없는 세계가 바다 속 세계다. 그 바다 속 풍경 그곳은 신비의 세계고 미지의 세계다.

　바다는 인간이 필요로 하는 자원의 보고이다. 삶의 터전이요 생명의 근원이다. 아름다움의 세계요 풍요의 세계이고 평화가 공존하는 세계다. 또 약육강식의 세계다.

　아름다움을 마음껏 뽐내는 산호와 해파리가 춤을 추고 그 사이에서 풍요로움을 즐기는 고기들의 평화로움을 엿볼 수 있는 세계가 바다 속의 세계고 풍경이다.

나는 아름다운 산호초 사이를 오가며 한가롭게 사는 바다 속 고기들을 보았다. 그 고기들을 보고 있노라면 시간 가는 줄 모른다. 잔잔한 물속에서 한가롭게 해초와 산호 그리고 돌과 바위사이를 드나드는 것을 보고 있노라면 인간으로 태어난 것은 전생에서 지은 죄의 대가로 힘들고 고달픔 그것을 양 어깨에 걸머메고 고행의 길을 걷도록 조물주의 농간에 의해서 환생한 그것이 아닌가 싶다.

붉은 산호 노랗게 물든 산호 그것들의 군락 그곳은 수중의 낙원이고 그 사이사이를 오가며 즐기는 고기들이야 말로 축복받은 생명체인 것만은 틀림없는 것 같다.

진달래군락 같은, 개나리군락 같은, 목련군락과도 같은, 활짝 핀 백합나무와도 같은 꽃무리를 이루는 산호는 바다 속 꽃동산이다. 그곳은 수중의 낙원이요 극락의 세계다. 그것이 용궁의 세계다. 그 바다 속의 풍경 그곳은 또 다른 세계다. 그곳에서 즐기며 사는 고기들 그것들은 행복을 누리는 복 받은 생명체다.

제주도 서귀포를 가면 잠수함을 타고 수중관광을 하는 코스가 있다. 잠수함의 유리벽을 통한 해저 이모저모를 볼 수 있다. 산호 군락지와 그 사이사이를 삶의 터전으로 하는 고기들의 수중세계를 볼 수 있다.

인간들은 먹고 살기 위해서 한시도 한순간도 게으름이나 딴눈 팔 시간이 없이 허겁지겁 노력하지 않으면 다가오는 미래의 생명이 있을 수 없는데, 고기들 그들은 쉬지 않고 아가미만 벌렁거리면 목숨이 이어지는 복 받은 동물, 생명체인 듯싶어 부럽다.

입만 뻐끔뻐끔 그러면서 한가롭게 사는 반드시 그것만은 아니다. 바다 속 그들의 세계도 약육강식의 세계이기 때문에 약자는 강자의 먹이가 되지 않기 위해서 한시도 경계를 소홀히 할 수 없는 불안의 삶이 연속된다.

사람들이 생각하는 평화의 세계가 아니다. 사람은 사람을 먹이로 하지 않는다. 그러나 물고기는 물고기를 먹이로 한다. 덩치가 크고 힘이 센 물고기는 자기보다 약한 물고기를 먹이로 한다. 그 물고기들을 잡아먹어야 산다. 살기위해서는 또 다른 물고기를 잡아먹어야 한다. 땅과 하늘을 삶의 터전으로 하는 동물들의 세계에서도 강자가 약자를 먹잇감으로 하여 목숨을 유지한다. 인간들도 인간이 아닌 다른 동물들을 먹잇감으로 하고 그들의 생명을 빼앗아 먹고 산다.

엄밀히 따져보면 바다 속 풍경이나 육지의 풍경이나 크게 차이가 없다. 그러나 바다 속에는 인간처럼 이것저것 가리지 않고 먹어치울 수 있는 잔인하고 식욕이 왕성한 포식자가 없다. 아무튼 바다 속의 풍경은 아름답다.

바다 속에도 육지속의 숲과 같은 해초가 있고 높은 산이 있다. 산의 정상은 수면가까이 솟아있는 암초다. 그 암초가 육지속의 히말라야산 정상과도 같다. 그런가 하면 아주 깊은 계곡이 있다. 깊은 계곡의 바닥에는 화산폭발도 지진도 쉴 새 없이 일어난다. 그 화산폭발 때문에 깊은 바다 속의 수온이 올라가 얼지 않는다. 또 바다 속은 산호와 같은 아름다운 꽃동산이 있고 그 사이에서 한가롭게 사는 고기도 있다. 육지에서는 볼 수 없는 세계가 있다.

그 아름다운 세계는 또 무한한 보물을 품는 세계다. 인간의 삶에 없어서는 안 되는 모든 보물을 지니고 있다. 그런가 하면 또 다른 세계가 있다. 무엇이나 먹어치우는 소화능력이 탁월함을 지닌 세계가 있다.

바다는 인간들의 삶속에서 발생하는 갖가지 오염물질을 정화처리하는 거대한 오폐수처리장이다. 뿐만 아니라 폐기물도 삼켜버린다. 바닷물이 꿈틀거리는 것은 파도가 일고, 폭풍우가 일어나는 것은 오염된 물을 정화처리 하는 폭기시설과도 다름이 없다.

바다는 병들고 썩은 물을, 생명을 갖는 모든 동식물이 사용가능한 물로 만든다. 바다는 그런 아름다운 풍경을 지녔다.

바다는 단순한 바다가 아니다. 모든 생명체의 근원으로써 필요한 존재다. 바다가 없는 것은 곧 물이 없는 것이며 물이 없는 것은 가스로 뒤덮여 생명이 없는 곳이다. 생명이 없는 곳은 곧 뜨거운 불덩이만이 존재하는 항성이 될 것이다.

그래서 바다의 존재는 곧 생명의 존재이고 상상의 세계다. 울긋불긋한 해초가 나불거리고 그 사이를 오가는 알록달록한 크고 작은 물고기가 한가롭게 춤을 추는 곳이다. 노래하고 춤을 추는 오페라극단의 공연장과 같은 곳이다. 그래서 아름다움하면 바다 속의 풍경을 빼놓을 수 없다.

바다는 인류의 미래가, 미래속의 행복이 있는 곳이다. 나 너 우리들 그 아름다운 미지의 세계 바다 속의 풍경을 꿈꾸며 살자. 해변의 도시는 그런 곳과 가장 가까이 할 수 있는 곳이다.

해님과 달님

✿ 낮

봄날이다. 아직은 산골짝 응달진 곳에 잔설이 남아 얼룩송아지처럼 알록달록하다. 달님은 나른한 봄기운에 취해 정신이 없다.

해님과 달님이 마주보고 시비가 붙었다.

먼저 달님이 해님에게,

"너 정말 그럴 거야? 나 말이지 몸이 피곤해서 한숨 자는데 그것도 모처럼 여자 친구를 만나 강가 갈대숲 속을 거닐며 행복한 꿈을 꾸고 있는데 유리창 너머로 삐쭉 머리를…… 그 짓이 뭐냐? 너 정말 의리라고는 털끝만큼도 없는 철면피구나. 계속 잠을 자도록 놔두면 안 돼? 쫓아오지 않으면 안 돼?"

"달님아, 그럼 그런 너는 왜 나를 따라와 못살게 하지?

매서운 겨울을 나기 위해 가을에 잎을 떨쳐 버린 앙상한 나뭇가지, 잎이 말라버린 풀뿌리, 땅속깊이 묻힌 씨앗, 그들에게 내가 따스한 햇볕을 내리쪼여야 새잎이 돋고, 씨앗과 뿌리에 싹이 틀 텐데 너는 자꾸 나를 잡으러 와. 네게 잡히지 않으려고 계속 도망가야 하잖아? 적반하장도 유분수지 나더러 쫓아온다고? 어림도 없는 소리. 내가 바보야 너를 쫓아가게? 내가 너를 쫓아가는 것이 아니라 내가 도 망가잖아, 도망가는 나더러 쫓아온다고? 너 참으로 이상한 애구나." 해님이 이렇게 말했다.

화가 난 달님이 오늘은 어떻게 해서라도 해님을 붙잡아 끝장을 낼 작정을 하고 구름에게 지원요청을 했다. 구름과 짜고 해님을 기다렸 다. 해님을 달님이 쫓고 구름이 길목을 막았다. 해님이 나타나기만 하면 큰 보자기를 만들어 그 보자기에 싸아 깊은 강물 속에 빠트려 버리려고 단단히 벼르고 있었다. 그리고 달님이 해님에게 손짓을 했 다. 구름을 시켜 산 아래 아름다운 동산을 만들어 놓고 동산에는 매 화꽃, 진달래, 개나리, 토끼, 사슴도 뛰놀게 하고, 숲이 우거진 사이 에서는 지게꾼이 '달아달아 밝은 달……' 노래를 부르며 소를 몰 고 간다. 그리고서 "해님아! 해님아" 하고 손짓을 한다.

그것을 본 해님이,

"내가 속을까봐, 달님 네 꾀에 내가 넘어갈까봐, 어림도 없지."

그러고 나서 아름다운 동산에 빛을 비추고 따뜻한 볕을 쪼여줬다. 그렇게 하면 더욱더 즐거워하고 보다 더 아름다워질 것 같아 젖 먹 던 힘까지 모아 더 강한 볕과 빛을 쏟았다. 그랬더니 화들짝 반겼다. 꽃잎도 꽃망울도 활짝 피어났다.

새들이 노래하고 매화꽃, 진달래, 개나리가 나불거리고 토끼도 사 슴도 춤을 췄다. 장엄한 오페라경연장이 됐다. 구름도 따라 춤을 추 고 노래를 불렀다. 달님도 하늘 높이 날아날아 햇빛 뒤로 슬며시 숨 어버렸다. 기세가 등등해진 해님이 그런 달님을 집어삼키려하자 달 님이 줄행랑을 쳐 어디론가 사라져 버렸다. 달님과 해님의 싸움은 해님의 강펀치에 달님이 케이오를 당한 일라운드로 끝이 났다.

✤밤

해님이 지쳐 비틀거리고 스르르 눈이 감겨 고개를 떨어뜨리다 그만 수평선 넘어 깊은 바다 속에 잠겨버렸다.

숨어있던 달님이 그것을 보고 슬며시 고개를 내밀고 나타났다. 개선장군처럼 반짝반짝 빛나는 별들을 올망졸망 데리고 나타났다.

"해님, 어디 갔어?"

"나 여기 있잖아!"

"왜 도망가. 그렇게 큰소리칠 때는 언제고 낮에는 내가 졌지만 밤엔 달라, 붙어봐." 이렇게 큰소리를 치며 도망 치는 해님을 달님이 쫓아갔다.

해님이 도망을 치다 달님에게 "진짜 너! 나한테 당해봐야 알겠나. 보자보자 하니 까불어 이게!"

"해님아, 너 지금 뭐라고 했지? 나 더러 까분다고?"

"그래, 까분다고 했다."

해님이 빛을 머금어버렸다. 갑자기 캄캄한 암흑이 돼버렸다. 풀도 나무도 숨을 쉴 수 없다고, 배가 고파 더 이상 참을 수가 없다고, 하늘을 날던 새도 한가롭게 풀을 뜯던 사슴도 토끼를 쫓던 호랑이도 어둠속에 먹을 걸 못 찾아 헤맸다.

하늘 높이 두둥실 떠 산과 계곡이 되고 나무숲도 꽃밭도 동물원도 바다도 됐다 사라졌다 하는 구름도 앞이 가려 서로가 서로에 부딪쳐 깨지고 부서졌다. 그러자 모두가 아우성이다.

달님에게 해님을 찾아오라고 사자가 눈을 부라리고 호랑이가 으르렁 거렸다. 나무들도 새들도 해님을 찾아 나섰다.

뜰에는 새콤달콤한 향기 그윽한 라일락꽃이 지고 탐스러운 빨강

꽃잎을 달고 과묵하게 바라보는 목단이 "달님아! 달님아 제발 해님을 찾아오너라." 목을 맸다.

✿또 낮

장대비가 쏟아졌다. 쏟아지는 비 사이로 이따금씩 볕이 내리 쪼였다. 검푸른 나뭇잎과 파란 물감을 뿌려놓은 듯 풀로 뒤덮인 대지위에 비춰주는 햇빛은 만물을 살찌게 했다.

따스한 볕이 아닌 따뜻한 볕이 살갗을 예리한 바늘로 찌르듯이 내리비치고 달님이 나타나지 못하도록 강한 빛으로 맞섰다.

달님은 오간 곳 없이 긴긴날 빛과 볕에 지친 풀들은 말라죽고 나뭇잎이 목을 떨어뜨려 쳐졌다. 잎 끝이 말리고 비틀어졌다. 메마른 대지는 조골 조골 번데기 등처럼 벌어지고 터졌다.

짙은 녹음으로 뒤덮인 대지는 병이 들어 시름시름 앓았다. 꼭꼭 숨은 달님이 그것을 보고 발을 동동거린다. 저런 나쁜 해님, 내가 없다고 대지를 목 타게 하다니! 풀과 나무는 말라죽고 길짐승 날짐승 인간들까지 더위에 지치고 목이 말라 헉헉거리며 곳곳에서 쓰러지고 죽고 저리 난리니 이 일을 어찌 할고. 해님을 잡을 자, 해님을 꺾어 이길 자, 구름 너 뿐이니 "구름아 너 의리하면 목숨 걸지 않니! 이때 그 의리한번 보여주지 않을래? 제발 부탁이다."

달님이 뭉게구름과 먹구름을 붙잡고 애원을 했다. 불타는 대지위에 비를 뿌려 달라고, 불타는 대지를 본 뭉게구름과 먹구름이 화가 나 하늘을 뒤덮었다. 천둥번개가 뒤를 쫓았다. 어느새 해님이 어디 갔는지 보이지 않고 어둠이 깔리고 대지 위는 낮이 갑자기 컴컴한 밤으로 변했다.

동쪽하늘 끝자락에서 섬광이 번쩍 하늘을 가르더니 우르릉 꽝! 지구를 뒤흔들었다. 양동이에 가득 든 물을 쏟아 붓듯 빗줄기가 궁사들이 화살을 퍼붓듯 대지위에 내리꽂혔다.

대지는 활기가 넘치고 달님이 성큼성큼 나타났다. 맑고 높은 하늘에 둥글고 밝은 달이 나타났다.

✤또 밤

달을 따라 크고 작은 별들이, 빛난 별들이 축제라도 벌린 듯 무리 지어 춤도 추고 노래도 불렀다. 그 사이를 달님이 거닐었다. 서 있는 듯 달리는 듯 가마 같은 구름을 타고 때로는 백마를 타고 사슴을 타고 루돌프 처럼 거닐었다. 그 속에 이태백이 긴 담뱃대를 등 뒤 옷섶에 꽂고 방아 찧는 토끼를 위로 했다.

"토끼야, 방아 찧는 일 힘들지? 그래 조금만 참아라. 머지않은 날 은하철도999를 타고 내가 지구를 다녀오마. 그곳에 가면 방아 찧는 기계 있다더라. 그 기계 사 올게. 그때까지만 힘들더라도 참아라. 알겠니?"

"고맙습니다, 이태백님. 우리에게는 역시 이태백님밖에……."

그런 어느 날 낯선 이방인이 나타났다. 키는 장대요 푹 꺼진 파란 눈에 코는 덩그렇게 솟고 입이 쭉 찢어진 암스트롱이라는 사람이 나타나 엉금 성큼 거닐었다. 바위도 만져보고 땅도 파보고 콧구멍이 벌렁벌렁 고개를 갸우뚱 눈도 껌벅였다.

✤또다시 낮과 밤

쫓고 쫓기는 해님과 달님 때문에 수 없이 낮과 밤이 오고 갔다. 정신없이 오갔다. 이 세상 모든 것이 낮과 밤처럼 오고가지 않은 것 하나 없다. 좋은 일 따로 없고 나쁜 일 따로 없다. 흉인가 싶은 것이 복이 되고, 복인가 싶은 것이 흉이 되기도 했다. 여름이 되면 겨울이 좋아 기다려지고 또 겨울이 되면 여름이 좋아 기다리듯이 밤이 되면 낮이기를, 낮이면 밤이 오기를, 태어나는가 하면 죽고, 들어가면 나오고, 먹으면 싼다. 이것이 세상사는 이치다. 손등과 손바닥이 가까이 있으면서 영원히 만날 수 없듯이 달님과 해님도 같이 하지 못하고 마주보며 쫓고 쫓기면서 뒤서거니 앞서거니 하며 지냈다. 이 세상에 존재하는 것 어느 것 하나도 없어서는 안 된다. 또 흔한 것 같지만 귀하지 않은 것 하나 없다. 서로가 서로에게 은혜입지 않은 것 하나 없다. 서로가 서로를 아끼고 보살피는 가운데 큰 보람 더 큰 보람이 될 것이다.

톱니바퀴처럼 물려 세상이 돌아간다. 그 덕택에 이 세상 모든 생명체가 건강하게 존재한다. 건강한 생명을 유지하기 위해서는 해님도 필요하고 달님도 필요하다. 필요하지 않은 것 하나 없다.

솔松 향香 그윽한 자연

누가 아름다운 자연을 보고 싫다고 하겠는가? 포근한 자연의 품을 떠나려 하겠는가? 아마도 그런 사람은 없을 것이다. 사람들은 자연 속에 묻혀 노래도 부르고 춤도 추고 숨바꼭질도 하고 싶어 할 것이다.

눈 덮인 겨울은 겨울대로, 만물이 생동하는 봄이 오면 봄대로, 녹음방초가 흐드러진 여름은 여름대로, 오곡이 무르익고 나무열매가 결실을 맺은 가을은 가을대로 자연은 아름답다.

또 밤하늘 높이 떠 있는 별들도, 드높은 창공에 두둥실 춤을 추는 구름도, 숲과 숲 사이사이를 넘나드는 새들도, 졸졸 흐르는 계곡물 소리도, 석양 노을빛이 아쉬워 하천 고인물 위를 펄쩍 펄쩍 뛰어 오르는 피라미며 붕어들이, 초가집 굴뚝에 모락모락 피어오르는 연기, 그 모든 것들이 참으로 아름답다.

엄동이 지나 봄이 오면 하천가에 곱게 핀 개나리를 찾아 또 산등성 양지바른 곳에 붉게 물든 진달래 꽃길 찾아 나섰다. 뿐인가 솔향기 그윽하게 풍기는 봄날 소나무 숲이 하늘을 뒤덮은 산을 찾았다.

자연의 아름다움도 아름다움이지만 그 보다는 송화松花와 함께 짙게 품어내는 향기는 산책길 나선 나그네의 발길을 잡아 묶어놓고도 남음이 있었다.

이탈리아의 옛길을 따라가다 보면 소나무 가로수를 흔히 볼 수 있다. 그것도 수백 년이 된 노송이 주를 이루고 있다. 이탈리아 사람들이 수백 년 전 소나무를 가로수로 심었던 이유는 소나무에서 풍기는 향이 전쟁터를 향해 행군하는 군인들의 피로를 덜어주고 정신을 맑게 해 주어서였다. 뿐만 아니라 소나무는 인간에게 없어서는 안 되는 중요한 나무 중 하나다.

때로는 인간들의 허기진 배를 채워 줬다. 새순은 껍질을 벗겨 먹었다. 나무껍질은 떡을 만들어 먹거나 날것으로 씹어 먹었다. 꽃가루를 날 것으로 먹거나 벌꿀이나 쌀가루에 섞어 먹었다. 술에 넣어 송화주를 만들어 먹기도 했다. 씨는 껍질을 벗긴 다음 밥에 넣어 먹거나 볶아서 차로 끓여 마시기도 했다. 껍질을 벗겨 볶은 씨는 건위제로 썼다.

잎 말린 것을 송엽松葉이라고 한다. 또 꽃가루 말린 것을 송화松花, 송진 말린 것을 송지松脂라고 한다. 한방에서 송엽은 각기병과 소화 불량의 치료제나 강장제로 쓴다. 송화는 이질의 치료제로, 송지는 지혈제로 쓴다. 송진은 반창고나 고약의 원료로 이용하며 목재는 건축재나 가구재로 쓴다.

소나무는 뿌리, 줄기, 잎, 꽃가루뿐만 아니라 나무에서 풍기는 냄새까지 어느 것 하나도 버릴 것이 없는 인간들에게는 없어서는 안 되는 유익한 나무다. 그런 소나무 숲 그 향기를 찾았다. 봄이면 송화가 휘날리고 송화향기가 물씬 풍기는 산을 찾는 것은 내겐 삶의 보람이다.

또 옛날 사람들은 소나무가 마귀로부터 마을을 지켜주는 나무로 믿어 마을 어귀에 세우는 장승의 목재로도 썼다.

소나무는 수백 년을 사는 나무다. 우리나라에는 600년이 넘는 소나무가 있다. 충청북도 괴산군 청천면엔 우리나라에서 가장 오래 된 소나무가 있으며 그 다음 오래된 것으로는 충청북도 보은군 속리산 입구에 있는 정2품 소나무다.

정2품 소나무를 보고 있노라면 저절로 감탄이 쏟아진다. 긴 세월 살아온 동안 갖은 풍파 견뎌 온 그 모습이 참으로 경의敬意롭고 600년 긴 세월 간직한 그윽한 향기가 코를 찌르고 기개氣槪 당당함에 어찌 반하지 않을 수가 있었겠는가.

600년 전의 속삭임 또한 귓전을 울려줬다. 그런 자연과의 속삭임은 끝없는 사랑이다. 짜증도 시끄러움도 더군다나 큰소리 내지 않는 소곤거림뿐이다. 소나무에서 내 품는 향기는, 내 마음을 끌어 안은 채 놔 주지를 않았다. 시인에게는 시상을 떠 올리게 할 것이고, 소설가에겐 아기자기한 이야기를 만들게 할 것이고 수필가에겐 한편의 산문을, 동화작가에게는 아름다운 동시와 그림을, 화가에게는 한 폭의 그림을 남기게 할 것이다. 그래서 자연과 더욱 가까이 지내는 사람들 그들은 문학가이며 화가다.

문학가와 화가는 그런 자연을 사랑할 줄 알아야하고 자연을 가꾸고 아름다운 자연을 만들어야한다. 그것이 문학가와 화가가 해야 할 책무다.

이 선생 오랜만이요

광주시내에 S초등학교가 있다.

그 학교는 한 때 학생이 4,500여 명에 교직원이 80여 명이 됐다. 시험을 보고 중학교를 진학하던 시기만 해도 그 학교가 곧 광주시내 명문중학교를 가는 지름길이었다. 그래서 선생들도 S초등학교에서 근무하는 것을 영광으로 생각하고 너도 나도 선호했다.

K선생은 30대 초반부터 교장을 했다. 그 교장이 50대 중후반에 S초등학교로 발령을 받아 7년째 근무하고 있었다.

학교에서는 특별한 일이 없는 한 아침 조회로, 시작 수업이 끝난 오후 종례로 하루 일과를 끝냈다.

이 선생이 그 학교로 발령받아 간 것은 한 학기 전이다. 추석이 지나고 열흘쯤 됐을까? 그 날도 예외 없이 아침 조회를 했다. 조회가 시작되기 전 복도에서 K교장선생을 만나 인사를 주고받았다.

오후 수업을 하는데 교장선생이 순찰을 왔다. 인사를 했더니 교장선생은 "이 선생 오랜만이야, 이러다가 이 선생 얼굴 잊어버리게 되는 것 아닌지?" 라고 했다.

"예"하고 대답을 해 놓고 생각하니 황당했다.

그리고 교장선생은 지나갔다.

이 선생 머리에서는 교장선생이 했던 말 '이 선생 오랜만이. 이러다가 얼굴을 잊어버리는 것 아닌지' 그 말이 자꾸 떠올랐다.

그 며칠 후 그날도 아침 조회를 했고 아침 조회 시작 전 교장선생과 눈이 마주쳐 인사를 했었다. 그런데 예전과 똑 같은 말을 했다.

이 선생은 교장선생을 이상하게 생각하기 시작했다. 교장선생이 혹시 나이가 많아 정신이 오락가락, 건망증세가 조금 심하지 않은가 그런 생각을 했다.

그런데 이상하게도 다른 때 하는 말이나 행동은 조금도 빈틈이 없이 총명했다. 지나칠 정도로 기억력이 좋았다. 그런 교장선생이 왜 그런 말을 할까 아무리 생각해봐도 이해가 안 됐다. 점점 궁금해 졌다. 그렇다고 아무나 붙잡고 물어 볼 수도 없었다. 그 후도 반년 쯤 지나는 동안 똑 같은 일이 가끔 있었다. 이 선생은 교장선생에 대한 궁금한 것을 들어 보기 위해 S초등학교에서 오랜 기간 교장선생과 함께 근무하고 있는 천 선생과 저녁식사 약속을 했다. 저녁식사자리에서 조심스럽게 말을 꺼냈다.

교장선생이 그 동안 내게 여차여차 했었던 일이 있었다고 말했다. 천 선생이 내가 하는 말을 듣고 픽 웃으며 그래서 이 선생은 어떻게 생각하느냐고 물었다.

"글쎄요? 왜 그러시는지 저로써는 답이 없어서요. 선생님이 생각나는 것이 있으면 가르쳐 주세요. 도대체 이유를 알 수 있어야죠."

"이 선생, 내게 술을 사세요. 가르쳐 드릴 테니까. 그러면 됐죠."

"말 나온 김에 오늘 합시다."

"오늘은 늦었으니 다음에 적당한 때 내가 날을 받을 테니 그 날 사시죠?" 얼마 후, 천 선생이 "이 선생 잠깐 봅시다. 오늘 저녁에 술을 사시겠소?"

"예, 그렇게 합시다."

퇴근하고서 천 선생을 따라 술집으로 갔다. 주인아주머니가 한쪽 구석진 곳 조용한 방으로 안내를 했다.

방에 들어서자 이 선생이 천 선생에게,

"무엇을 좋아하세요. 저도 오랜만에 천 선생님 덕택에 맛있는 음식 한 번 먹어 봅시다. 시키시죠." 했더니

"시키는 것 급하지 않으니 잠깐 있어 봐요." 라고 했다. 천 선생이 누구를 기다리고 있는 것 같았다. 잠시 뒤 주인 마담이 노크를 하고 문을 여느 데 교장선생이 방으로 들어왔다.

교장선생은 대뜸 "이 선생 여기서 보겠구먼, 얼마만이지?" 하신다.

"예, 글쎄요." 하고서 우물쭈물 했다.

그 날 이후 교장선생은 종전처럼 '이 선생, 오래만이야. 얼굴 잊어 버리겠어.' 그런 말을 하지 않았다. 오히려 순찰 할 땐 "이 선생, 열심히 잘 해줘서 고마워요." 하며 등을 다독이며 "얼굴 잊어버리지 않도록 잘 해 보아요." 했다.

이 선생은 그 때야 교장선생이 그런 말을 왜 했었는지 알았다. 세상사는 데는 눈치도 있어야 한다. 눈치코치를 모르면 때로는 받지 않아도 될 고통이나 망신을 산다 하더니 내가 바로 그런 사람이었다.

인생 뭐 있어? 놀고, 먹고, 보고!

인생 뭐 있어? 놀고, 먹고, 보고!

그 말이 여유 있는 인생, 퍽 행복해 보이는 인생, 낭만에 찬 인생을 즐기는 사람처럼 보이는 반면 더 나아가 깊이 생각해 보면 포기한 인생을 한 마디로 말하는 것 같았다.

모처럼 친구들을 만나 식당에서 저녁을 먹는 자리에서 우연히 들었던 말이다.

옆 좌석에 젊은 남녀 예닐곱이서 소주병을 즐비하게 놔두고 한잔씩 주고받으며 서로 뒤질세라 와자지껄 시끌벅적했다.

나이로 보아 아직은 열심히 일해야 처자식 먹여 살릴 그렇게 보인 젊은 남자의 입에서 "인생 뭐 있어? 놀고, 먹고, 보고! 그렇게 살아야 하는 것 아닌가?"

그러자 거기에 맞장구를 치는 여자가 있었다. 그 여자 왈 "그래 좋다." 엄지손가락을 들어 보이며 "내게 저 친구가 최고다. 맞는 사람끼리 술도 먹고, 춤추며 놀고, 맞대보고 좋네, 애들아 내 생각 어때? 그럴싸하지!"

그 말을 듣고 속으로 그래 잘들 논다. 그러나 노는 것도, 보고 즐기는 것도, 돈이 있어야 해, 시간만 있어서는 안 돼. 몸만 있어서도 안 돼, 그래 지금은 젊어서 좋겠지만 금방, 잠시잠깐이면 얼굴에 주름 잡히고, 힘 떨어지고, 생각 둔해지는 것 눈 깜박할 사이다. 그 땐 돈 없으면 춥고 배고파, 뿐이겠니? 상대 해 주는 사람도 없어, 알겠니? 멍청이 돌망태들아…….

이런 말이 있다. '돈은 대부분 껍데기 일뿐 알맹이는 아니다. 돈으로 먹을 것을 살 수는 있지만 식욕은 살 수 없으며, 약은 살 수 있되 건강은 살 수 없다, 재물을 살 수는 있지만 친구는 살 수 없고, 하인은 살 수 있으나 충직함은 살 수 없다, 즐거운 날들을 살 수는 있으나 평화나 행복은 살 수 없다.'〈헨릭 입센〉이 한 말이다. 마치 돈이 중요하지 않은 것처럼 들릴지 모르지만 돈이 없으면 먹을 것도, 약도, 재물도, 하인도, 즐거운 날들도 살 수 없다. 그런 것들을 사지 못하는 사람들이 식욕을, 건강을, 친구를, 충직함을, 평화나 행복함을 갖는 다는 것은 엄두도 못 낸다. 돈이 없인 결국 할 수 있는 것 아무것도 없다.

인생 뭐 있어? 했지만 돈이 있어야 놀고, 먹고, 보고! 도 할 수 있다.

"인간은 젊은 이상주의에서 진실을 느낀다.

인간은 젊은 이상주의에서 그 어느 것과도 바꿀 수 없는 부유함을 소유하게 된다."라고 〈슈바이처〉가 한 말처럼 그들은 젊은 이상주의에서 진실을 느끼고 또 그 어느 것과도 바꿀 수 없는 부유함을 소유해서인지는 모르지만 그들을 보고, 그들이 하는 말들이 듣기에는 한심하게 보였다.

나는 어려운 시대에 태어나 근세에 겪을 것 다 겪고, 보고, 듣고, 실제로 경험하고 살았다. 그래서였는지는 몰라도 열심히 살았다. 요즘도 열심히 산다. 놀면 오히려 답답하다. 뿐만 아니라 과학의 발달은 숨 돌릴 틈도 없이 새롭게 변한다. 어제의 기술이나 지식이 내일이면 쓸모없이 변한다. 그래서 쉬지 않고 공부하지 않으면 어느 순간 멍청해 지고, 모르는 것 투성이 된다. 낙오자가 된다. 패배자가 된다.

30여 년 전 겪었던 일이다. 담양 중·고등학교에서 근무하던 시절이다. 당시 정년을 1년쯤 남겨 둔 교장선생이 했었던 말이다. 그 교장선생은 지금쯤 저 세상으로 가고 이 세상에 계시지 않을 거다. 그때만 해도 교육공무원 정년이 65세였으니 지금 살아계신다면 100세쯤 됐을 것이다.

광주에서 멀지 않은 곳이다. 교직원이 100여 명쯤 됐다. 교직원 대다수가 광주에서 출퇴근을 했다. 퇴근시간이면 버스를 타기 위해 80여 명이 앞을 다투며 뛰다 시피 버스정류장으로 우르르 몰려갔다. 그 틈에 교장선생도 끼어있었다.

하루는 달리듯 걷는 교장선생을 보고 한 선생이 불렀다. 교장선생은 뒤도 돌아보지 않고 "말해 봐요."라고 말하고는 숨을 몰아쉬며 열심히 달렸다. "교장선생님, 천천히 가세요. 설마 선생들이 교장선생님 자리 하나 안 잡아 놓겠습니까?" 그 말에 교장선생 왈! "나 아직은 젊은이들에게 질 나이가 아니야, 그런 생각으로는 성공 못해." 하셨다. 지금 생각해 보면 그 교장선생님 말씀 지극히 당연했다. 열심히 하지 않고는 이 세상 남보란 듯이 살기 쉽지 않아, 그런데 그 젊은이들 인생 뭐 있어? 놀고, 먹고, 보고…… 참으로 한심하기 짝이 없다.

각박한 세상, 가뜩이나 살기 힘든 세상, 눈 똑바로 뜨고 정신 바짝 차려 열심히 살아야 한다. 인생 뭐 있어? 놀고, 먹고, 보고, 그런 말 하지만 더 살다보면 후회할 날 분명히 있을 거다.

인생도 하나의 굴렁쇠

　굴러가는 굴렁쇠도 달리는 자전거도 멈추는 순간 넘어진다. 인간의 삶 또한 다를 바 없다. 뿐인가, 사람이 산다는 것 삶의 길이 비행기가 구름 사이를 스쳐 하늘을 날고, 새가 갖가지 장애물들을 비켜가며 공중을 날아다니듯 사람 또한 숨 가쁘게 지나가는 세월에 또 바람에 흔들리는 촛불처럼 가물거리며 희미한 흔적을 남기고 순간순간을 굴러가고 있다. 그래서 인생도 굴렁쇠와 다를 바가 없다.

　나는 어렸을 적 한적한 시골에서 살았다. 그때 가지고 놀았던 굴렁쇠가 있다. 그 굴렁쇠는 고장 난 자전거 타이어를 벗겨낸 쇠바퀴였다. 그 굴렁쇠를 굴리며 놀았다.

　꾸불꾸불 이어지는 좁다란 논두렁길 그 위를 간신히 굴러가는 굴렁쇠를 굴리는 것은 공중에서 줄타기 하는 서커스단 배우 같았다. 지구라는 무대에 출연하는 배우로 때로는 관객으로 굴렁쇠와 함께 굴러가고 있다.

　넘어질까 신경 쓴 것보다도 좁은 논두렁길을 아슬아슬하게 굴러가는 굴렁쇠가 더 좋아서 굴리고 또 굴렸다.

　도랑을 건너뛰고 위 논두렁에서 아래 논두렁으로 또는 아래 논두렁에서 위 논두렁으로 이어지는 길을 따라 굴러가는 굴렁쇠는 한껏 즐거움을 더했다. 어쩌다 물이 담긴 논으로 굴러빠지기라도 하면 흙탕물을 뒤집어썼다. 물에 빠진 생쥐처럼 됐다. 때로는 옷이 찢어지고 무릎이 깨지고 손등이 긁혔다. 그래도 굴렁쇠 굴리는 재미에 빠져 아픈 것도 잊고 찢어진 옷도 아랑곳 하지 않았다.

어머니의 꾸지람에 다시는 안 하겠다고 다짐하고 이튿 날 날이 밝아오면 또 다시 굴렁쇠를 굴렸다. 굴렁대에 의존하여 굴러가는 굴렁쇠처럼, 넘어질듯 굴러가는 굴렁쇠처럼, 흘러가는 세월에 끌려가듯 덜커덩거리며 자갈길을 달리는 우마차에 몸을 실은 나그네처럼 살았다.

추억 속에 남아있는 굴렁쇠는 내게 즐거움만 준 단순한 놀이가 아니었다. 굴렁쇠는 멈추면 넘어진다는 교훈을, 굴렁쇠는 목표를 향해 앞으로만 굴러간다는 지혜를, 굴렁쇠가 굴러가는데 좋은 길이 있는가 하면 험한 길도 있다는 것을 가리켜 줬다.

여기서 인생의 삶도 굴렁쇠와 같이 잠시도 멈춰서는 안 된다는, 뒤가 아닌 앞만 보고 앞으로만 가야한다는, 인간도 살아가면서 늘 행복과 불행이 함께한다는 것을 일깨워줬다. 사람이 사는 데 괴롭고 불행한 길이 있으면 즐겁고 행복한 길이 있음을 깨우쳐줬다. 그리고 지혜와 인내가 필요하다는 것을 가르쳐줬다. 굴렁쇠가 쉬지 않고, 멈추지 않고 굴러야하듯이 인간의 삶 또한 구르고 또 굴러 가야한다. 라는 가르침이 있었다.

지구가 둥근 것도 굴러가기 위해서다. 자전과 공전을 위해서다. 지구가 세모나 네모였다면 굴러가지 못했을 것이고 굴러가지 못한 지구는 멈췄을 것이다. 지구의 멈춤은 낮과 밤도 사계절도 없는 백

야와 암흑 둘 중 하나였을 것이다. 다행스럽게도 지구는 둥글고 둥근 지구는 쉬지 않고 굴러가고 있다. 굴러가는 굴렁쇠가, 달리는 자전거가 멈추는 순간 넘어지듯이 공전과 자전을 하는 지구도 멈추는 순간 세상은 끝장 날 것이다. 마찬가지로 인간의 삶도 변하지 않고 멈추는 순간 죽음에 이를 것이다.

그래서 지구도, 인간도, 굴렁쇠도 잠시 쉬지 않고 굴러간다. 탄력이 붙은 굴렁쇠처럼 지구도, 사람도 초스피드하게 변하고 있다. 잠깐 딴눈이라도 팔면 변해가는 세상에서 낙오자가 된다. 기업 또한 마찬가지다. 그래서 기업도 변하지 않고 멈춰서는 안 된다. 기업은 변해가는 인간보다도 앞서 변해야한다. 변하지 않으면 쓰러진다. 사회질서 또한 시대에 맞게 변해야 하고 그 질서를 지키지 않으면 깨진다. 굴렁쇠가 멈추면 넘어지듯이 사람도 숨을 멈추면 죽는다. 죽지 않으려면 멈추지 않고 숨을 쉬어야하고 변해야한다.

굴렁쇠가 굴러가야 넘어지지 않듯이, 자전거가 달려야 넘어지지 않듯이, 인생도 숨을 멈추지 않고 앞을 보고 굴러가고 달려가야 한다. 그렇지 않고 멈추는 순간 넘어지고 쓰러진다. 그런 인생, 인생도 하나의 굴렁쇠다.

당신 곁에 두고 싶은 편지

왜 이런 생각을 할까, 지난날 삶에 대한 반성 같은 것을, 그것은 분명 나이 먹은 탓 그리 접어 생각을 하면서도 점점 외로워져 가는 자신을 바라다보게 됐다. 돋아나는 새싹보다는 낙엽이 지는 나무만 뚜렷이 보인다. 싱그러운 신록은 보이지 않고 눈 덮인 대지 위에 앙상하게 서 있는 나무만 보인다.

한국문단의 원로이시고 문학평론가로서 '해동문학' 주간이신 정광수 선생님께서 보내주신 해동문학 2008년 겨울 호를 읽다 전재성 시인님에 대한 정광수 선생님과 홍윤기 선생님의 문학평론을 읽으면서 새삼 내 주변을 살피게 되었습니다.

전재성님, 저는 선생님에 대해 전혀 아는 바가 없습니다. 다만 두 분의 시평을 읽고 문단의 훌륭한 선배님이라는 것을 알았을 뿐입니다.

늦게나마 쾌유를 빕니다. 문학을 하는 후배로써 진심으로빕니다.

박경리 선생께서 암수술을 하던 날도 밤을 새워 글을 쓰셨다는 '가설을 위한 망상'이라는 책에 쓰인 글을 읽고 문인들의 세계를 다시 한 번 느낀 적이 있었답니다. 어렵고 힘들 때 문인들의 발걸음은 더욱 바빴음을 일제의 속박에서, 자유를 갈구했던 독재의 틈새에서, 목숨을 걸고 글로써 투쟁의 씨앗을 뿌리곤 했었던 것, 그래서 세상을 바꿔 놓은 것, 다 문인들의 몫이 아니었던가요? 그런 힘을 바탕으로 선생님, 건강하시고 더욱 좋은 글로 후배들의 삶에 필요한 지혜를 일깨워 주실 것을 믿습니다. 선생님의 시평에서 정광수 선생님이 흘린 눈물은 인생의 가는 길이 이렇구나 하는 깨달음에서 서글픔이 아닌 아쉬움에 흘린 눈물이었을 겁니다. 저 또한 그런 생각에 잠시나마 빠져 헤맸답니다. 진구렁에 빠진 송아지처럼 허우적거리며 주변을 살피게 되었답니다.

그리고 길지 않은 편지를 써 나를 지켜주는 사람에게 슬며시 주고 싶었답니다. 그래서 이렇게 써 본답니다.

수십 년을 늘 함께 있으면서 무심코 쳐다보았던 얼굴, 오늘 자세히 살펴보니 참으로 많이 변했구려.

/그래요, 우리 20대 중반 어느 날 처음 만났을 적 곱고 예뻤었는데 그때 그 얼굴 어디가고 사라호 태풍이 할퀴고 지나간 대지처럼 주름살만 늘었소. /몸매 쭉 빠지지는 안 했지만 그래도 아름다웠었는데 그 아름다움 어데 가고, 처지고, 나오고, 위아래 구분할 수 없도록 그렇게 변했소. /굵은 마디 하나 없이 매끄럽고 부드럽든 손 만지면 설레었는데 어느새 마디가 굵어지고 딱딱하고 거친 손으로 변해버렸소. /마음씨 또한 악한 것이라고는 찾아볼 수 없이 선하고 선한 천사 같았던 착한 심성을 지녔었는데, 하찮은 일에도 톡톡 쏘며 날카로운 반응을 보이는 그런 성품으로 변했소. /좋고 나쁜 것 가리지 않고 싱긋이 웃음 짓던 그 모습 추억으로만 남아 있을 뿐 찾아볼 수 없이 변해버렸소. /마주 누워

예민한 살 갗이라도 닿을까 봐 쩔쩔매며 당황하더니 몸이 불편하여 등을 맞대 눕기라도 하면 투정하는 그런 사람으로 언제 변해버렸소. /속옷 갈아입을 때나 샤워할 때 보지 못하도록 피하고 문을 걸어 잠그더니 언제 어느 순간부턴가 보라는 듯이 당당해져버렸소.

이 일련의 것들이 결국 고통과 슬픔을 위해 치닫고 있었습니다. 한숨을 돌려 뒤를 유심히 살펴보았습니다. 모두가 변해버린 것만 보입니다. 변한 모습들이 어쩐지 초라하게만 보입니다. 그 모습이 내 모습일거라 생각하니 더욱 그렇습니다.

길지 않은 인생의 뒤안길이 더더욱 허무하게만 느껴집니다. 또 인간들의 어리석음이 보입니다.

인간이란 세월 따라 그렇게 변해 가는데 마냥 젊을 줄 알고 살아왔답니다. 그렇게 생각 없이 무심코 살아왔습니다.

우리 두 사람 감정이 풍부한, 감수성이 예민한 때에 만나 아이를 낳아 기르고 보다 나은 삶을 위해서 정신없이 사느라 변한 줄도 몰랐었지만 이제 남은 세월만이라도 자신의 행복을 위해서 더 이상 힘들게 서두르며 살지 말고 즐겁고 행복하게 살아 달라고, 그렇게 살자고 다짐하고 싶습니다. 부탁하는, 다짐하는 그런 편지 한 장 내 옆자리를 차지하고 있는 당신이란 사람에게 써 두고 싶습니다.

'생로병사' 라는 말이 있습니다. 사람은 태어나고 늙고 병들고 죽는다는 말입니다. 이것을 피하고 싶어도 피할 수 없는 누구나 언젠가는 가야하는 길입니다. 그런 세상을 살아 온 당신이 이 세상 누군가에게 써주고 싶은 편지가 있을 것 입니다. 뒤늦게 깨우치는 삶에 대한 반성 같은 것을…… 이것이 인생의 삶인 것을…… 그것도 모르고 사는데 안절부절 하는 사람들을 위해서.

일본인 〈도쿠가와 이에야스〉는 '인생이란 무거운 짐을 짊어지고 비탈길을 오르는 것과 같아서 절대로 서두르면 안 된다.' 라고 했습니다.

그동안 우리 무거운 짐을 지고 서두르며 살았지 않소! 이제 남아 있는 생명의 띠만이라도 서두르지 말고, 힘들게 아옹다옹하지 말고, '지는 것이 이기는 것' 이라는 말이 있듯이 우리 서로 지는데 노력하면서 그리스도교의 기본사상인 사랑과 용서로써 불교가 추구하는 극락의 세계로 우리 모두 함께하는 것이 자기사랑의 법이요, 남들을 사랑하는 길이 아니겠소. 그것이, 그 길이, 한 가정의 행복이요 이 땅의 만민이 누릴 진정한 평화가 아닐까 싶은 생각을 해본답니다.

나 진정으로 당신 곁에 놓아두고 싶은 편지요, 당신에게 마지막으로 주고 싶은 선물이오!

정광수 선생님과 홍윤기 선생님이 쓴 전재성님의 시평과 인생을 그리고 자연을 노래한 시를 읽으면서 내가 살아온 날들을 돌아봤다. 그리고 그 길을 짚어봤다.

노인이 바쁘게 사는 것 같아 좋아서요.

　전철을 타고 이동 중이었다. 비좁은 전철에서 다행히 자리에 앉았다. 평소 연락을 하지 않던 친구가 모처럼 전화를 했다.

　그 친구가 특별히 할 말이 있어서가 아니고 그냥 네 생각이 나서 안부전화를 했다며, 이런저런 쓸데없는 말들을 잡다하게 늘어놓았다. 그러면서 언제 얼굴보자고 했다.

　그렇게 통화를 하고 있는데 옆자리에 앉아 있는 한 남자가 킥킥거리며 웃고 있었다.

　그 남자는 60대 후반이거나 70대 초쯤 돼 보였다. 깡마른 체구에 신경질적으로 생겼다. 내가 기분 나쁘다는 표정으로 얼굴을 쳐다보았더니 순간 정색을 하면서 멈칫하고 눈을 다른 곳으로 돌렸다.

　전화기에서 흘러나오는 친구 말에 귀를 기울이며 킥킥거렸다. 아무튼 내 생각에 나와 친구 둘이서 주고받은 통화내용이 그 사람을 킥킥거리게 했었던 것 같아 전화를 끊고 그 사람을 쳐다보았다. 그는 멋쩍어 했다. 그 때 나는 그 사람 얼굴을 뚫어지게 쳐다보며 퉁명스럽게 "왜, 웃어요?" 했다. 그리고 빤히 그 사람을 바라다보았다.

　그 말끝에 그 남자는 "노인이 바쁘게 사는 것 같아서, 그것이 좋아서요."라고 시답지 않는 대답을 했다.

"말도 안 돼, 바쁘게 사는 것 같아 킬킬대다니요?" 했더니 그 남자는 벌떡 일어났다. 싸움이라도 걸어 올 것처럼 그러더니, "저 여기서 내려요, 조심히 가세요." 하고서 쏜살같이 전철에서 내려버렸다. 그 남자가 내리고 난 뒤 난 웬 저런 싱거운 사람이…… 혼자서 곰곰이 생각을 해 보았다. 전화를 끊고 왜 웃느냐고 하자 바쁘게 사는 것 같아서 웃음이 나와 웃었다고 얼버무렸다. 말은 그렇게 해도 그에게는 분명히 또 다른 이유가 있었을 것이다. 그것이 도대체 무엇이었을까? 내가 했던 말들을 되 새겨 보았다. 했었던 말들 그 말에는 웃을 만한 이유가 없었다. 그런데 왜 그랬을까? 그 이유가…… 대체? 그래 맞아! 내가 사용한 언어가 문제였다. 분명 사용한 언어 중 사투리, 전라도의 구수한 사투리, 느린 듯 하면서 밑도 끝도 없이, 시도 때도 없이, 쓰는 '거시기,' 아니면 '그랬는가. 저랬는가.' '그랬다한께.' 하는 등 그 말을 듣고 전라도 촌놈 그래서 킥킥 했었는지? 분명 그 때문이었을 것이다.

전화를 끊고 왜 웃어요, 하는 그 말, 킥킥대며 웃는 것 기분 나빠 시비 걸어온 것 같아 대뜸 하는 대답, 노인이 바쁘게 사는 것 같아 좋아보여서 했을 것이다. 얼떨결에 대답은 그렇게 했으나 내 태도가 심상치 않아 보였는지 서둘러 내려버렸다. 서둘러 내린 것으로 보면 그 사람이 가는 곳, 목적지 역은 아닌 듯 싶었다. 나 보기에는 그 사람이 오히려 노인 같았다. 속으로 혼자 이렇게 중얼댔다. 그가 했던 말, 노인이라는 말, 내가 그 사람에게 노인이라고 했더라도 그도 듣기 싫었을 텐데…… 내 나이에 아직은 노인이라는 말 듣고 살 나이가 아닌데, 그렇게 생각을 하니 더욱 황당했다.

〈괴테〉가 늙어서 이런 말을 했었다. "노인은 상실의 계절에서 마지막 배편을 기다리는 나그네"라고 하며 또 "건강과 돈의 상실, 친구와 일감의 상실, 꿈의 상실"이라고 노인을 그렇게 말했다. 나는 괴테의 말에 의하면 더욱 더 노인이 아니다. 나는 아직 건강도, 돈도 상실하지 않았다. 친구들은 조금씩 거리가 멀어지고 있으나 일감은 오히려 더 많아 시간 가는 줄 모른다. 마지막으로 꿈의 상실이라고 했는데 내게는 문학이라는 새로운 꿈이 이제 겨우 싹을 띄웠다. 머지않아 반드시 베스트셀러 작품을 내놓겠다는 꿈이 있다. 그 꿈 꼭 이루고 말겠다는 각오도 됐다. 그런데 나 더러 노인이라니…….

차제에 나는 노인이란 개념을 명확하게 알고 싶어서 노인에 대한 어원을 찾아보았다.

노인의 뜻 사전을 펼쳐 읽어보았다. 노인은 나이가 많은 사람, 늙은 사람이라고만 돼 있을 뿐, 늙은 정도, 나이 정도에 대한 한계가 불분명 했다. 지금 평균 수명이 길어지고 나이에 비해 건강상태가 날로 좋아지고 있는 현실을 감안한다면 노인의 한계는 더더욱 애매해 진다. 그래서 노인이라는 말 듣는 것 조금은 억울하다는 생각이 들었다.

말이란 참으로 어렵다. '말로 천 냥 빚도 갚는다.'라는 속담이 있다. 말을 조심하라는 의미로 쓰기도 하지만, 말이 지닌 의미가 그만큼 중요하다는 것을 말해주고 있다. 그래서 말을 할 때는 조심해야 한다. 해서 듣는 사람 기분 좋은 말이 있는가 하면, 듣기 싫은 말이 있다. 도둑놈을 도둑놈이라고, 강도를 강도라고, 사기꾼을 사기꾼이라 해도 듣기 싫어 화를 낼 것이다. 또 대통령에게, 대학총장에게, 학술원장 에게, 기업체 회장에게 선생님이라고 하면 그 사람들 왜 내가 선생이냐고, 저 사람 무식하기는, 배운 것이 짧으니 어쩔 수 없어, 푼수, 그런 생각을 하면서 화를 낼 것이다.

마찬가지로 늙은이에게 젊은이라 해도 기분이 나쁘겠지만, 노인에게 노인이라고 말을 해도, 듣는 사람 생각하기에 따라서는 기분 좋을 리 없을 수도 있다. 우선 나는 노인, 그러면 〈괴테〉의 말처럼 건강과 돈, 친구와 일감, 꿈, 그 모두를 상실한 인간 폐기물 같아서, 쓰다버려진 물건 같다는 생각이 들어서 싫었다. 다른 사람도 또한 내 생각과 크게 다르지 않을 것이다.

일본 소설가 〈나스메소세끼〉라는 사람이 '식견이 풍부한 사람은 이야기 하는 것도 다르다.' 라는 말을 했다. 또 〈위고〉는 '말을 과격하게 하는 것은 근거가 빈약함을 뜻 한다.' 라고 했다.

이렇듯 말을 함부로 하는 사람은 자신의 교양과도 무관치 않고 성격과도 연관된다.

전철에서 나이 듬직한 사람이 킬킬거리고 웃었던 것이며 노인이라고 했던 것 무슨 의미였을까? 그 사람 말마따나 바쁘게 사는 것 같았다 하더라도 그렇지! 바쁘게 사는 모습이 웃음을 자아냈다는 것, 더더욱 이해가 되지 않았다. 그 사람이 나를 보고 웃었던 행동, 그것은 내겐 수수께끼다. 아무튼 얼굴에 나타난 흘러 보낸 세월의 자국을, 세월 따라 변한 자연현상을 보고 노인이라 했을 테고, 바쁘게 사는 것 같아 웃었다니 그렇게 생각할 수밖에, 그것은 그렇다 치더라도 나이 먹을수록 열심히, 바쁘게 사는 것이 좋을 것 같다는 생각을 해 보았다. 열심히 살면 늙지 않는다.

홀로 왔다 홀로 간다

가을이다. 나뭇가지에서 떨어진 낙엽을 보고 땅위를 뒹군 나뭇잎을 보고 철없는 아이 같은, 낭만이 무르익은 10대 소녀 같은, 감성과 이성에 취한 20대처럼 천진天眞하고도 난만爛漫해 진다. 그런 좋은 시절 다 지나고 인생 황혼의 길목에서, 살아 온 과정을 곱씹어 보는, 저물어 가는 60대의 가슴은 새까맣게 타버린 숯과 같아 세상의 한 구석에서 홀로이고 싶다.

살아갈 날이, 적막한 밤의 어둠과 같이 멀리서 바라다 보이는 호롱불처럼 아롱거린다.

바람이라도 불면 금방 꺼질 것처럼 가물거리는 그 모습이 애처로워 보인다. 이것이 인생이었는지 누군가가 '인생은 나그네' 라고 했다. 또 누군가는 '구름처럼 왔다 구름처럼 간다.' 라고 했다.

인간이란 이 세상에 태어나 정처 없이 흔들흔들 떠돌다 어느 순간 어딘가로 훌쩍 떠나간다. 결국 홀로 왔다 홀로 간다.

가까이에 부모형제 처자식 있는 것 같지만 그들은 언젠가는 멀어질 수밖에 없는 거추장스러운 존재들일 뿐 결국은 홀로 사는 세상이다.

망망대해에 떠 있는 난파선에 몸을 간신이 의지한 채 운명의 시간만을 기다리는 사람처럼 삶을 위해 몸부림치다 떠나야 하는 것이 인생이다.

인적이 끊기고 새소리 물소리만 들리는 적막한 가을 밤, 바람에 뒹군 낙엽소리만 들리는 쓸쓸한 늦은 밤, 그것도 모자라 절망이 온 천지에 짙게 깔린 가을, 물을 듬뿍 머금은 구름에 달이 가려진 채 온 누리가 보이지 않는 칠흑 같은 밤, 횃불마저도 없는 밤 길, 희미한 기억으로 더듬거리며 찾아 한 발짝 한 발짝 뚜벅 뚜벅 옮기는 발끝을 타고 흐르는 찬 기운에 오금이 시려 몸이 오싹해진다. 이것이 한 세상 살아 온 인생이요 살아 갈 인생이다. 목표도 없이, 끝도 모르고 하염없이 가는 길이고 삶이다. 그런 인생 누구와 함께 할 수 있겠는가. 그런 삶, 너나 내나 결국은 홀로이다.

찬바람이 문풍지 사이로 스며드는 가을의 오두막처럼 인생과 삶 또한 그런 것을, 그것도 모르고 홀로 가는 길에 무엇이 그렇게 필요한 것이 많아 이것저것 가리지 않고 닥치는 대로 빼앗으려고 눈 부라리고 손톱발톱 곤두세워 으르렁대는지 스스로도 모르는 일이다.

인간이 갖는 탐욕은 필요해서보다는 더 많은 것을 지배하고자 하는데 있다. 인간이란 누구나 예외 없이 지나치게 많은 탐욕이 가슴속 깊이 웅크리고 있다. 그런 탐욕은 결과적으로 도둑의 심보다.

도둑의 심보가 가슴속 깊이 뿌리박혀 있다. 어쩌면 그 심보 때문에 더욱 더 외롭고 쓸쓸하고 힘들어 하며 사는 것인지도 모른다.

홀로가 아닌 둘이 셋 되고, 셋이 넷 되다 보니 더 많은 욕심도, 괴로움도, 다툼도 비례한다. 그래서 더욱 더 외롭고 힘들어 진다. 적게 가진 자 보다는 많이 가진 자 일수록 걱정도 괴로움도 그만큼 많아

진다. 그래서 홀로이고 싶다. 홀로 가는 길 기어가면 어떻고 걸어가
면 어떠며 엎어져 쉬어간 들 꺼릴게 있겠는가. 낙엽 지듯 목숨 끊어
져 버리면 그만인 것을 아웅다웅 사는 인생, 그 인생살이도 따지고
보면 별것 아니다.

　부모형제, 일가친척, 친구, 이래저래 많이 있는 것 같지만, 알고
보면 결국 왔던 길 홀로요, 걸어 온 길 홀로였으니 가는 길 또한 홀
로다. 홀로 외롭게 살다 갈 것을 그 많은 탐욕을 부리는지 어리석은
것이 인간이다.

　탐욕 없이 홀로 살며 나뭇잎처럼 가지마다에 붙어 있다. 낙엽 되
어 사라지면 될 것을 그 알량한 탐욕을 버리지 못하고 살아야 하는
것인지 인간들의 속내 알다가도 모를 일이다. 이제라도 그것 저것
다 잊고 오직 홀로 살았으면 싶다. 그럴 수만 있으면.

내 몸을 촉촉하게 적셔 준 이슬

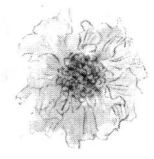

천정에서 뿌린 이슬 같은 물방울에 벌거벗은 몸이 흠뻑 적었다. 그 물방울을 한 시간도 넘도록 맞았다.

맞고 또 맞으며, 생각하고 또 생각하고 싶었다. 공기 중의 수증기가 식어서 물체의 겉에 물방울이 되어 엉겨붙어 있는 이슬이 아닌 물을 사우나실 천정에서 뿌려주는 이슬, 그 이슬을 맞았다.

낮이 지나 밤이 깊어지면서 공기 중의 수증기가 물체와 입맞춤 그 흔적으로 남긴 이슬, 그 이슬은 동이 뜨는 순간, 햇살이 비치는 순간, 온데간데없이 사라져버린다. 그래서 사람들은 덧없는 인생을 비유하고 무상無常을 뜻하고 허무하고도 빠르게 사라져 가는 것을 의미하고 속절없는 세월을 말한다.

오늘 나는 그런 이슬이 아닌 가랑비 같은 이슬을 맞았다. 맞으며 떠올렸다. 여름날 새벽 신록이 뒤덮인 대지위의 풀 섶에 맺힌 이슬! 그 이슬도 또 다른 생명을 위해서 머물렀다 가는데 인간이라는 등물은, 나라는 존재는, 도대체 무엇인가 내가 살기 위해서 다른 생명을 죽여야 하고 내가 존재하기위해서 남의존재를 속박하고, 빼앗고, 구속해야 하는 것을 일삼았던 것 아니고 아무것도 없었다.

이슬이 봉사와 희생이었다면 인간은 살상과 착취의 연속이었다. 그런 존재에 불과하다. 그것이 인간이라는 동물이다. 그런 인간도 언젠가는 이슬처럼 흔적 없이 사라져버린다.

어제가 2009년에 맞이하는 설날이었다. 나 어렸을 적 설날엔 집안 어른 이웃집 어른 찾아 세배하고 집안어른들 따라 앞서거니 뒤서거니 하며 세상 떠난 조상묘소 찾아 성묘 다녔었는데 그 어른들 언젠가부터 아침햇살에 이슬처럼 흔적도 없이 사라져버렸다. 나 또한 자식, 손자 남겨두고 사라질 날 멀지않았다.

사우나 천장에서 내리는 이슬을 맞으며 그런 생각을 했다. 집안어른들이 이슬처럼 다 사라지고 어머니 한분 풀 섶에 맺혀 대롱대롱 간신히 매달려 사라질락 말락 하고 있다.

그런 어머니 그런 인간들 처지를 생각하니 태어남 자체가 비극이었다. 태어나 살아온 날들이 무엇을 위해서였으며 무엇을 남겼는가. 지난 과거 했었던 일들 그 모든 것 따지고 보면 무슨 의미가 있었든가. 죽음 앞에 부질없는 것들이었다. 호랑이는 죽어서 가죽을 남기고 사람은 죽어 이름을 남긴다고 했다. 죽은 호랑이가 가죽을 남기면 무엇하고 죽어버린 사람이 이름을 남긴들 무엇 하겠는가 말이다.

산다는 것은 정신세계의 상징이고 죽는 다는 것 정신과 육체가 분리되어 정신은 분열되고 육체는 썩어 한줌의 흙으로 사라져 버린다. 그것이 이슬이 아니고 무엇이겠느냐.

이슬과 같은 인생 이슬과 같은 삶! 그런 삶인 것을 생각한다면 보다 즐겁게, 보다 보람되게 살아야 한다.

길지 않은 일생을 살면서 하찮은 일로 남을 미워하고 시기와 질투로 얼룩이 된 그런 삶이 되어서는 안 된다.

삶과 욕심

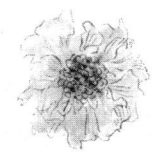

❀욕심의 뿌리 삶

의식과 욕심은 불가분 관계다. 의식이 존재할 때 비로소 욕심이 생긴다. 다만 욕심의 내용과 정도만 다를 뿐 욕심이라는 것 인간에겐 절대적소유물이다.

태아가 어머니 뱃속 밖으로 나왔다 하더라도 어머니 육체와 탯胎줄로 이어져 있는 순간은 의식이 없는 상태라 한다. 의학적으론 호흡을 할 때야 비로소 의식이 있다고 한다. 반면 불교에서는 호흡과 의식을 별개로 본다. 호흡이 끊겼다고 해서 의식이 없는 상태라고 보지 않고 호흡이 끊겼어도 의식은 존재한다고 보는 견해다. 태아가 어머니자궁을 벗어나 탯줄과 분리되는 순간 자신의 입과 코를 통해 호흡을 한다. 그러나 의학적 견해로 의식이 있다고 이성과 감성, 표현능력이 있다고 보지는 않는다. 그래서 생명을 가진 하나의 물체에 지나지 않는 것으로 본다. 때문에 생명과 의식은 다르다.

의식은 이성과 감성이 있어야하고 또 표현이 가능해야한다.

진위眞僞 선악善惡을 식별하며 바르게 판단하는 능력도, 자극이나 자극의 변화를 느끼는 성질, 이성에 대응하는 개념, 외계의 대상을 오관으로 감각하고 지각하며 표상을 형성하는 인간의 인식 능력, 뿐만 아니라 표현의 능력을 의식이라 한다. 그 반대 경우를 무의식 상태라 한다. 다시 말해서 자신의 언동이나 상태 따위를 스스로 깨닫지 못하는 일체의 작용, 지각없는 상태를 무의식 또는 무능력이라 한다. 무의식상태에서도 숨을 쉬고 입을 벌리며 무엇인가를 찾는 행동을 보인다. 그렇다고 그것이 곧 의식 있는 행동이라 보지도 않는다. 그러나 의식 상태에서 만이 비로소 삶을 위한 투쟁을 시작한다. 삶을 위한 탐욕을 보인다. 삶에 필요로 한 것 중 가장 중요하고도 시급한 것이 탐욕이다. 그래서 인간들은 탐욕에 대해 스스로 깨우친다.

태아가 어머니 자궁 밖으로 나오면서 곧 바로 하는 행동이 산소를 들이 마시고 체내 탄산가스를 내뱉기 위한 숨쉬기다. 그런 숨쉬기가 곧 하나의 욕심이다. 시간이 흐를수록 욕심은 쑥쑥 큰다. 결국 인간의 성장은 욕심의 성장이다. 욕심을 다른 말로 탐욕, 욕망 또는 이기적이다. 라고도 한다. 계획도 욕망의 일종이다.

탐욕이 많은 사람일수록 새로운 일에 도전을 한다. 그래서 인간들은 항상 만족하지 못한다. 식욕이 강한 사람을 보면 껄떡인다는 말을 한다. 껄떡인다는 말은 먹을 것에 지나치게 욕심을 보인다는 말이다. 식욕과 욕심은 무관치 않음을 볼 수 있다. 또 욕심은 열정에 비례한다. 그래서 욕심은 또 다른 욕심을 낳고 욕심이라는 것은 가져도 또 가져도 끝이 없다. 결과적으로 욕심은 곧 삶이다. 삶 그 자체가 욕심이다. 그래서 어떤 욕심을 얼마만큼 가졌느냐에 따라서 행복하기도 하고 불행하기도 한다. 뿐만 아니라 어떤 사람이 되느냐 하는 것도 결정된다. 분수에 맞지 않는 지나친 욕심, 터무니없는 욕심을 가져서도 안 된다. 지나치게 터무니없는 욕심은 화를 불러들인다. 욕심은 화의 근원이 된다. 화가 몸속으로 침투하면 병이 들고 심하면 죽는다. 병들지 않고 건강하게 살려거든 욕심을 버리고 부족한 것에도 만족할 줄 아는 사람이 돼야한다. 결국 인간들이 갖는 욕심은 삶을 위함이다. 아무리 삶을 위해서라하더라도 욕심이 지나쳐서는 안 된다.

✤ 성인군자도 욕심꾸러기다

석가모니나 예수가 그랬고 간디도, 달라이라마도 그랬으며 법정이 그랬다. 그들은 물질적 탐욕에서 벗어났다. 그러나 그들은 결코 탐욕이 없었던 것이 아니다. 그들은 어떤 사람들보다도 더 강한 더 많은 욕심을 가졌다. 다만 그 욕심이 물질이 아닌 정신적인 것이오. 다른 사람들에게 해가 아닌 득이 되는 욕심일 뿐이다. 그들의 욕심, 탐욕은 보통사람들에게 비교가 되지 않을 정도로 많았다. 그들이 가진 욕심은 사랑이고 나눔이었다. 사랑과 나눔의 결과는 행복을 향한 가르침이다.

석가모니는 인도 코살라왕국에서 샤카족의 왕자로 태어났다. 태어난 지 7일 만에 어머니가 세상을 떠나 이모의 도움으로 자랐지만 부富와 권력뿐만 아니라 일찍이 어머니를 잃은 것을 빼고는 어느 한 가지도 부족한 것이라고 없이 호화로운 생활을 했다. 그는 일찍부터 뛰어난 지혜와 힘을 나타냈다. 열다섯 살에 태자로 책봉되고 그 이듬해인 열여섯 살에 결혼을 해서 아들 하나를 뒀다. 그는 줄곧 왕궁에서만 생활을 했다. 왕궁바깥세상 사람들이 어떤 생활을 하는 지 알 수가 없었다. 29세가 돼서야 겨우 바깥세상을 보게 됐다. 그 때 비로소 인간들이 겪는 고통을 알게 됐다. 병든 사람, 죽는 사람, 노인, 행자 등을 보고 생로병사에 대해 깊이 고민을 하기 시작 그 해 출가를 했다. 출가하기 전 그의 이름은 고타마이 싯다르타였다. 그는 출가한 뒤 6년 동안의 고행 끝에 금욕만으로는 깨달음의 길에 들 수 없음을 알게 됐다. 그리고 고행대신 부다가야의 보리수 아래에서 명상에 잠겨 깨달음을 얻었는데 그것을 성도成道라고 했다. 그리고 부처가 됐다. 그 뒤 45년간 인도지방의 마가다국과 코살라국을 중심으로 떠돌며 가르침을 펼쳐 열 명의 제자를 뒀다. 80세에 고향 근처 쿠시나가라의 사라쌍수 숲 속에서 열반을 했다.

그는 보통 인간들이 갈구하는 욕심 그런 욕심이 필요 없는 환경이었다. 그러나 그에게는 남다른 욕심이 있었다. 보통사람들과는 다른 욕심, 병들어 죽어가면서도 치료비가 없어 겪은 고통, 눈보라 속에 의지할 곳이 없어 얼어 죽는 사람이 겪는 고통, 권력의 변방에서 속박 받는 자들의 고통 등, 재물이나 권력이 없는 그런 사람들만이 겪는 고통, 또 재물이 많아 그 속에 묻혀 허우적대는 고통, 권력의 중심에서 그 권력을 지키기 위한 안간 힘을 쏟는 자의 고통 등 가진 자들의 고통, 그 고통이 어떤 것인지? 그것을 알고 싶어 하는 욕심, 또 그런 사람들을 위해 할 수 있는 것이 무엇인지? 그것을 위한 삶이 무엇인지? 그것을 위한 자기희생을 하겠다는 색 다른 욕심이 있었다. 그 욕심을 실천하기 위해서 고행의 길을 택했다.

스물아홉 살의 나이에 왕궁을 뛰쳐나왔다. 고행의 길을 택해 출가를 했다. 그런 일련의 것들도 하나의 욕심이다. 결국 석가모니도 욕심 때문에 고통을 겪었다.

이렇듯 성인군자는 보통사람과는 또 다른 측면에서 강한 탐욕을 가지고 있었다. 탐욕, 욕심이라고 모두 나쁜 것만은 아니다. 또 성인 군자라 해서 욕심이 없는 것이 아니다. 그들의 욕심은 더욱 강하고 무한했다. 그리고 개인적이고 주관적인 것이라기보다는 대중적이며 객관적이었다.

예수 또한 욕심꾸러기였다. 예수는 BC 6년 또는 7년 경에 동정녀 마리아에게서 성령의 능력으로 잉태 베들레헴에서 태어났다 라는 말이 있는 가하면 나사렛에서 태어났다는 말도 있다.

예수의 가족으로는 어머니 마리아와 당시 목수였던 아버지 요셉 사이에서 야곱, 요셉, 유다, 시몬 등 형제들이 있다.

예수는 다가오는 새로운 세상을 하나님의 나라라 규정했다. 백성들에게 회개하라고 가르쳤다. 예수가 가르치는 이념과 이미지는 하나님은 항상 만인의 곁에서 그 모습을 보이며 전지전능하다는 것이다. 그리고 만인을 사랑한다는 것이다. 사랑이 기독교의 중심사상이다. 사랑 안에서의 자유다. 사랑은 열정이라는 또 하나의 얼굴을 했다. 열정은 자기를 완전히 내놓았다. 그런 가운데 또 규율과 명령과 행동규범을 지키는 것이 기독교의 중심사상이다. 당시 예수는 하나님을 모욕했다는 죄로 로마법에 따라 정치적 핍박을 받았다. 메시아를 칭하며 로마에 반기를 들었다는 죄목으로 사형선고를 받고 골고다 공원에서 십자가에 처형됐다. 처형 사흘 만에 다시 살아나 제자들에게 나타나서 땅 끝까지 하늘의 복음을 전파할 것을 부탁하고 40일 동안 살다가 하늘로 올라갔다고 했다.

예수는 '여호와는 구원이시다.' 라는 뜻이며 그리스도는 '성유聖油를 머리에 부음 받는 자' 로 이는 곧 구세주, 왕이라는 뜻이다. 예수가 태어난 해를 기원 원년으로 했다. 그 전을 기원 전, 후를 기원 후라 구분했다.

그는 세례를 받은 뒤 광야로 나아가 40일 동안 금식 기도를 해서 마귀의 유혹을 물리쳤다. 그리고 베드로를 비롯하여 열두 제자들과 함께 나라 곳곳을 떠돌아다니며 병자들의 병을 고쳐주고, 마귀를 내몰고, 사자死者를 살려 내는 등 기적을 일으키고 사랑을 몸소 실천하면서 전통적인 유대교의 가르침을 넘어서는 신앙을 전도했다.

하나님이 세상을 사랑하시어 세상 사람들이 지은 죄를 대신하여 죽음을 당하도록 예수를 내 놓았다. 누구든지 예수를 믿으면 구원을 받을 수 있으며 세상에 종말이 와도 예수가 재림했을 땐 죽은 자도 부활하여 영생이 돌게 된다.

유대교가 선민사상에 입각한 유대인의 민족 신앙인데 반해 예수는 유대인의 특권을 인정하지 않았으며 오히려 가난한 사람, 과부, 어린이 등 약자에 대한 사랑을 강조했다. 또한 유대교가 여호와를 정의와 심판의 하나님으로 강조하는데 반해 예수는 사랑과 은혜를 강조했다.

예수는 고통 받은 자들을 사랑하고 그들을 위해 세상에 단 하나뿐인 목숨까지 내 던지는 사랑에 대한 욕심을 잃지 않았다. 탐욕을 버리지 않았다.

성경에 나오는 말을 보자. '가로되 주예수를 믿으라, 그리하여 너와 네 집이 구원을 얻으리라' 이 말은 기독교 진리의 핵심이다. 또 유대교와 기독교가 말하는 기본적인 계율이다. 그를 가리켜 십계명이라 한다. 십계명을 살펴보면 ★다른 신을 섬기지 말라, ★우상을 섬기지 말라, ★하느님의 이름을 망령되게 하지 말라, ★안식일을 지켜라, ★어버이를 공경해라, ★살인하지 말라, ★간음하지 말라,

★도둑질하지 말라, ★거짓말 하지 말라, ★이웃의 재물을 탐내지 말라, 이 십계명의 내용에는 탐욕이 보인다. 욕심 덩어리가 뭉쳐있다. 만족할 줄 모르고 끝없는 불만족이 쌓여있다.

'다른 신을 섬기지 말라, 우상을 섬기지 말라' 는 말만 보아도 기독교가 추구하는 신 그 신이 아닌 다른 신과 우상을 섬겨서는 안 된다는 강한 메시지를 담고 있다. 십계명 그 모두를 보면…… 말라,…… 말해라,…… 지켜라 라고 했다. 따지고 보면 그 모두가 욕심이고 탐욕이다. 다만 그것이 객관적이며 바람직한 탐욕 일뿐 탐욕은 탐욕이다. 그래서 부족한 것에 만족할 줄 아는 사람이 돼야 한다. 라는 말을 하기란 쉽지만 그런 사람을 찾기란, 그런 사람이 되기란 그리 쉽지 않다.

티베트의 지도자이며 승려인 달라이라마를 보자. 달라이라마의 삶을 이야기하기 위해서는 탐욕을 말하지 않을 수가 없다.

탐욕을 말하기에 앞서 달라이라마에 대해 살펴 볼 필요가 있다. 달라이라마는 티베트어로 '큰 지혜를 가진 스승' 또는 '지혜의 큰 바다' 란 의미다. 티베트 사람에게는 종교적으로 살아 있는 부처다. 신앙적으로 절대적인 존재다. 또 정치적으로는 티베트 최고 정책결정권을 갖는 국가통치자다.

달라이라마는 욕심과 탐욕에 관련 이런 말을 했다. '개인, 가족, 지역공동체, 국가 그리고 세계의 일원으로써, 그 모든 차원에 걸쳐 우리가 맞닥뜨리게 되는 가장 해로운 말썽꾸러기가 바로 화와 자아의식이 아닌 지나친 자기중심적인 이기주의다.' 라고 했다. 달라이라마가 말하는 이기주의는 탐욕이다. 그런 화와 이기주의는 별개가 아니다.

이기주의가 씨가 돼 화가 된다. 때문에 이기주의를 버리면 화는 치유된다. 그런 화와 이기주의는 성품에서 나타난다. 화의 근원이 된 이기주의는 개인의 성품이다. 성품은 본디부터 타고 난 마음씨인 심성과는 달리 삶의 영향을 받아 형성되는 후천성이 강하다. 그래서 지나치게 주관적인 탐욕이나 이기주의를 성품에서 버리면 된다. 철저하게 제거하면 화는 없앨 수 있다.

달라이라마는 이기적이되 현명해야한다고 했다. 통상적인 이기주의는 일신의 욕구만을 염두에 뒀다. 그러나 현명한 이기적인 사람은 낯선 사람을 대할 때에도 가깝고 친절한 사람 대하듯 했다.

이기적인 관점에서 보더라도 자기중심적인 태도를 버리고 타인을 존중하며 그들을 위해 봉사해야 더 나은 결과를 얻게 된다.

달라이라마의 탐욕은 자신의 영화만을 위한 것이 아닌 자유민주 체제의 민족국가 건설을 위한 욕망이다. 개인적 욕망이 아닌 독립을 갈구하는 민족적 욕망이다. 반면 석가모니나 예수는 인간들의 내세가 아닌 외세 영혼의 세계, 그 영원이 극락의 세계에서, 천당이라는 곳에서 행복한 삶을 위한 욕망을 보였다. 이들 또한 개인적 욕망이 아닌 인류 전체적 욕망으로 반사적 불이익이 있는 탐욕이 아니었다. 그런 탐욕은 많아도 좋다. 많으면 많을수록 좋다.

그래서 탐욕이 반드시 나쁜 것만도 아니다. 그렇다고 또 좋은 것만도 아니다. 탐욕은 양면성이 있다. 두 얼굴을 가졌다.

우리나라 불교 승려 중 2008년 타계한 법정스님이 있다. 그는 철저한 무소유를 말했다. 무소유라 하여 아무것도 갖지 않는 상태를 말 하는 것이 아닌 그가 말하는 무소유의 개념은 삶을 위해 없어서는 안 되는 최소한의 재물을 말했다. 다시 말해서 꼭 필요한 것 이상

소유하는 것은 욕심이다. 라고 했다. 욕심과 화는 밀접한 관계가 있다. 화의 원인을 소유욕에서 보고 지나친 소유욕이 결국 불행을 초래한다고 했다. 또 그는 선택한 가난은 가난이 아니라고 했다.

법정 스님은 마트마 간디가 영국 런던에서 말세이유 세관원에게 소지품을 펼쳐 보이며 "나는 가난한 탁발승이오. 내가 가진 거라고는 물레와 교도소에서 쓰던 밥그릇과 염소젖 한 깡통, 허름한 솔 몇 장, 수건 그리고 대단치도 않는 평판 이것뿐이다." 라고 했다는 글을 읽다가 내가 가진 것이 너무 많다는 그런 생각을 가졌다는 말을 했다.

이렇듯 법정이 갖는 재물에 대한 관념과 정신적 사상은 무소유였다. 그러나 그에게도 어느 누구 못지않은 강한 욕망, 욕구, 탐욕을 가지고 있었을 뿐만 아니라 철저한 이기주의자적利己主義者的이었다.

그는 청빈의 도를 실천하고 무소유의 참된 가치를 알리기 위한 삶을 실천했다. 그러면서도 지식과 삶에 필요한 지혜에 대해서는 누구보다도 욕심이 많았다. 과히 광적이었다. 그것의 탐구를 위해서 강한 탐욕을 보였다. 그의 탐욕을 삶에서 충분히 엿볼 수 있었다.

인간은 누구나 탐욕이 있다. 막강한 권력과 재력을 가진 왕자인 석가모니가 병들고 가난한 자들이 권력이나 재물이 없어 겪는 고통을 덜어주기 위한 깨달음에 대한 탐욕을, 또 인류의 구원을 위해 목숨을 바친 예수가 인간들의 행복을 위해 탐욕을, 이기주의적 생각을 버려야한다고 한 달라이라마도, 삶을 위해서 없어서는 안 되는 최소한의 재물만 있으면 된다는 법정도, 가진 거라곤 소지하고 다닌 밥그릇 등 생활도구뿐인 마트마 간디도 물리적 욕구가 아닌 인류를 사랑하는 강한 욕망을 가지고 있었다. 그들의 욕망, 탐욕은 어느 누구보다도 강했다.

이렇듯 욕망은 누구에게도 있다. 그리고 재물에 대한 지나친 욕망은 사적이지 않은 한 필요하다.

❀부족한 것에도 만족할 줄 아는 사람

티베트의 달라이라마는 '부족한 것에도 만족할 줄 알아야한다' 고 했으나 보통 사람에게는 쉽지 않는 말이다. 말이야 쉽지만 현실이 그렇게 안 된다. 안 되는 이유는 사람에게는 견물생심이라는 심리적 작용이 있다. 또 인간의 본심에 욕심이라는 괴물이 도사리고 있다. 실제로 먹을 것이 없어 굶어죽을 지경에 있는 그런 사람에게 만족하게 생각해라 만족할 줄 알아야 한다. 그런 말이 과연 가능하겠는가? 가당찮은 말이 될 수밖에. 어디까지나 부족은 부족한 것이지 부족을 만족한 것으로 생각을 바꾸지 못한다. 물론 어느 한 순간은 바꿀 수도 있겠지만 결국 부족한 것은 부족한 것이다. 부족한 것을 부족하지 않다고 해서 만족해 질 수도 없다.

'부족한 것에도 만족할 줄 알아야 한다.' 라고 달라이라마가 한 말은 마음을 그렇게 가짐으로써 터무니없는 탐욕을 버릴 수 있다는 말의 의미를 강조하기 위함이다.

결국 능력에 맞지 않게 지나친 바람은 터무니없는 욕심이고 결국 잘 못된 만족의 눈높이다.

그래서 눈높이를 낮추는 의식전환이나 목표전환도 만족의 한 수단이다. 마트마 간디처럼 가진 거라고는 밥그릇, 염소젖 한통, 허름한 숄 몇 장, 수건뿐이라도 눈높이를 거기에 맞춰 만족했다.

석가모니는 만족의 개념을 재물이나 권력이 아닌 인간들이 겪는 가난과 질병이 가져다 준 고통으로부터의 구원이었다. 그래서 석가모니는 권력과 재물을 한 몸에 거머쥔 왕자의 자리를 박차고 고행의 길을 택했다. 그 고행의 길에 만족했다. 비록 누더기 옷에 굶주림이 이어졌지만 그것에 만족했다.

또 법정은 만족의 개념을 무소유에 뒀다. 법정이 말하는 무소유란 인간이 살아가는데 꼭 필요한 것이다. 라고 했다. 그래서 더 이상 소유하는 것은 과욕이라고 했다. 결국 마음속에서 과욕을 버리면 만족할 수 있다.

만족은 마음을 즐겁게 하고 행복하게 만든다. 부족한 것도 만족한 것으로 의식을 전환하거나, 높은 개념의 목표를 낮은 개념의 목표로 전환 부족을 만족으로 바꿔준다. 그래서 만족하게 되면 언제나 행복하게 된다. 결국 행복은 스스로 만들어야 한다.

욕심 때문에 불행한 사람은 욕심을 버리고 능력에 맞게 목표를 낮춰 살면 된다. 석가모니도, 마트마 간디도, 달라이라마도, 법정스님도 그들은 욕심을 낮추고 과욕, 탐욕을 버리라고 했다. 그래야 행복해진다고 했다.

⚜어떤 탐욕이냐가 중요하다

탐욕이라서 무조건 나쁜 것만은 아니다. 세상에는 선善과 악惡이 존재하듯이 탐욕에도 나쁜 탐욕이 있는가 하면 바람직한 탐욕이 있다. 또 탐욕에는 과욕過慾과 과욕寡慾이 있다. 이중 어떤 과욕이던 결국 인간이 산다는 것 자체가 곧 욕심이고 탐욕이다.

앞서 말 했듯이 사람이 살기 위해선 들숨이나 날숨이 필연적이다. 필연적인 숨쉬기 즉 호흡은 삶을 위한 기본적인 행동 같지만 그 자체가 곧 탐욕이다. 삶을 위해서 불가피한 탐욕이다. 그런 탐욕은 누구에게나 있고 어떤 탐욕보다도 강하다.

또 인류의 축복을 위한 성인군자가 갖는 탐욕, 국민과 국가의 안정과 복지증진에 대한 정치인의 탐욕, 삶의 질을 향상시키기 위한 과학자들의 신기술개발에 대한 탐욕, 등등의 탐욕은 바람직한 것으로 과욕過慾이라도 나쁠 것 없다. 그러나 탐욕이 자신의 영달을 위한 이기적이어서는 안 된다. 그런 탐욕은 화를 불러들일 뿐이다. 탐욕의 목적이 무엇이든 결국 지나친 탐욕은 고통을 수반하고 그 고통은 화로 남는다. 그래서 화를 없애기 위해서는 탐욕을 버려야한다.

탐욕의 목적이 무엇이던지 개인적으로는 고통이 수반되고 시련을 겪을 수밖에 없다. 아무리 그렇다 하더라도 과욕은 인류에게 필요악이다. 그래서 어떤 탐욕이냐가 중요하다.

그리운 고향

새해 벽두다. 멀리서 봄이 손짓을 하고 있다. 친구들과 보리밭 사이 길을 넘나들며 불렀던 '고향의 봄'이 떠오른다. 이 노래는 일본 강점기 때 김상희 시인이 작사하고 홍난파가 작곡한 민족의 혼이 담긴 것으로 어렸을 적 즐겨 불렀다.

'나의 살던 고향은 꽃피는 동네 복숭아꽃 살구꽃 아기 진달래 울긋불긋 꽃 대궐 차리는 동네 그 속에서 놀던 때가 그립습니다. 꽃동네 새 동네 나의 옛 고향 파란들 남쪽에서 바람이 불면 냇가에 수양버들 춤추는 동네 그 속에서 놀던 때가 그립습니다.'

김상희 시인은 잃어버린 나라를 고향이라 했고, 우리민족끼리 살던 시절을 아름다운 봄이라 했다. 그런 고향과 봄을 잃고, 일본 강점기 우리민족의 아픔을, 민족의 서러움을 노래한 것이지만 이 노래 가사는 어릴 적 내가 살았던 고향의 봄을 연상케 했다. 내 고향은 이 노랫말과 같이 겨울에도 양지 바른 곳에 동백꽃망울이 손에 닿기라도 하면 터질듯 처녀 젖가슴처럼 탱글탱글 솟아 있었다.

또 이른 봄 산에는 진달래, 개울가엔 개나리, 들엔 풀 냄새 코를 찌르는 곳이었다. 토실토실 영근 밀 그리고 보리를 꺾어 나뭇가지 불 지펴 그 불에 익혀서 두 손으로 싹싹 비벼 후후 불며 한입에 털어 넣어 허기진 배 채웠던 시절, 내 어릴 적 살았던 고향은 그런 곳이었다.

고향이란 추억이 솟는 샘이요, 그리움을 떠 올리고, 가고 싶고, 보고 싶은 곳이다.

사람을 떠나보낸 경험이 없는 사람은, 사람에 대한 그리움을 모르듯, 고향을 떠나 보지 않은 사람은 안락하고 포근한 고향의 품이 얼마나 그리운지 모른다.

언젠가 나는 고향을 지키며 사는 친구들에게 "부모형제 그리고 어릴 적 코흘리개 친구들과 머리 맞대며 사는 너희들이 무척 행복해 보이고 부럽다." 라고 말을 했다. 그것도 한두 친구에게 한두 번이 아니고 많은 친구에게 몇 번이고 했었다. 그 말은 고향을 지키고 고향에 사는 친구들을 위로하고 듣기 좋으라고 했던 말이 아닌 마음에서 우러나는 진솔한 말이었다.

고향을 지키며 사는 사람들이 알아야 할 것이 있다. 모처럼 고향 나들이 하는 사람들 겉보기엔 화려하고, 멋지고, 당당하고, 행복하게 보이겠지만 그들에게도 보이지 않고 말할 수 없는 고통과 역경 속에 살아온 눈물겨운 사연들이 있다는 것을.

당당하고 강인한 모습은 잡초가 강한 것과 같이 역경 속에 다져진 흔적이다.

일제 강점기 우리민족은 얼마나 강했었던가. 그 강인함이 역경과 고통의 결실이었듯이 고향 떠난 사람들의 강인함이 그렇다.

김상희 시인이 쓴 '고향의 봄' 이 나라를 잃은 민족의 서러움에 부른 노래였다면, 실향민 가슴속 '고향의 봄'은 역경과 고통 속에 맺힌 노래임을 알아야한다.

삶의 터전이 없는 낯선 타향에서 삶의 투쟁은 총칼 없는 전쟁터다. 전쟁터란 내가 살기 위해선 상대를 죽여야 하는 곳이다. 전쟁터에 나간 병사와 같이 초조함 속에 살아가는 것이 고향 떠난 사람들의 삶이다.

세월은 인생의 지우개다. 세월이 약이라는 말도 있다. 시간이 흐르면 해결된다는 말도 있다. 그러나 시간이 흘러 해결되지 않는 것이 고향에 대한 그리움이다.

새들도 죽을 때는 태어난 곳을 향해 머리를 두르고 죽는다고 했다. 고향은 잊을 수 없는 곳이다.

고향은 가슴속 깊은 곳에서 영원히 숨 쉰다. 그리운 고향은 세월 속에 묻혀 버려져 가기만 한다.

Chaper **04**

착각이 부른 함정

나의 숙명宿命!

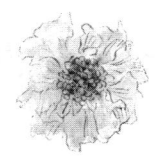

　사람들은 가끔 이것이 내 운명? 그래! 숙명인 것을 그걸 모르고 허둥대고 살다니, 체념 아닌 반성 같은 말을 흔히 한다. 결과를 두고, 보통은 결과가 좋지 못했을 때 운명으로 아니면 숙명으로 포기하듯 하는 말이다. 그 동안 참 어리석기 짝이 없었구나. 라는 후회를 한다. 그렇게 사는 것이 인간이다.

　내가 태어나 살아 온 시대 이 땅의 모든 사람들은 기구한 운명을 타고났다. 그래서 너도 나도 하고 싶은 이야기가 많을 것이다. 그런 의미에서 내 인생 살아 온 날들을 돌아본다.

　'인생은 짧고 예술은 길다.' 라는 말이 있다. 인생이 짧다고 했는데 내가 살아 온 지난 날을 돌아보면 인생 결코 짧지만은 않은 것 같다.

　내가 태어난 시기는 일본식민지시대였다. 민족만 있고 국가는 없는 시절이었다. 태어나 얼마 뒤엔 독립을 맞이하고, 동족 간에 총부리를 들어대며 죽고 죽이는 6·25 동란을 겪었다. 동란은 사회를 혼란케 하여 결국 4·19의거와 5·18 군사 혁명 그리고 12·12사태와 1980년대 민주화운동 이라는 역사적인 사건들, 피비린내 나는 사건들이 줄을 이었다. 한 마디로 한반도는 격동기였다. 나는 그런 격동기를 살아야 했다. 그 사건들을 겪는 세월이, 그 격동기가 짧은 것 같지만 결코 짧은 세월이 아니었다. 그런 시대를 살아온 과정을 살펴본다.

❋식민지 시절과 독립

내 나이 네 살 때다. 어머니 젖꼭지를 물고 허기진 배를 채우던 때 일본으로부터 독립이 됐다. 1945년 8월 15일은 내 나라를 되찾는 민족적 영광의 해요 날이었다.

독립의 기쁨을 나는 몰랐다. 그런 것을 알만한 나이가 아니어서…… 그러나 내가 커가면서 부모나 주변사람들로부터 들어 일본의 잔악성을 알고 있다. 또 독립의 기쁨도 알고 있다. 식민지 시절 우리민족이 겪었던 고통도 알고 있다.

내 고향은 산간농촌이다. 농토가 많지 않아서였는지 인구도 얼마 되지 않았다. 그곳은 바다도 강도 없다. 넓지 않은 하천을 사이에 두고 양쪽으로 산이 있고 산줄기 끝부분에 밭과 논이 펼쳐져 있었다. 사람들은 순박하고 부지런했다. 농사짓는 것이 아니고는 삶의 터전이라곤 없었다. 논농사 밭농사를 지어 겨우 연명을 했다. 그것마저도 부족하여 산나물, 칡뿌리, 소나무껍질을 벗겨 먹으며 춘궁기를 살아야 했다. 그런 와중에도 농사를 지어 수확을 해놓으면 일제(조선총독부)는 공출명목으로 곡물을 착취해갔으며 놋쇠로 만든 밥그릇이며 수저까지 걷어가고 처녀들을 데려다 위안부로, 젊은 청년들은 총칼을 들려 전쟁터로 끌려갔다.

또 나이든 남자들은 탄광이나 조선소 근로자로 데려갔다. 내 아버지도 아오지 탄광에서 일을 했었다.

횡포는 그것으로 끝나지 않았다. 조선총독부에서는 성씨를 없애고 개명을 강조했다. 농토를 빼앗고 단발령을 내려 우리의 문화를 말살하기 위해 다방면에서 개혁이라는 명분을 내세워 일본화 시키는데 총력을 펼쳤다. 그에 반항이라도 하면 일본관원이 갖가지 탄압을 했다.

그 탄압의 선봉에 철없는 우리 동포가, 권력에 눈이 먼 동포들이 앞장섰다. 고자질을 하고, 우리 동포를 체포하고, 재물을 빼앗아가고, 폭행을 하는 그런 곳 그런 일에 반드시 우리 동포가 있었다.

자신의 부귀영화를 누리기 위해 같은 동포를 희생시키는 행동에 스스로 앞장을 섰다.

우리국민들끼리 힘을 한데 모아 서로 도우며 살아도 일본 놈들의 핍박을 견디기란 쉽지 않을 텐데 서로가 서로를 미워하고 살아야 했다.

이때 전국 각지에서 뜻이 있는 애국자들이 부모형제를 두고 처자식을 남겨놓고 외국 땅 낯선 곳으로 떠났다. 가깝게는 중국으로 멀리는 미국으로 혈혈단신 빈 몸으로 정처 없이 떠났다. 중국 상해에서 미국 워싱턴에서 동족을 규합 독립운동을 했다. 또 그 나라의 도움을 받았다. 독립군 자금이 없어 헐벗고 굶주리면서도 독립운동은 끊임없이 했다. 때로는 무기가 없어 맨주먹으로 싸우기도 하고 수류탄을 품에 안고 적진에 뛰어들어 자폭도 했다. 중국 상해에 임시정부도 만들었다.

독립군들의 사기를 고취시키기 위해 노래도 만들어 불렀다. 대표적인 의병가로는 새야새야 파랑새야 가락에 맞추어 부른 의병격중가가 있다.

/ 신대한국 독립군의 백만용사야/ 신대한국 독립군의 백만용사야/ 조국의 부르심을 네가 아느냐/ 삼천리 삼천리만의 우리동포들 건질 이 너와 나로다/ 나가 나가 싸우러 나가 나가 나가 나가 싸우러 나가/ 독립문의 자유종이 올릴 때까지 싸우러 나가세/ /원수들이 강하다고 겁을 낼 건가/ 우리들이 약하다고 낙심할건가/ 정의의 날쌘 칼이 비끼는 곳에 이 길이 너와 나로다/ 나가 나가 싸우러 나가 나가 나가 싸우러 나가/ 독립문의 자유종이 울릴 때까지 싸우러 나가세/ /너 살거든 독립군의 용사가 되고/ 나 죽으면 독립군의 혼령이 됨이/ 동지야 너와 나의 소원 아니냐 빛낼 이 너와 나로다/ 나가 나가 싸우러 나가 나가 나가 싸우러 나가/ 독립문의 자유종이 울릴 때까지 싸우러 나가세/ /압록강과 두만강을 뛰어 건너라/ 악독한 원수무리 쓸어 몰아라/ 잃었던 조국강산 회복하는 날 만세를 불러보세/ 나가 나가 싸우러 나가 나가 나가 싸우러 나가/ 독립문의 자유종이 울릴 때까지 싸우러 나가세/ 나가 나가 싸우러 나가 나가 나가 싸우러 나가/ 독립문의 자유종이 울릴 때까지 싸우러 나가세/ 싸우러 나가세 싸우러 나가세 싸우러 나가세/

나는 유년기를 식민지 국민으로 살았었다. 생각이 미치지 않은 나이, 기억이 미치지 않은 나이였다고 해도 불행했던 시대에 태어나 잠시나마 살았었다.

우리나라를 침략하여 식민지통치를 하면서 민족의 혼을 말살하려고 했던 일본과는 영원히 씻을 수 없는 좋지 않은 감정이 있다. 나쁜 감정관계가 계속되어서는 안 된다. 감정을 바꾸는 것은 우리나라를 침탈했던 일본의 몫이다. 일본은 당시의 모든 진상을 밝히는데 솔직해야 하고 잘못된 과거에 대해 반성을 하고 사죄할 줄 알아야 한다.

그렇게 했을 때 비로소 민족 간에 좋지 않은 해묵은 감정이 조금이라도 개선되어 좋은 이웃으로 상존할 수 있다. 일본은 아직도 제국주의식 침략 근성을 버리지 못 하고 있다. 우리와 민족적 감정을 해소하지 않고는 결코 좋은 이웃으로 살 수 없는 불행한 나라다.

세계 제2차 대전 때 독일 게르만민족이 이스라엘 유태인 400여만 명을 학살했었다. 그 학살사건에 대해 헬무트 콜 서독수상이 민족과 국가를 대표하여 사죄를 하고 학살현장인 폴란드 크라코프 근교의 아우스비츠 강제수용소 자리를 복원하고 위령 비를 세웠다. 게르만민족의 과거 잔악상을 알려 전 세계인으로부터 비난을 받았다. 그리고 용서를 빌었다.

일본도 그런 반성의 기회를 가져야 한다. 반드시 그래야 한다. 그렇지 않고 지금처럼 과거를 속여 당위성을 내세우는 행태가 계속 자행된다면 언젠가는 돌이킬 수 없는 불행한 일이 없을 거라고 누구도 장담 못한다.

우리민족이 그렇게 남의 나라로부터 침략이나 받고 사는 허약하고 나약함만 있는 민족도 국가도 아니라는 것을 일본은 분명히 알아야 한다. 신은 결코 정의롭고 다른 나라를 침략하지 않은 우리민족을 버리지 않고 축복을 내리고 일본을 언젠가는 반드시 저주할 것이다. 지금 잘 산다고 축복을 받은 것으로 착각해서는 안 된다. 죄를 짓고는 못 산다는 말도 있다. 명심해야 한다.

✤동족상잔 1

독립의 기쁨도 채 가시기 전에 동족 간에 총부리를 겨누고 서로가 서로를 죽이는 비극이 벌어졌다. 세계인류사에서 가장 많은 목숨을 잃은 피비린내 나는 전쟁이었다. 이 전쟁 또한 일본에게 책임이 있다.

1950년 6월 25일 새벽4시 총성이 38선을 중심으로 전 국토를 뒤흔들었다. 전쟁의 이유는 간단하다. 일본식민지 시절 미국이나 중국 등지로 떠돌며 독립운동을 했던 투사들의 사상적 배경과 일본이 패망을 하고 우리민족이 독립하는 과정에 러시아, 중국, 미국 등 한반도를 둘러싼 주변 강대국들의 간섭으로 위도 38도선을 축으로 전국토를 양분 북쪽은 공산주의가 그 선봉에 김일성이를, 남쪽은 자유민주주의가 이승만이를 내세워 남쪽은 대한민국의 정권이 북쪽은 조선인민공화국 정권이 수립되었다.

독립의 기쁨과 남과 북의 이념 갈등 그리고 강대국 간에 이권 다툼에 휩쓸려 혼란기를 맞이했다.

한반도에서 우리민족을 앞세워 공산주의와 자유민주주의가 격돌을 벌렸다. 중국은 김일성이가 이끄는 인민군을 선봉에 세우고 인해전술로 남침을 하고 이웃한 소련이 지원을 했다. 반면 미국은 유엔군을 편성 그들을 이끌고 대한민국을 사수했다.

밀리고 미는 전투는 낙동강을 최후방으로 대한민국이 방어를 했다. 부산까지 내몰린 정부는 부산을 사수했다.

그해 초가을 오곡이 영글고 있는 때 내 고향에도 인민군이 몰려와 경찰을 내몰고 선량한 국민들을 탄압하기 시작했다. 급기야는 반동이라는 명분을 붙여 인민재판을 하여 공개처형을 했다. 내가 어렸을 적 내 눈으로 직접 보았다. 오래 전에 봤었던 일이지만 잔악한 그들의 행동은 지금도 엊그제 당했던 일처럼 기억이 너무도 생생하다.

드높은 창공에 화창한 날씨는 전형적인 가을이었다. 공산주의 반

역자들을 잡아 처형하기 위한 인민재판을 한다고 면민들을 모았었다. 나는 인민재판이 무엇인지도 모르고 그곳에 구경을 갔었다.(잘은 몰라도 사람들이 많이 모이는 것을 보고 호기심에 갔었을 것이다.) 내가 사는 마을에 경찰지서와 면사무소가 있었다. 면사무소 뒤는 논이 있는 들野이었다. 들이라 해도 평편한 곳이 아니어서 논과 논 사이에 높은 둑이 있었다. 그 둑에 하얀 천으로 눈을 가린 사람을 앉혀 놓고 인민재판이 시작됐다.

죄인은 세 사람이고 죄명은 반동이라고 했다. 말이 재판이지 공산당위원장이라 하는 인민군이 죄인의 인적사항과 죄명을 묻고 이 반동새끼를 사형에 처단해야 하겠수다. 즉각 총살로 처형하겠수다. 이의가 없죠? 이의가 있는 사람은 앞으로 나오시오. 일방적으로 재판은 끝났다. 곧 바로 집행명령이 떨어졌다.

죄수 아닌 죄수 세 명은 논두렁에 얼굴을 가린 채 앉아있고 30여m 떨어진 곳에 실탄이 장전된 소총을 든 인민군 다섯 명이 옆으로 줄을 지어 죄인을 향해 총을 겨누고 있자 공산당 위원장이 사격준비를 시키고 곧 바로 손에 든 인민군 깃발을 아래로 내리며 "사격"하고 외치자 탕탕탕하는 수십 발의 총소리와 함께 사형수 세 사람은 소리 한번 지르지도 못하고 논두렁 아래로 푹 쓰러져 나뒹굴었다. 총신에 장착된 대검으로 찔러 그 시신의 생사를 확인 사살했다. 공산당 놈들은 그곳에 모인 주민들에게 인민재판을 하고 집행하는 과정을 똑똑히 보아두라고 했다. 당신들도 공산당이 시키는 대로 하지 않으면 저 반동들처럼 처형된다는 것을 각오하라고 했다.

잔악성을 보여주기 위해 죄 없는 무고한 사람을 잡아 반동이라는 명분을 세워 총살을 시켰다. 그 광경을 본 사람들은 겁에 질렸다.

남침 주둔한 공산당들은 소작농이나 머슴살이 하는 가난한 사람, 매일 품팔이 하는 사람들에게 공산당교육을 시키고 완장을 채워 지도자 동무라는 호칭을 붙여 지주계층을 탄압하는데 앞장을 세웠다. 착취를 일삼도록 했다.

어린아이들을 불러모아놓고 남의 집 감을 따고 배 밭에 들어가 배를 따오도록 하여 나눠 먹이고 인민군 노래를 가르치고 인민군을 따르도록 시켰다.

공산당은 공평하다. 계급도 빈부의 차도 없다. 과일 하나도 주인이 따로 없이 모든 인민의 것이라고 했다. 그래서 따먹어도 괜찮다고 했다.

나는 나이가 어렸다. 또래 아이들과 함께 인민군 노래를 배우고 인민군은 좋은 사람들이다. 라고 시킨 대로 하고 따르기만 하면 된다고 교육을 받았다. 나 보다 나이가 많은 큰 아이들은 낮이면 공산당을 돕는 일을 또 저녁엔 보초를 세웠다. 말을 듣지 않으면 인민재판을 해서 총살을 시킨다고 했다.

인민재판을 해 죽이는 것을 본 사람들은 시키는 일을 아무도 거역 못하고 열심히 했다.

그러던 어느 날부터 낮에는 인민군들이 숨어버리고 경찰들만 왔다 갔다 했다. 해가 지면 경찰들은 어디론가 가버리고 밤늦게 인민군들이 나타나 먹을 것을 빼앗아 갔다.

밤과 낮을 번갈아 경찰과 인민군이 오고 갔다.

늦은 가을이 지나고 이른 겨울로 접어들면서 군인이 나타나기 시작 했다. 하늘에는 하루에도 몇 번씩 비행기가 나타나 마을은 물론 사람들이 있을만한 곳에 폭탄을 퍼부었다.

국군과 인민군이 맞붙어 전투가 벌어지기도 했다. 후퇴한 인민군들을 따라가지 못하고 퇴로가 막혀 오도 가도 못한 인민군 잔당들을 소탕하기 위한 전투를 하는 와중에 선량한 주민들은 밤도 낮도 피난살이를 해야만 했다.

이모 한 분이 기동이라는 산골마을에 살고 계셨다. 우리가족은 그곳으로 피난을 가서 살았다. 하루는 아침을 먹고 마을 뒤 토굴로 가 숨지 못하고 집에 있었다. 쌕쌕이 한 대가 굉음을 지르며 지나갔다. 잠시 뒤 쌕쌕이가 새까맣게 나타나 무차별 폭격을 시작했다. 동네에 폭탄을 쏟아 부었다. 집에 불이 붙어 타기 시작했다. 사람들은 정신없이 달아났다. 집 뒤 대밭으로 도망쳤다. 비행기는 다시 오지 않았다.

그 길로 마을 뒤 산골짝 바위 밑에 파놓은 토굴로 몸을 숨겼다. 토굴 속에 숨어 있는데 군인들이 떼를 지어 그 골짜기로 올라오고 있었다. 그들은 토굴 위로 걸어가고 있었다. 그 군인들이 지나가는 사이에 젖먹이 동생이 소리라도 낼까봐 어머니가 젖꼭지를 입에 물리고 있었는데 젖을 빨다 갑자기 쿡쿡거리며 기침을 했다. 간장이 싸늘했다. 군인들에게 들키기라도 하면 우리가족은 꼼짝없이 잡혀 죽는다. 그때 잡히면 총살을 면치 못했다. 하필 그 순간에 기침을……어머니가 당황해 어린애 입을 손으로 가리고 숨을 죽이고 있었다. 군인들이 금방 지나갔다. 주민들은 인민군뿐만 아니라 국군과 경찰을 피해 숨어야 했다. 인민군 잔당들은 자기들을 도와주지 않는다고 주민을 죽이고 군경은 인민군을 돕고 숨겨준다며 주민들을 탄압하고 때로는 죽였다. 그래서 선량한 국민들은 불안에 떨어야 했고 밤낮없이 피난을 해야만 했다.

❀동족상잔 3

하루는 인민군 잔당을 소탕하기 위해 작전이 있을 거라는 말에
안전한 곳을 찾아 피난을 갔었다. 이 마을 저 마을 할 것 없이 주변
마을사람들이 떼를 지어 산 고개를 넘고 있었다. 비행기가 나타났
다. 그 비행기는 지나가고 또 지나가면서 폭탄을 쏟아 부었다. 피난
가던 사람들이 폭탄에 맞아 줄줄이 넘어져 비명을 질렀다. 산등성
이가 하얗게 시체로 뒤덮였다. 얼굴이 달아난 사람, 팔다리가 덜렁
덜렁한 사람, 피투성이가 된 얼굴에 비명을 지르는 사람들로 산이
들썩였다.

살아남은 사람들은 그 시체를 보고, 죽어가면서 지르는 비명소리
를 듣고도, 그 사람들을 뒤로하고 정신없이 도망을 쳤다.

그곳을 다시 가보지 않았으니 죽은 그 사람들은 어떻게 되었는지
모른다. 그대로였다면 까마귀 밥이 됐을 것이고 늑대가 포식했을 것
이다. 아니면 빗물에 씻겨 계곡 어딘가 깊은 곳에 묻혔을 것이다.

❀동족상잔 4

그날도 우리군인들이 인민군 잔당 소탕을 하기위한 작전이 있는
날이었다. 역시 여느 때와 다름없이 피난을 갔다. 낙엽이 진 앙상한
활엽수 나무와 가시덩굴과 억새풀이 함께 우거진 산골짜기에 숨어
있었다.

군인들이 그곳을 지나가다 불을 질렀다. 그곳에는 몇 가족이 함께
피난을 하고 있었다.

산골짜기 아래에 조그만 하천을 끼고 마찻길이 있었다. 마찻길 논둑을 방어벽으로 불타고 있는 산골짝을 향해 군인들이 총을 겨누고 있었다. 불이 골짝으로 번졌다. 불은 우리가 숨어있는 가시덩굴 가까이에 있는 억새에 붙어 타 내려오고 있었다. 불을 피할 길이 없었다. 그렇다고 뛰어나갈 수도 없었다. 하는 수 없이 숲 속에서 몸을 피해 주변나무가지를 꺾고 풀을 뜯어 제거를 했다. 돌로 경계를 쳤다. 불이 탈만한 것이 없자 더 이상 타오르지는 않았다. 군인들 눈에 띄지 않게 바위에 몸을 바싹 붙여 숨었다.

불이 산골짜기 아래까지 타 내려오는 것을 보고 군인들은 철수를 했다. 그 군인들이 가는 것을 보고 날이 어두워서야 우리는 물론 함께 피난한 사람들 모두가 마을로 돌아갔다.

마을로 돌아가는 길 가운데 집이 한 채 있었다. 누군가가 집에 불을 질러 타버리고 잔불이 바람에 휘날리고 있었다. 그 집 앞을 지나는데 고구마 타는 냄새가 구수하게 났다. 점심도 저녁도 굶어 배가 몹시 고프던 차에 그 냄새는 발을 멈추게 했다. 냄새가 풍기는 곳 가까이 가보니 고구마를 숨겨둔 곳이 불타 자루에 든 고구마가 새까맣게 숯덩이가 됐다.

피난을 하고 돌아가던 사람들이 그곳으로 모여들어 숯덩이가 된 고구마를 저마다 집어 들고 타버린 껍질을 뜯어내고 속을 꺼내 후후 불며 허기진 배를 채웠다.

전쟁은 비참하다. 전쟁의 목적은 살상이 아니었을지언정 결과는 사람을 죽여야만 했다. 선량한 국민이 이유 없이 죽어야만 했다.

나는 어린나이에 부모를 따라 피난을 했다. 피난을 하면서 총을 맞아 피투성이가 돼 죽은 사람도 보고 신음을 하며 죽어가는 사람도 보았다. 또 죽음을 목전에 두고 어렵게 피하기도 했다. 공산당의 잔악상도 보았다.

인간들은 전쟁을 하면 비참한 결과가 발생한다는 것을 알면서도 왜 싸워야만 하는가. 그것은 인간들이 필요로 하는 재화가 부족해서거나 무한한 욕심을 채우지 못하는 데서 남의 것을 탐내는 무리들 때문이다.

전쟁은 피해야 한다. 전쟁을 피할 수 있는 것은 누구도 넘볼 수 없도록 강자가 되는 것이다.

우리주변에 나쁜 이웃이 호시탐탐 기회를 노리고 있다.

✤ 전쟁이 보여 준 비극

전쟁이 끝나고 총성이 멈추면 평온이 올 줄 알았는데 사상을 빙자한 탄압이 시작되고 굶주림과 병마에 시달려야 했다.

내 고향에는 월출산에 속하는 국사봉이라는 산봉우리가 있다. 국사봉은 남쪽으로는 장흥 가지산이 있고 북동쪽으로는 화순 화악산이 더 멀리로는 무등산과 백운산을 거쳐 지리산으로 연결됐다.

지리산에서 국사봉까지 산악으로 연결이 돼있다. 밤이면 인민군이 산악을 이용 이동을 했다. 국사봉은 인민군이 후퇴하다 퇴로가 막힌 잔당들이 최후까지 남아 혈투를 벌였다. 그래서 다른 어느 지역보다도 주민의 피해가 컸다.

수복 후 경찰이 주둔을 했다. 주둔을 하고도 야간이면 인민군 잔당이 공격을 했다. 민가로 침투 닭을 잡아가고 식량을 탈취해 갔다. 경찰과 충돌 총성이 오가기도 했다. 군경합동으로 국사봉과 가지산에 잠적해 있는 인민군 잔당 소탕작전이 끝나고 총성이 멈췄다.

인민군과 군경이 대치하고 싸우는 과정에서 면사무소 학교 등 공공건물은 물론 민가도 대부분 불타버렸다. 난민 아닌 난민생활을 했다.

불탄 집터에 움막을 치고 학교는 교사건물이 전소돼 흔적만 남아있었다. 학생들은 공부하면서 깔고 앉을 거적을 각자 하나씩 들고 양지바른 언덕이나 하천제방을 교실삼아 옮겨 다니며 수업을 했다.

인민군과 군경이 대치상태에서 싸우거나 잔당소탕 작전이 벌어진 날이면 인명피해가 많았다. 또 젊은이들은 군대에 징집이 됐다. 농번기에는 일손이 부족했다. 그래서 초등학교 저학년까지 모내기 근로에 동원됐다.

식량이 부족해 굶는 것을 밥 먹듯이 했다. 밀개떡, 풀뿌리, 칡뿌리, 산나물 등에 의존을 했다.

전쟁이 끝나고 악성유행병이 성행했다. 사상을 빙자한 탄압이 시작됐다. 어른들 특히 남자들은 걸핏하면 경찰이 데려갔다. 인민군에게 식량을 제공하고, 노역을 하고, 숨겨주고, 정보를 제공했다는 등 인민군에게 협조한 사실에 대해 조사를 받아야 했다. 순순히 자백하면 용서하겠지만 만약 거짓말을 하면 용서하지 않겠다. 고 했다. 그런 사실이 없다고 하면 감금을 시키고 폭행도 했다. 공산당에 협조한 사실이 확인되는 날에는 반공법을 위반했다는 죄명으로 재판에 회부되고 징역을 살리기도 했다.

경찰이 내쫓기고 인민군이 주둔을 했을 때는 반동으로 몰려 죽지 않으려고 어쩔 수 없이 공산당에게 협조를 할 수 밖에 없었다. 협조하지 않으면 반동으로 내 몰려 인민재판을 해서 총살형을 당했다. 공산당이 점령을 하고 곧 바로 무고한 시민 세 사람을 잡아다. 인민군 지시를 따르지 않는다며 면민을 모아놓고 인민재판과 총살을 시켰다. 잔인하게 죽이는 현장을 본 주민들로써는 그렇게 죽을 각오를 하지 않고는 그들이 하는 지시를 받아들이지 않을 수도 협조를 하지 않을 수도 없었다. 어쩔 수 없이 끌려 다녔던 것을 가지고 공산당에 협조를 했느니, 가담을 했느니, 하며 갖은 탄압을 했다.

사상에 대한 개념이나 이념을 알지 못하고, 삶을 위해 농촌에서 오직 일만을 열심히 하면서 살아 온 선량한 사람들에게 공산주의를 신봉했다는, 빨갱이라는 자백을 강요했다. 사실대로 그런 일이 없다고 부인 하면, 순순히 진실을 말하지 않고 거짓말을 한다고 폭력을 가하기도 또 가족을 인질로 협박을 하기도 했다.

내 고향은 전쟁이 끝난 후도 도주로가 차단되어 북상하지 못한 빨갱이가 상당기간 동안 은둔했었던 곳이다. 남북 간에 심한 전투를 했던 중부지역도 아닌 한반도 남쪽지방으로 인민군이 잠깐 주둔하다 쫓겨 간 지역이면서도 총성이 장기간 끊이지 않았던 그런 곳이다. 이유야 어찌됐던 전쟁은 인류의 가장 큰 적이다. 어떤 경우든 비참한 전쟁은 피해야 한다. 전쟁을 저지른 위정자는 지탄을 받아야 하고 전범자로 전 인류로부터 저주를 받아야 한다.

✿ 뇌관이 터지다

내 고향에도 총성이 멈췄다. 미처 도망가지 못한 인민군 잔당소탕 작전도 끝났다. 관공서나 마을 집들이 불에 타 폐허가 된 곳을 복구하고 농사일도 시작됐다. 학교도 정상적으로 수업을 했다.

어른은 물론 어린아이들도 열심히 일을 해야 그나마도 겨우 연명할 수 있었다. 학생들은 학교를 가지 않는 날은 말 할 것도 없었으며 평일에도 방과 후에 소와 돼지 먹일 풀을 베고 땔감을 구했다.

　나는 학교건물이 불탄 빈터에서 소총실탄을 주워다 집 뒤 담장 밑에 흙을 파고 숨겨뒀다. 하나가 아닌 수십 발을.

　어느 날 일요일 아침밥을 먹고 소와 돼지 먹일 풀을 베러 가면서 집 뒤 담장 밑에 묻어둔 실탄을 파려고 땅을 호미로 찍었다. 두 번 세 번 찍는 순간 펑하고 폭발을 했다. 폭발소리가 어찌나 크게 났었는지 이웃에 사는 사람들이 놀라 쫓아왔다. 그 순간 나는 쓰러지고 정신을 잃었다. 정신을 차려 일어났을 때는 집안 식구들은 물론 동네사람들이 몰려와 있었다. 실탄을 묻어둔 주위의 흙은 오간데 없이 웅덩이가 됐다. 함께 묻혀있던 총알도 폭발이 된 탄피도 찾아볼 수 없었다. 쓰러져 있는 나를 보고 어머니는 죽지 않아 다행이다 하고 한숨을 내쉬며 위로를 했다. 아버지는 묵묵부답이고 모여든 동네사람들은 큰일 날 뻔 했다며 왜 그런 짓을 했느냐 걱정들을 했다. 아무튼 나 자신이 생각해보아도 다행인 것만은 사실이었다. 만약 실탄이 나를 향해 솟았거나 튀는 파편에 맞기라도 했으면 목숨은 잃지 않았더라도 얼굴에 상처를 입어도 크게 입었을 것이다. 털끝 하나 다치지 않았었으니 운이 좋기는 좋았다. 죽음이라는 한 고비를 넘겼다.

　당시 내 고향엔 전쟁 때 버려졌거나 공산당들이 도주하면서 숨겨두었던 총기류들이 뒤늦게 발각돼 어른들이나 아이들이 만지다 잘못하여 폭발사고로 사람이 죽거나 손발이 잘려 장애를 입는 일이 발생했다.

　내가 중학교를 졸업하던 해 3월 초였다. 고등학교 입학을 하고 불과 얼마 되지 않았던 따스한 봄 어느 일요일이었다. 중학교 동창이

자 친한 친구 박춘웅, 정장래, 서용만, 조전 그리고 나 이렇게 다섯이서 무등산으로 놀러갔었다. 무등산 정상에는 군부대가 있었다.

군부대가 있는 정상은 군사보호지역으로 철조망을 치고 일반시민의 출입을 통제했다. 그래서 무등산 정상 등산은 할 수가 없었다. 철조망 밖 이제 갓 돋아나는 초록빛 억새 풀 섶이 펼쳐지는 곳에 자리를 잡아 놀고 있었다. 준비해 간 음식을 먹으며 노래도 불렀다. 출입을 통제하는 군인들과 음식을 나눠먹었다. 음식을 나눠먹은 덕택에 우리들은 군인들의 안내를 받아 정상을 구경할 수 있었다. 그 땐 우리들에게 행운이었다.

산 정상 구경을 하고 하산을 했다. 군인들은 우리들에게 다음 주 일요일 다시 오라고 했다. 정상 모든 곳을 구경시켜 주겠다고 했다. 올 때 술만 사오면 된다고 했다. 안주하고 밥은 가져오지 않아도 된다고 했다.

다음 주 일요일 우리들은 군인들과 약속을 했다.

내일이 무등산 등산 가기로 약속 된 일요일이다. 우리들은 일요일 오전 아홉 시 반 충정로 3가 입구에서 만나 출발하기로 했다. 나는 갑자기 고향을 가야 할 불가피한 일이 생겼다.

고향에서 광주행 첫 버스를 타면 약속한 장소까지 가는 시간은 충분했다. 그래서 친구들에게 말하지 않고 고향에 갔다. 일요일 아침 늦잠이 들어 첫 차를 타지 못했다. 한 시간 뒤 출발하는 두 번째 광주행 버스를 탔다.

버스가 광주 도착했을 때는 이미 친구들은 출발을 하고 없었다. 예정된 시간에 출발을 했다면 지금쯤 증심사를 지나 계곡을 따라 무등산 산장호텔이 바라다 보이는 산 능선까지는 올라갔어야 할 만큼 늦어 버렸다. 결국 나는 친구들과 약속을 못 지키고 등산도 가지 못할 처지가 됐다.

그 땐 특별한 집이 아니고는 가정집에는 유선전화도 없었던 시대다. 휴대폰! 휴대폰 이라는 말도 없었다. 그래서 약속을 지킬 수 없는 불가피한 일이 생겨도 연락할 방법이 없어 약속을 어기는 것으로 서로가 이해를 해야만 하는 시대였다.

등산을 가기로 한 일요일이다. 오후 세 시경 모교(광주 무진중학교)로부터 연락이 왔다. 친구들이 무등산 등산 도중 사고가 났다고 했다. 함께 가기로 했던 조전은 아버지가 심부름을 시켜 못 갔다고 했다. 결국 그날 등산은 정장래, 서용만, 박춘웅 세 사람만 갔었다.

무등산 등산 간 세 친구들 중 박춘웅만 살고 두 사람은 죽었다고 했다. 살아남은 박춘웅이 마저 중태라고 했다. 군 헬기로 후송 전남대학병원 응급실에서 치료중이다. 라고 했다.

서용만과 정장래 두 사람의 시신은 부모들이 각각 고향으로 운구했다. 졸지에 친구 둘을 잃었다.

그때 세상을 뜬 유명을 달리한 두 친구의 명복을 빈다. 그들은 정말 좋은 친구들이었다. 50년이 훨씬 지난 지금도 당시의 모습이 생생하다. 그들은 한참 좋을 때, 철없는 나이로 세상 모든 것이 좋게만 보일 때, 티 없이 맑은 생각만 할 시기, 나쁜 짓 하고 싶어도 시간적 여유가 없었을 때, 그런 시기에 이승에서 저승으로 갔으니 반드시 천당 갔을 것이다. 그랬으리라 믿는다.

사고의 경위는 학교에서 알려준 말과 사건현장에서 살아남은 친구 박춘웅의 말에 의하면 세 명이서 무등산에 도착해 철조망 출입구 초병에게 전前주에 만났던 군인의 이름을 대고 면회를 부탁했다. 잠시 뒤 초소근무자가 일반인 출입 금지구역인 철조망 안으로 들어와 정상으로 가는 길을 따라 막사로 올라가라는 지시를 했다. 정상으로 올라가는 도중 한 친구가 길을 벗어나 걷다 매설된 지뢰를 밟아 세 명 중 서용만은 시신이 흔적을 알아보기 어려울 정도로 심하게 훼손이 되고 정장래는 큰 외상없이 숨을 거두고 박춘웅이는 한쪽전신이 지뢰파편으로 심하게 부상을 입었다. 그런 사고로 두 친구는 세상을 떠났다.

나는 6 · 25 동란을 겪으면서 두 번 뇌관이 터지는 사고에 대한 경험을 맛보았다. 한 번은 직접 내손으로 뇌관을 터뜨려 혼 줄이 났고, 또 한 번은 그 현장을 용케도 피했다. 늘 그렇게 사는 것이 인간들인데도 인간들은 어리석게 자신이 무척 현명한 것으로 착각을 한다.

그 누구도 자신의 미래에 대해 안다고 장담 못 한다. 혹자는 미래를 아는 것처럼 말하지만 그런 사람일수록 더 모른다.

미래에 대해 무엇인가를 아는 것처럼 하는 인간이 있다면 그 주위를 살펴 볼 필요가 있다. 왜냐면 어리석은 자이기 때문이다. 인간이란 예외 없이 단 몇 초 후 눈앞에 다가오는 자기 앞날의 운명도 모른다. 그러면서 인간들은 마치 세상 모든 것을 알고 있는 것처럼 큰소리를 친다. 먼 훗날은 그만두고라도 하루, 아니면 한 시간 뒤만이라도 자신의 앞날을 알 수 있다면 미연에 방지를 하여 불행한 일을 당할 사람이 아무도 없을 것이다. 그러나 사람들은 단 일 분 후도 모르기 때문에 예상치 못한 사고를 당한다. 어리석게 혹자는 미래를 예측 한답시고 어쩌고저쩌고 말을 함부로 한다.

어리석은 것이 인간이다. 그래서 전쟁을 겪어보지 않은 세대들은 전쟁이 갖는 불행 같은 것을 모르고 전쟁이 끝난 뒤 짧지 않은 세월

동안 받는 고통도 모르고 낭만에 젖어 철없는 애들 장난감 총을 들고 하는 전쟁놀이쯤으로 생각을 하고 전쟁이나 한번 터졌으면 좋겠다. 전쟁이 터져 보기 싫은 사람들 싹 슬어 버렸으면 좋겠다. 그런 말을 쉽게 한다.

전쟁터에서 자기만은 죽지 않고 살 수 있다고 믿는지, 아니면 죽지 않고 살 수 있는 대안이 있는지 모르지만 죽고 사는것 아무도 모른다. 그런데 전쟁이나 일어났으면 좋겠다고 생각하다니 그렇게 어리석은 것이 인간이다.

어떤 경우도 전쟁만큼은 하지 말아야 한다.

✤ 고등학생이 중심이 돼 일어난 4·19의거

일제로부터 독립이 되고 6·25 동란을 거치면서 사회는 혼란에 빠졌다. 직위고하를 막론하고 부정부패는 극에 도달하고 국민들은 날로 격한 데모를 일삼았다. 급기야 폭도로 변해가고 치안은 마비상태에 이르렀다.

그때 나는 광주에서 고등학교를 다니고 있었다. 학생들은 공부를 뒷전으로 하고 끼리끼리 모여 패싸움을 일삼았다.

가난에 찌든 국민들은 배가 고파 허기진 배를 채우기 위해 봄이면 산과 들로 나물을 깨러 다니고 가을이면 상수리, 도토리를 줍고 산밤을 까고 다래 등 사람들이 먹을 수 있는 열매를 따러 다녔다. 또 칡뿌리나 더덕을 캤다. 그것도 여의치 않은 사람들은 굶주림과 사투를 벌여야 했고 데모대나 깡패들의 행패에 시달려야 했다.

선량한 국민들은 폭력이 두려워 떨었다. 광주에는 무등파, 오비파, 서방파, 제니스파, 학동파, 오케이파 등 깡패집단들이 수 없이 많았다. 그들은 밤낮없이 시내 한복판 광주공원 또는 사직공원주변이나 주택가 등지에서 패싸움을 했다.

한번은 광주에서 최대 규모이며 악명 높은 M파와 O파가 늦은 오후 광주공원 광장에서 맞붙었다.

두 파 행동대원 등 깡패들이 모두 모였다. 처음은 흉기를 들지 않고 맨 손으로 싸움을 시작했다. 싸움이 격해지자 미리 주변에 숨겨둔 흉기와 몽둥이를 꺼내 휘둘렀다. 그리고 돌을 던졌다.

밤은 어두워지고 물체는 점점 희미해지자 부상자가 속출했다. 죽기 아니면 살기로 생사를 거는 싸움으로 혈투를 했다.

처음에는 공원 내에서만 싸움을 하다 한쪽이 밀리자 공원을 벗어나 공원다리 쪽으로 도망을 갔다. 쫓고 쫓기면서 갓길에 있는 돌을 주워 던지며 달아나고 쫓아갔다.

머리에 돌을 맞아 피가 흐르는 사람, 휘두르는 각목에 얼굴을 맞은 사람 등등 그야말로 혈투였다. 도망가는 사람을 쫓다 가슴에 짱돌을 맞았다. 다행히 큰 상처는 입지 않았지만 맞는 순간 쓰러졌다 다시 일어났다.

싸움은 끝났다. 그렇듯 밤낮없이 가끔 도심한복판에서 패싸움이 공공연하게 있었다. 치안 공백상태에 이를 정도로 사회질서가 문란했다.

여름이었다. 방학도 하고 날씨도 몹시 더웠다. 피서를 하기 위해 남평에 있는 드들강으로 학교친구 김재홍 등 일곱 명이서 놀러갔다. 깎아지른 듯 절벽아래 보를 막아 물을 가두어 둔 곳이 있었다. 그곳 깊은 곳은 3미터도 넘는다고 했다. 깊은 곳은 들어가지 말라는 경고판도 있었다.

드들강을 끼고 펼쳐지는 산 능선 경관도 경관이지만 물이 좋아 1박2일 일정으로 피서를 가기로 한 날이 내일이다.

나는 광주 월산동 대성 초등학교 앞 큰길 건너서 김인화라는 친구와 이수일이라는 친구가 함께 자취를 하고 있는 방에 얼마동안 같이 있으면서 고등학교를 다니고 있던 때였다.

자정이 지났다. 놀러가기로 한 날이 됐다. 날이 밝아오면 남평 드들강으로 놀러 가기로 한 날이다. 늦잠이 들었다. 비몽사몽 꿈을 꾸고 있었다.

지금도 그때 기억이 생생하다. 일생을 살면서 그 많고 많은 꿈을 꾸었지만 그 꿈만큼 50여 년이 지난 지금도 잊지 못하고 그림책을 보고 있는 것같던 꿈! 그런 꿈이 그때 그 꿈이 아니고는 없다.

꿈은 반대의 생시라고 한다. 그랬으면 좋았겠지만 그때 내가 꾼 꿈은 반대가 아닌 틀림없는 조금도 다르지 않은 현실로 영화필름을 다시 돌려본 것처럼 똑 같았다.

그 꿈을 꾸고, 그 꿈 때문에 그날 친구들과 놀러가는 것이 싫었다. 정말 싫었다. 그래서 일부러 일어나지 않고 자리에 누워 꾸물대고 있었다.

나는 만나기로 한 시간에 한 장소에 나가지 않고 있었다. 나는 친구들과의 신의도, 모처럼 갖는 즐거운 여행도, 피서도 싫었다. 놀러 가면 큰 봉변을 당할 것만 같았다.

친구들이 모여 기다리다 약속시간이 지나도록 오지 않자 무슨 일이라도 생겼는가 싶어 왔다며 내가 자취하는 곳으로 우르르 몰려왔다.

그 친구들에게 나는 가기 싫으니 너희들만 다녀 오라고 했었다.

나는 못 가도 친구들이라도 가서 즐겁게 놀고 오기를 바랐다. 친구들은 다짜고짜 가자는 거였다.

나는 하는 수 없이 꿈 이야기를 했다. 드들강 말만 들었었지 한 번도 가본 적이 없었다. 그런 드들강을 꿈 속에서 보았다.

나는 드들강이 내려다보이는 절벽이 펼쳐지는 산을 따라 도망을 치고 뒤에서 군복을 입은 사람 수십 명이 총을 들고 쫓아와 죽을 힘으로 도망을 쳤다. 아무리 도망을 가려고 해도 발이 떨어지지 않았다. 결국 몇 발짝 못가 잡혔다. 죽도록 매를 맞았다.

피투성이가 되고 초죽음을 당했다. 숨이 멈출 것만 같은 때 꿈에서 깼다. 꿈이려니 생각을 하고 또 해도 그 순간이 싫었다. 너무 싫었다.

그 꿈 이야기를 듣던 친구들이 한결 같이 비웃으며 놀러가기 싫어 핑계라고 핀잔이다. 나는 어쩔 수 없어 따라 나섰다.

드들강에 도착했다. 그 넓은 강에 웬 사람이 어디서 모여들었는지 강바닥이 얕은 물가엔 발 들여놓을 틈도 없이 사람들이 있었다.

강가에 짐을 풀고 물에 발을 담갔다. 모두 흩어져 사람들 틈새에 끼어 물놀이도 하고 목욕도 했다.

한쪽에서 젊은이들이 웅성거리고 있었다. 한사람을 둘러싸고 치고받고 싸움을 하고 있었다. 웬일인가 싶어 그쪽으로 갔다. 재기도 호남이도 함께 갔다. 둘러싸여 매를 맞으며 반항을 하고 있는 사람이 우리 일행인 재홍이었다. 재홍이는 덩치가 컸다. 덩치만큼이나 힘도 세고 맷집도 좋았다. 평소 건들건들 어깨를 좌우로 흔들며 걸었다.

재홍이가 젊은 애들에게 둘러싸여 매를 맞으며 싸우고 있는 것을 본 우리 일행이 가세를 했다. 말리는 척 하다 그 사람들에게 붙어 주먹을 휘둘렀다. 치고받는 순간 패싸움이 됐다. 싸우다 보니 어디서 나타났는지 젊은이들이 벌떼처럼 우리 일행을 둘러싸는데 그 수가 하도 많아 빈틈이 없었다. 그 많은 수가 주먹과 발길질만 하는 것이 아니고 몽둥이를 들고 쇠파이프를 들고 휘두르는데 도망도 못가고 꼼짝없이 사람들과 그 패거리들 속에 묻혀 매를 맞았다.

나는 뒤쪽에서 내리치는 몽둥이에 머리를 맞아 퍽 하는 순간 시원한 느낌이 들고 그 뒤부터는 생각이 안 났다. 얼마 뒤였는지 어떻게 해서 깨어났는지 정신이 들었다. 머리에서는 피가 흘렀고 주먹만 한 혹도 붙어있었다.

호남이는 어깨를 물려 살점이 덜렁거리고 춘근이는 이마가 터지고 재홍이는 성한 곳이 없이 얻어 맞아 초죽음이 돼 있었다.

경찰에 붙들려 줄줄이 남평지서로 갔다. 우리 일행도 상대편 일당도 서로 가해자이면서 피해자로 갔다. 우리 일행은 일곱 명이었는데 상대 일당은 사십 여 명이었다. 사람이 너무 많아 지서로 들어가지 못하고 밖에서 옥신각신했다. 경찰이 화해를 시켰다. 양쪽이 더 이상 싸우지 않겠다는 각서를 쓰고 경찰훈계를 듣고 헤어졌다.

우리들은 상처를 치료하기 위해 일주일도 더, 열흘도 더, 병원을 다녔다. 또 약도 먹고 파스도 발랐다.

폭력이 난무해도 경찰은 속수무책이었다. 사회는 질서가 거의 무너졌다. 힘센 자들 앞에 권력도 손을 놓았다. 치안도 위협을 받아 경찰이 범죄자를 보고도 방관자가 됐다.

부정부패가 만연되자 국가권력에 대한 비판적 행동이 결국 4·19의거를 있게 했다. 4·19의거는 이승만 정부를 비판하는 세력중심으로 특히 고등학생들이 중심이 돼 일으킨 학생운동이었다. 그 학생

운동이 있은 후 사회는 비참하리만큼 혼란했다.

지금까지 혼란스런 사회모습을 내 경험을 기준으로 말했다. 참으로 힘들고 어려운 시대였다.

공권력이 국민들로부터 무시당하고 국가가 국민에게 신의를 잃으면 그 정부는 망한다. 그 국민은 스스로를 해쳐 결국 자멸하게 된다. 자유당 정권이 그랬다. 자유당 정권을 무너뜨린 것은 4·19(1960)의거다. 4·19의거 이후 5·16군사혁명이 있기 전 약 일 년여 동안 우리 국민 모두는 권력 없는 폭력집단에 시달리며 불안하게 살아야 했다.

법은 약자를 위해서 있다. 강자가 휘두르는 힘을 막기 위해 만들어졌다. 그런 법을 약자인 국민이 지켜야 한다. 4·19의거는 법을 지키지 않고 인권을 침탈하여 권력을 독점하려는 위정자들에 대한 국민들의 저항이었다. 결국 약한 국민들이 법질서를 스스로 깨뜨렸다. 그 과정에서 많은 젊은이들이 피를 흘려야 했다. 4·19는 우리에게 슬픈 역사로, 많은 희생자를 낸 지울 수 없는 비참한 역사로 불행했던 민족사 중 하나로 남게 됐다.

✤5·16군사혁명

4·19학생의거가 나고 사회는 극도로 혼란해져 폭력이 난무하고 공권력이 실종되고 범죄가 들끓었다. 정부는 무능해져 수수방관이었으며 치안은 공백상태였다.

무법천지라는 말이 있다. 4·19학생 의거 이후 한국 사회가 거의 흡사했다. 그런 상황을 지켜본 군부가 구국의 정신으로 일으킨 것이 5·16군사혁명이다.

1945년 8월 15일 일제로부터 독립이 됐는데도 1910년 8월 12일 한일합방이 남긴 후유증이 계속됐다. 6·25동란이 그렇고 4·19학생의거, 5·16군사혁명이 그렇다. 이렇듯 갖가지 형태의 시련을 겪었다. 4·19학생의거는 이승만대통령을 하야시켰다. '국민이 원한다면 하야를 하겠다.'라는 성명을 발표하고 대통령직에서 물러났다. 그해 8월 12일 간선으로 윤보선이 대통령직을 인수 통치를 했으나 사회가 계속 혼란의 수렁에서 벗어나지 못하자 이듬해 5월16일 새벽 박정희가 주축이 돼 군대가 혁명을 했다. 결국 1962년 3월 22일 윤보선대통령이 물러나고 박정희대통령이 통치를 하게 됐다.

군사정부는 개혁을 위해 국민에 대한 인권과 재산권을 행사하는 데 일부 제한을 했다. 그 결과 사회는 안정되고 곳곳에서 건설의 굉음소리가 진동을 했다.

공공목적을 이유로 개인소유의 논과 밭을 무상으로 수용 농로를 냈다. 또 마을길을 넓고 곧게 하기 위해 남의 집 담장을 헐었다.

국민들은 자기 땅을 빼앗기고 집이 헐려도 반대를 못하고 순순히 내놓았다. 그것은 재산권의 침해뿐만 아니라 인권의 침해였다.

대부분 정부각급기관에 군인장교를 예편시켜 배치했다. 학교도 교련담당교사로 장교출신이 배치됐다. 교련담당교사는 학생생활지도와 교련지도를 목적으로 했다. 또 중요 행정기관장은 대부분 장교출신을 임명하고 각급기관의 중요부서 역시 군 장교출신들을 채용 배치했다. 특히 시장과 군수 읍·면장은 장교 출신자로 대부분 임명했다. 읍면사무소에는 국민재건운동본부에서 추천한 사람을 한 명씩 임명배치 했다. 그렇게 하여 군인이 행정 각급기관에서 행정을 통제했다.

그렇게 하여 공권력이 확보되고 치안이 안정되자 다수국민들은 생업에 전념할 수 있었으며 지속적인 경제개발추진으로 생활도 점차 윤택해지자 많은 국민들이 정부가 하는 일에 적극 참여했다.

한 대통령은 독립 초기 가난에 찌든 국제적 거렁뱅이가 돼버린 우리민족에게 닥친 격동기에 대통령이 돼 6·25동란을 치루고 4·19를 맞이했고 또 다른 한 대통령은 사회적 변환기의 대혼란을 극복하고 경제부흥의 기틀을 마련했다. 그러나 장기 집권 때문에 인심을 잃고 그 결과 천심도 잃었다.

순리대로 임기를 마쳤으면 우리역사에 위대한 대통령으로 남을 수 있었을 텐데 비운의 대통령이 됐다. 참으로 안타까운 일이었다.

무엇이나 시작이 중요하지만 끝이 더욱 중요하다는 것을 깨우쳐 주는 사건들이었다.

✤12·12사건

'적敵은 가장 가까운 곳에 있다' 는 말이 있다. '열 길 물 속은 알아도 한 길 사람 속은 모른다.' 는 말도 있다.

김재규는 박정희대통령에게 최소한 그런 사람이었다.

그 순간의 일로 국가와 국민의 운명을 바꿔놓았다. 좋은 방향이었는지 아니면 나쁜 방향이었는지 알 수 없는 일이었지만 장기집권은 끝났다. '물이 고이면 썩는다.' 고 했다. 고인 물은 반드시 썩게 돼있다. 그런 의미에서 본다면 장기집권은 집권자나 그 주변사람들이 어떤 성향이던 좋지 않은 결과를 가져온다는 점에서 다른 말이 필요 없다.

권력 앞에는 부자지간이나 형제지간도 없다. 그런데 하물며 남남

간에 충성이란 쉽지 않다. 경우에 따라서 어느 정도는 믿어야 하겠지만.

중국 청나라 때 강희제라는 황제가 있었다. 중국역사에 국태민안의 3대 성세중 하나인 강건성세康乾盛世가 있다. 강건성세는 청나라 강희, 옹정, 건륭 세 명의 황제를 말 한다.

강희는 일찍이 첫째아들 윤임을 두 살 때 황태자로 책봉했다. 강희제는 윤임을 황태자로 책봉해놓고 40년을 태자로 놔두자 황태자인 윤임이 40년 동안 태자로 있음이 말이 되느냐며 불만을 나타냈다. 빨리 등극하고 싶다는 뜻을 직·간접으로 나타냈다. 거기다가 태자를 옹호하는 신하들을 중심으로 태자당이 만들어졌다. 이를 지켜본 황제가 신경이 곤두섰다. 태자는 빨리 등극하고 싶은 생각을 갖지 못하도록 금기사항으로 정해져 있다. 그 금기사항을 어길 경우는 왕권에 도전하는 것으로 간주 처단하도록 돼 있다.

황제는 윤임을 경계 했다. 윤임을 중심으로 윤진, 윤제, 윤지, 윤아 등 형제들 간에도 암투가 시작돼 서로가 서로를 중상모략을 했다.

강희는 윤임을 두고 '조상의 덕을 본받지 못하고 조상의 교훈을 지키지 않고 잔악한 짓과 음행을 저질렀다.' 하여 황태자 지위를 박탈하고 감금했다. 결국 부자지간에 피를 보는 싸움이 벌어졌다. 이토록 권력은 형제지간은 말 할 것 없이 부자지간에도 죽이고 빼앗는 잔인한 싸움을 한다.

그런데 남과 남이 최고의 권력을 눈앞에 두고 다툼을 갖지 않는 것이 오히려 이상하다.

대통령이란 그 국가에서는 최고의 권력이다. 이를 가까이서 지켜본 사람으로서 그런 사건을 일으킨 것은 영웅적 사고와 시대상황으로 봐서 착각한다면 어쩌면 지극히 당연하다고 볼 수 있다.

12·12사건은 우리민족에게 불행한 사건 중에 사건이다. 그 사건으로 사회가 걷잡을 수없이 혼란에 빠졌다. 외국인 투자자들은 자금을 회수하고 국가신용도가 저하되어 외화 금융비용 부담이 늘어나는 등 국익에 커다란 손실이 발생했다.

경제개발로 산업화가 되면서 겨우 굶주림에서 탈피하려는 순간에 대통령이 암살을 당하는 사건이 터졌음은 우리민족과 국가에 커다란 시련이었다.

12·12사건 발생이후 정치권과 군부 간에 권력쟁탈전이 벌어졌다. 정치권은 민주화를 외치며 정당 간에 치열한 수권싸움을 하느라 사회질서나 국민의 고통은 아랑곳없었다.

매일 같이 서울을 필두로 전국각지에서 격렬한 데모가 일어났다. 전두환 장군 등이 이끄는 군대가 청와대를 접수 최규하 대통령의 권한을 제한했다. 그에 반대하여 격렬한 시위가 벌어진 광주에서 드디어 사건이 터졌다.

1980년 5월 18일 광주에 공수부대를 투입하여 데모하는 시민들을 겨냥 총을 난사했다.

국가 간 전쟁에 버금가는 전투가 발발했다.

✿80년 5월 18일 민주화운동

5·18은 국내에서 일어난 사건으로는 비참하리만큼 데모대와 진압군 간에 살상이 자행되었다.

광주시민에게는 더 나아가 우리나라 우리민족에겐 영원히 지울수 없는 비극이었다. 그런 사건이 발생하게 된 원인도 중요하지만 진압하는 수단이 잘못됐다. 그것은 그 동안 많은 사람들의 객관적 판단에 따른 결론이다. 5·18희생자를 국가유공자로 민주화운동 유공희생자로 지정한 것이 이를 증명했다. 그 사건으로 많은 사람들이 희생되고 짧은 기간 동안이었지만 교통과 통신이 단절되고 외부로부터 생필품공급이 끊기고 출입이 통제됐다.

❋숙명, 한번쯤 생각해 보자

일제 식민지 통치하에서 태어나 유년기를 식민지 생활로 보냈으며 동족간의 전쟁을 겪었고 그로 인한 비극도 보았다. 총성 속에 죽음의 고비도 몇 번이고 넘겼다. 뿐만 아니라 4·19학생의거와 5·16군사혁명, 12·12사태 5·18 민주화 운동 그 외도 큼직큼직한 사건들이 소용돌이 치는 시대에 살았음은 내게는 피할 수 없는 숙명이었던 것 같다.

이것들은 내가 태어나 반세기라는 세월을 살아오면서 겪었던 사건들이었다. 이런 일련의 것들이 나와 같은 세대에 태어나 살아온 사람들이 갖은 숙명이다. 그 보다는 우리민족이 겪어야했던 숙명 같은 것 그렇다면 왜 우리민족은 그런 숙명을 지녔을까? 그럼 우리민족이 살아왔던 먼 옛날로 거슬러 올라가 보자. 기자조선도 그렇고 고조선, 고구려, 발해 그들의 삶과 기상이 섬나라 일본만 못한 적이 있었던가.

우리민족이 한때는 이 시대에 지구상에서 최다인구를 갖고 초강국으로 부상하고 있는 이웃나라 중국에게도 결코 뒤지지 않았다. 중국 본토 깊숙한 곳까지 우리민족이 통치를 하고 살았을 정도로 이웃나라들이 넘보기에는 만만치 않았던 민족이었음이 틀림없다. 그런데 민족 간에 전쟁을 치르고 그 결과 분열이 되고 당파싸움에 국력이 소모되고 양반상놈이라는 사회적 신분관계로 양반은 현실에 안주하고 천민계층의 사람들은 보다 나은 삶을 포기하고, 왕실을 비롯한 조정 관료들은 부정부패에 혈안이 되고, 권좌에 앉은 간신들은 자기이익만을 위해 국민을 탄압했다. 거기다 왕실은 쇄국 정치로 외부와 교류를 차단 우물 안 개구리가 됐다.

반대로 이웃나라 일본은 과감하게 개방 서양문물을 받아들였다. 군대를 신무기로 무장했다. 또 경제부흥에 국력을 집중시켰다. 그리고 주변국들을 위협하기 시작 결국 우리나라를 침략해 왔다. 일본의 침략을 받고 싸움다운 싸움 한 번도 해 보지 못하고 주권을 내주고 식민통치를 받았다.

만주 땅은 오래 전에 중국에게 내주고 겨우 한반도에 머물고 있다. 그 마저도 일본에게 빼앗기고 말았다. 그런 주변국들의 환경에서도 우리민족이 말살되지 않고 살아남아 있는 것만도 다행이다.

지금도 우리민족은 남북이 양분되어 동족 간에 총을 겨누고 언제든지 방아쇠만 당기면 서로가 서로를 사살할 만반의 준비를 하고 있다.

이웃 일본이나 중국은 국력강화를 위해 혈안이 되어 분투노력하고 있는데 정작 우리는 그들을 이웃 아닌 멀리 있는 우리와는 무관한 나라로 생각하고 안일하다. 그리고 정쟁이나 일삼는다.

과거 우리민족이 겪어온 일련의 것들을 숙명으로 여긴다 하더라도 지금의 현실을 냉정하게 판단해 정치인을 비롯한 국민 모두는 하루속히 안일한 태도와 정쟁에서 탈피해야 한다.

화합과 단합으로 국력을 신장하여 이웃이 감히 넘볼 수 없는 민족이 되고 국가가 돼야 한다. 지난 과거와 같은 사건들로 점철 숙명타령 같은 것이 없도록 하여 후세들에게는 부끄럽지 않은 민족임을 보여 줘야한다. 자부심을 갖고 떳떳하게 살 수 있는 기틀을 마련해 줄 의무가 있다.

천 년 또는 이천 년 전에 이룬 화려한 문화유산을 가진 캄보디아는 지금 지구촌에서 가난한 나라 중에서도 대표적으로 가난한 나라가 됐다.

캄보디아의 크메르족이 결코 우둔하거나 게으르고 주변국들로부터 침략을 받을 정도로 보잘것없는 나라가 아니다. 그들도 한 때는 우수한 민족으로 부강했었다. 강대국이 어쩌다 지금의 캄보디아가 되었는가라는 질문을 던져 볼만 하다.

그 답은 어렵지 않다.

과거 긴 세월동안 부정부패나 일삼는 무능한 지도자가 있었다. 그 지도자들이 남긴 유산이다.

국가의 흥망성쇠는 전쟁이나 천재지변 같은 일로 당장 나타나는 경우도 있지만 보통의 경우는 보이지 않게 많은 세월이 지난 뒤에야 서서히 나타난다.

그래서 지도자를 잘 뽑아야 한다. 지도자는 당장의 역할도 중요하지만 미래에 대한 각별한 관심이 더욱 중요하다.

우리후손들은 이 시대에 사는 사람들처럼 사건으로 얼룩진 삶을 뒤돌아보며 숙명 운운하는 일이 없도록 하는 것이 먼저 살다 갈 우리들의 몫이다.

해 보지도 않고 안 된다는
속단을 버려라

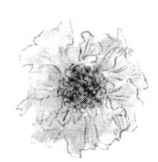

사람들은 무슨 일이나 시작하기 전에 성공 여부에 대해 신중하게 생각을 해 보게 된다. 그래서 그 일이 능력 밖에 있어 이루어지지 않을 것으로 판단 될 경우 해 보지도 않고 포기해 버린다. 그것이 보통 사람들의 태도다.

〈맥스웰 몰츠〉는 '사람마다 목표를 세워 반드시 이루겠다는 강한 집념으로 매일같이 그것에 몰입하면 이루어진다.' 라는 말을 했다. 그 말을 듣고 실천을 하여 성공한 사람이 있다. 그가 세계적인 연사 댄 케네디다. 댄 케네디는 말더듬이었다. 덴 케네디는 나도 다른 사람들과 같이 말을 유창하게 할 수 있다. 라는 생각을 갖고 열심히 노력을 했다. 자신의 삶에 적용을 했다. 그 결과 덴 케네디는 세계적인 연사가 됐다.

만약 덴 케네디가 '하면 된다' 라는 생각을 하지 않고 나는 할 수 없다. 해 볼 필요도 없다. 안 된다. 라는 생각만하고 해 보지도 않았다면 세계적인 연사는 커녕 영원히 말더듬이로 남았을 것이다.

또 태어 난지 얼마 되지 않아 듣지도 보지도 못하며 말하지도 못하는 장애자가 된 미국인 헬렌켈러가 있다. 그는 일곱 살 때 엔서리번이라는 선생을 만났다. 엔서리번은 헬렌켈러에게 "시작하고 실패하는 것을 계속해라. 실패할 때마다 무엇인가 성취할 것이다." 라는 말을 하며 실패를 해도 좌절하지 않고 도전하는 끈질긴 인내를 가르쳤다.

헬렌켈러는 새로운 것에 계속 도전을 했다. 실패하면 또 하고를 반복했다. 그 결과 20세에 하버드대학에 입학을 하게 됐다. 그리고 전 인류로부터 존경받는 훌륭한 사람이 됐다. 또 기필코 해내겠다는 집념으로 뜻을 일구어 낸 필립코리종이라는 프랑스 사람이 있다. 그는 20대 중반에 TV안테나 수리를 하다 전기에 감전돼 두 팔과 두 다리를 잃은 장애자의 몸으로 도버해협을 횡단하겠다는 결심을 하고 훈련을 시작한지 2년만인 2010년 9월 42세라는 적지 않은 나이에 오리발 모형의 의족을 하고 도버해협의 영국남부 포크스톤을 출발 프랑스 북부 캡그리스네즈까지 34Km의 거리를 14시간에 걸쳐 헤엄 쳐 건너는데 성공했다.

덴 케네디나 헬렌켈러, 필립코리종 그리고 엔서리번 같은 사람뿐만 아니라 미국 대통령 중에도 하면 된다는 신념으로 용기를 가지고 실천을 하여 인류사에 큰 공헌을 한 훌륭한 사람도 있었다. 그가 유명한 에이브람 링컨 대통령이다.

에이브람 링컨 대통령은 세계인류가 추앙하는 인물 중의 인물로 알려져 있다.

에이브람 링컨 대통령은 가난한 농부의 아들로 태어났다. 학교를 다닐 형편도 못됐을 뿐만 아니라 책 한권 사볼 처지도 못돼 주변사람들에게 책을 빌려 공부를 했다.

먹고살기 위해 어린 나이에도 남의 집에 가서 일을 해야 했다. 그는 이런 말을 했다.

"나는 이 세상 아무데도 갈 곳이 없어 좌절할 때가 한두 번이 아니었다." 그러나 그는 좌절하지 않고 열심히 노력하여 미국의 대통령이 됐고 대통령이 되고 나서는 노예해방이라는 인류역사상 큰일을 해냈다. 역대 어느 대통령도 하지 못했던 큰일을 해냈다. 그는 노예해방과 관련 이런 말을 했다.

"노예해방선언은 다른 대통령도 필요성을 인식했었으며 할 수 있었는데 다만 그들은 작은 용기가 없었을 뿐이다. 그러나 내가 노예해방선언을 한 것은 작은 용기였다."라고 했다. 링컨이 노예해방 선언을 하게 된 것이 용기였다라고 밝혀진 것은 그가 죽은 50년 뒤 한친구가 가지고 있던 편지 때문이었다.

그가 어릴 적 친구에게 보냈던 편지 이야기이다. '나의 아버지는 시애틀에서 농사를 지었는데 그 농토에는 돌이 아주 많았다. 이 때문에 아버지는 그 농토를 아주 싼값에 살 수 있었다. 하루는 어머니가 농토에 있는 돌을 치우자고 하자 아버지가 그 돌들을 옮길 수 있었다면 싼값으로 땅을 팔지 않았을 것이오. 그들은 엉키고 엉켜서 작은 산처럼 쌓여있을 것이고 또 그것이 큰 돌산과 이어진 것이니 그런 생각은 아예 하지 마시오."

그 뒤였다. 아버지가 없을 때 어머니가 "우리 이 귀찮은 돌들을 옮겨버리자구나." 라고 하여 어머니와 링컨은 농장에 있는 돌들을 하나씩 파기 시작했다. 얼마 뒤 농장에 있는 돌들을 모두 옮겨버릴 수가 있었다. 돌들은 산을 이루고 있지 않았고 조금만 파면 금방 빠져 나왔다. 이 때 링컨은 이런 생각을 했다. 사람들은 해 보지도 않고 미리 포기해버린다는 것을, 또 부정적인 생각을 하고 있다는 것을 알 수 있었다고 했다. 그런 내용이 친구에게 보낸 편지 마지막에 쓰여있었고 또 이런 말이 쓰여 있었다. '사람들이 어떤 일을 하지 않는 것은 그 일이 불가능하다고 생각하기 때문이다. 하지만 그런 불가능은 오로지 사람들의 상상 속에서만 성립하는 명제이다.'라고 했었다. 실천을 링컨은 용기라고 했으며 노예를 해방시키는 선언은 마지막에 사인할 수 있는 용기였다고 했다. 링컨이 친구에게 보낸 편지를 보고 우리는 이런 것을 알 수 있었다.

사람들은 상상을 바탕으로 결론부터 내린다는 것을 실천해 보지도 않고 미리 포기해 버리는 경향이 두드러진다는 것을 알았다. 무엇이던 꿈이 있어야 하고 그 꿈을 이루기 위해서는 실천이라는 용기가 있어야 한다는 중요한 결론을 얻을 수 있었다.

해 보지도 않고 안 된다는 생각은 버려야한다는 것을 알 수 있었다.

여기 용기를 가지고 실천을 한 위대한 사람이 또 있다. 그가 대한민국 제 15대 김대중 대통령이다. 그에게는 생각이 곧 실천이었다. 그는 용기가 넘쳤다. 그는 파란만장한 고생 끝에 대통령이라는 꿈을 이루었다. 그는 20대 후반 대통령이 되겠다는 꿈을 가지고 정치를 시작 국회의원에 당선되기도 하고 낙선이 돼 정치의 변방에서 고초를 겪기도 했었으며 모진 역경 속에 살아야 하기도 했었다.

그는 일찍이 대통령이 되겠다는 꿈을 갖고 대통령이 되기 위해서 열심히 살았다고 했다.

1970년대 초 야당 대통령 후보로 첫 도전을 했다. 아깝게 실패를 했다. 실패를 독재에 의한 부정선거로 믿고 민주화 투쟁의 선봉에

서서 정부를 압박했다. 그러자 정부는 탄압을 시작했다. 그는 탄압이 심해지자 미국 등지로 나갔다. 해외에서 민주화 투쟁을 하며 인권차원의 국제여론을 조성했다. 당시 정부가 납치 계획을 세워 납치를 했다. 납치 송환 중 죽을 고비를 넘겼다. 그는 징역, 구금, 감금 등 수 없이 많은 고초를 겪었다. 또 사형선고를 받기도 했다. 그런 고초 속에서도 대통령이 되겠다는 꿈을 버리지 않았다. 대통령 선거에 두 번 세 번 도전 끝에 당선이 됐다.

오뚝이 인생, 의지의 인간으로, 인동초에 견주는 인간으로 그는 이 세상에 우뚝 섰다. 한국 민주화의 주역으로 노벨평화상을 수상하기도 했다. 남북통일을 위한 초석을, 민족화합을 위한 물꼬를, 평양을 방문하고 금강산 관광의 길을, 개성공단의 개방을, 이산가족의 상봉을, 남북 당사자 간 각종회의체제 또는 연락망을 구축했다.

민족의 염원인 통일에 한발 다가서게 했다. 그는 미래를 보는 눈이 있었고 실천하려는 용기가 있었다.

미국의 링컨대통령이나 한국의 김대중 대통령을 보고 용기의 필요성을 그리고 실천의 중요성을 새삼 깨달을 수가 있었다. 또 인내와 끈기, 긍정의 사고가 뒷받침돼야한다는 것을 알 수 있었다.

인간의 삶은 하나의 성취며 욕구에 대한 만족이다. 욕구에는 권력과 재물에 대한 개인적인 욕구가 있는가 하면 인류를 위한 욕구 사회집단에 대한 욕구 등 다양한 종류의 욕구가 있다. 그런 욕구를 충족시키기 위해서는 긍정적인 생각을 갖고 인내와 끈기로써 실천해야한다.

해 보지 않고 안 된다는 생각은 버려야한다. 해 보지도 않고 안된다는 생각을 한 사람이 할 수 있는 일이란 아무것도 없다. 그런 사람일수록 무능하고 말이 많으며 당치 않은 말로 자기합리화에만 급급하다. 우리 이젠 해 보지도 않고 안 된다는 생각을 버리자.

착각이 부른 함정

응달진 산골에는 잔설이 쌓여있고 귀 끝을 예리한 칼로 자르듯 매섭게만 휘몰아치던 칼바람과 눈보라가 기승을 부리는 추위는 아직도 물러갈 줄 모른 체 가끔 심통을 부렸다.

봄이 아직 오지 않았는데도 지난 일요일은 봄의 중턱인가 착각 할 정도로 유난히 쾌청했다. 마침 어린 시절 고향에서 맞은 봄이 떠올랐다. 마음속 깊이 간직한 봄 속으로 빠져들었다. 내 마음의 창엔 아지랑이가 선명하게 아롱거리고 있었다.

가슴속에 일렁이는 아지랑이를 쫓아 논두렁 밭두렁을 따라 들로 시냇가로 갔다. 시냇물에 발을 담그니 시려 올랐다.

시냇가 웅덩이에 개구리가 움츠리고 있다. 툭 뛰어나온 두 눈을 감은 채 오들오들 떨고 있다. 봄으로 착각한 성급한 놈이 잠에서 깨어나 세상 구경 나왔다가 매서운 추위를 만났다. 개울가엔 개나리가 수줍은 새 아씨 젖가슴 둘러매듯 꽃망울을 칭칭 감아 맨 채 움츠리고 있다. 남쪽 하늘아래 산골마을에서 살던 어린 시절, 봄이면 보던 풍경이다. 그 풍경을 떠올려 잠시 착각에 빠졌다. 행복한 착각이었다.

사람들은 착각 속에 묻어 산다. 쉬운 것을 어렵게, 어려운 것을 쉽게, 또 행복을 불행으로, 불행을 행복으로 착각을 하며 산다. 그 순간순간이 지난 뒤에야 아! 하고 깨우치듯 알게 된다.

"생각은 행위다. 더구나 이 세상에 어필할 수 있는 가장 성과 높은 행위다." 라고 프랑스 소설가 〈졸라〉가 말했듯이 생각 그 자체가 곧 행위로 나타났다. 그래서 생각이 착각에 빠져서는 안 된다.

누구나 착각이라는 모순에서 벗어나야 한다. 그러기 위해서는 생각을 바꿔야 한다. 생각을 바꾸면 그 모순에서 탈피할 수 있다. 중요한 것은 착각을, 그 착각을 믿고 집착하다 보면 그것이 현실로 돼 버린다. 그래서 착각을 해서는 안 된다.

요즘 정치권에서는 각종 중요정책을 놓고 찬반토론을 한다. 그 때마다 혈투나 다름없는 다툼이 벌어진다. 때로는 쉽게 결론을 내지 못하고 몇 년을 두고 수 없이 설전을 한다. 그땐 국력이 낭비되고 지역 간, 주민 간, 분열과 갈등이 심화된다. 설전의 결과에 따라서는 국가와 국민에게 커다란 손익을 가져다준다. 물론 논란은 발전의 더 좋은 결과를 얻기 위한 근간이 되기도 하지만 지나쳐서는 오히려 모순이라는 함정에 매몰된다.

다툼이 자신이나 계파의 정치적 입지 때문이 아니기를 바란다. 자신의 정치적 입지 때문이라면 참으로 불행한 일이다. 만에 하나 특정정당이나 계파, 특정정치인의 이익을 위해서 억지 논리 또는 다수의 횡포나 또 다른 형태로 그르쳐서는 안 된다. 착각 때문에 국가나 국민이 당하는 피해가 있다면 그에 대한 책임을 져야한다. 그것이 책임 있는 정치인의 태도다. 결과를 두고 나 몰라라 해서는 안 된다. 아니면 말고 그런 생각이어서는 더욱더 안 된다. 이제는 국민들도 그런 정치인을 바라지도 용서하지도 않는다.

　문제는 상대주장을 이해하려하지 않고 설득력 없는 이유로 자기주장만 내세우는 아집이다. 자신의 주장에 동의하지 않으면 상대를 비방하고 불평만 일삼는다. 더 나아가 별의별 이유로 상대를 자극한다. 최선의 결과를 이끌어내기 위한 논의를 하는 것이 아니라 논의석상에서 자기주장만을 지나치게 하는 태도다. 그런 자세가 문제다. 남의 의견을 듣고, 옳고 그름을 논의하겠다는 자세보다는 자신의 의견에 동의해주기만을 바라는 편협 된 생각으로 토론에 임하는 자세가 잘 못 됐다. 그런 태도를 보고 있는 국민들은 몹시 식상해한다. 그것을 알지 못하고 다툼만을 일삼는 자들의 모습이 참으로 안타깝다. 국민들의 마음이 어디에 있는지, 국민들의 마음을 헤아릴 줄 아는 혜안을 갖은 그런 사람이 필요하다. 왜 그것을 모르고 착각이라는 함정에 갇혀있는지 참으로 안타깝다.

공정 평등 그리고 능력

　현대인들은 공정한 사회, 평등한 사회 구현을 지상 최대 목표로 생각하고 불공정, 불평등에 대한 시비를 빼놓지 않는다. 반면 능력을 무시한 채 보다 나은 것만을 탐낸다.

　어떻게 해야 공정한 것인지 무엇이 평등인지 생각해 볼 필요가 있다. 자신의 능력 또한 냉정하게 판단해 볼 필요가 있다.

　공정이란 공평하고 올바른 것이다. 여기서 공평이란 어느 한쪽에 치우치지 않고 옳고 바른 것을 공정이라고 한다.

　평등이란 치우침 없는, 모두가 차별 없는 동등한 것을 말한다. 결국 공정도 평등도 한쪽에 치우치지 않고 차별 없는 동등한 것을 의미한다.

　여기서 문제는 평등에 대한, 공정에 대한 개념을 어떻게 이해하느냐에 따라서 차이가 있다. 즉 능력에 따라 차별화된 사회가 진정으로 공정하고도 평등한 사회다. 라는 측면과 능력을 무시하고 모두가 똑같은 조건에서 사는 것 그렇게 사는 사회를 평등하고 공정하다고 생각하는 측면이다. 그런데 문제는 후자라는데 있다. 게으르면서 능력이 없는 사람이나, 능력이 탁월하고 부지런하게 열심히 사는 사람이나 똑같이 하나면 하나, 열이면 열을 가져야 공평하고 평등한 것으로 보는 것이 문제다.

공평이란 능력에 맞게 사는 것, 능력 있는 사람은 보다 좋은 환경에서 교육도 의료혜택도 받고 보다 윤택하고 보다 행복하게 살 수 있어야 하고, 능력이 없는 사람은 자신의 능력만큼 사는 것, 그것이 진정으로 평등한 사회고 공정한 사회다.

그런데 정부 정책에도 공정과 불공정, 불평등과 평등 사이에 상당한 괴리가 있는 것으로 보이는 경우가 있다. 특히 교육정책에서 사교육 문제를 놓고 지나친 통제는 평등을 무시한 불평등을, 공정하지 못한 불공정을 지향하고 있는 것으로 비춰진다.

평등과 공정은 인권과 공권력차원에서 만큼은 반드시 차별화 돼서는 안 된다. 돈이 많거나 권력이 있다고, 돈이 많은 것만큼 권력이 있는 것만큼, 투표권을 행사하게 한다거나 그들만을 위한 특수교육을 받도록 한다 던지 하는 특혜를 줘서는 안 된다.

또 재산을 많이 가졌다고 해서, 권력을 가졌다고 해서 죄를 짓고도 처벌을 받지 않는다던지 그래서는 안 된다. 그것이 공정하고 평등한 것은 아니다. 죄를 지은 자는 누구나 똑같이 죄에 적절한 벌을 받아야 한다. 재물이나 권력을 가진 자나 가지지 못한 자나 똑 같이 투표권을 행사하는 것이 공정하고 평등하다.

공정이나 평등에 대한 개념도 2세들의 교육 등 특별한 경우는 인권이나 공권력에 대한 개념과는 달리 능력에 맡겨 둘 필요가 있다. 그런 사회가 바람직한 사회, 인간들이 갈구하는 사회, 지향되어야 할 사회라 보여 진다.

능력을 무시한 공정과 평등은 결과적으로 무능력자에게 적합한 것으로 능력이 있는 자에게는 불평등, 불공정이다.

능력이 무시 된 평등, 능력이 무시 된 공정한 사회는 발전할 수 없다. 사회발전은 능력에 의한 차별이 인정되고 그 차별을 존중하고 우대했을 때 더욱 발전한다. 차별이 인정 됐을 때 삶에 의욕을 가지고 열심히 산다.

민주화 된 사회, 역동성이 있는 사회일수록 능력을 중시하고 그런 사회가 더욱 발전한다. 능력을 무시한 사회가 돼서는 안 된다.

거문도와 영국군 병사

거문도와 영국군 병사

넓은 바다를 바라보고 육지선창을 떠났다. 잔잔한 물살을 가르며 크고 작은 섬들 사이를 미끄러지듯 스쳐지나갔다. 배 꽁무니를 따라 바다 위 하늘을 나는 갈매기들의 환송을 받으며 배는 달리고 있었다.

구름 사이로 내리쬐는 햇살은 이마를 따끔 거리게 했다. 유난히도 강한 햇볕은 갑판甲板에 서있는 사람들을 힘들게 했다.

갑판 위에서는 멀리 섬사람들의 사는 모습도 볼 수 있었다. 밭을 매다말고 가끔 손을 흔들어 주는 여인들도 있었다. 옹기종기 모여 고기잡이 하는 배들도 보였다.

넓고도 깊은 바다 그 속에 검푸른 물 그것만 보였다. 가끔 밀려가는 해초덩이도 있고 쓰레기도 둥둥 떠갔다. 그런 바다 위를 두 시간도 넘게 달려갔다. 가까이 다가오는 섬이 있다. 그 섬이 거문도다. 더 멀리 아슬아슬하게 병풍처럼 우뚝 서있는 섬들이 백도고, 거문도 백도라 해서 검고 흰 섬인가 싶어 유심히 들어다보았으나 다른 섬들과 다를 바가 없었다.

거문도는 고흥반도에서 태평양을 향해 약 40Km 떨어진 곳으로 일본과 제주도의 중간에 있으며 고도古島, 동도, 서도 세 개 섬으로 이루어져 있다. 그중 고도만을 거문도라고 했다. 주변에 소삼부도와 대삼부도도 있다. 거문도는 대한해협의 관문으로 한일양국간의 해상통로 이기도 하지만 러시아 동양함대의 길목이기도 했다. 그런 지리적 조건 때문에 주변국들로부터 침략의 대상으로써 수난의 역사를 지닌 땅이다. 풍운의 섬이다.

왜 거문도 백도라고 했을까 궁금해서 그 사연을 주민들에게 들어보았다. 그러나 정확하게 알고 대답해주는 사람이 없었다. 수 대를 이어 살아왔다는 한 노파는 이렇게 말했다. 영국군이나 러시아군이 들어왔을 때 귤은이라는 한 선비의 해박한 식견에 감탄해 클 거巨 글 문文자를 써 거문도라 했다. 고 말했다. 거문도에 대한 또 다른 이름으로는 1885년 영국군이 러시아의 조선 진출을 견제하기위해 거문도를 불법으로 점령했을 당시 영국이 거문도의 발견자 이름을 붙여 해밀턴항이라고 부르기도 했다. 이외에도 삼도니 삼산도니 거마도라고도 했다.

또 거문도에서 28Km쯤 떨어져 수많은 세월동안 해식으로 인해 절벽이나 급경사로 깎아지른 듯이 된 매바위, 서방바위, 궁전바위, 석불바위 등 39개의 바위산으로 군도를 이룬 백도는 섬 전체가 온통 하얗게 보인다 해서 백도라고 했다. 백도에 대한 또 다른 말로는 일백 개에서 하나가 모자라 아흔아홉 개의 섬이 군도를 이루고 있다는 데서 백百에서 하나를 빼니 백白도라고 했다는 것이다.

거문도에는 망향산, 음달산, 수월산이 있다. 산에는 동백나무 숲으로 사시사철 푸르다. 그중 음달산에는 길이가 2Km나 되는 동백나무 터널이 있다. 그곳에 2월 하순 꽃이 피면 붉은 동백꽃으로 장식한 터널이 장관을 이룬다.

고도에서 방파제 길을 따라 서도에 이르면 음달산이 있고 수월산이 있다. 수월산의 비탈길을 따라 걷다보면 백도가 바라다 보이는 곳에 다도해의 뱃길을 비춰주는 등대가 있다.

등대를 뒤로하고 음달산 서쪽 능선에 이르면 용연龍蓮이 있다. 용연의 둘레가 무려 80여m에 이른다. 이 연못에 실타래를 풀어 넣으면 제주도 한라산에 있는 백록담으로 나온다고 했다. 지나치게 과장된 이야기이기는 하지만 그만큼 깊은 연못이 있다. 또 그곳에서 볼수 있는 일몰은 장관이다.

떨어지는 해를 품은 바다는 새아씨 볼처럼 붉게 물들고 타오르는 불길과도 같다. 해가 뜨고 지는 것을 어디서나 어느 때나 볼 수 있지만 넓은 바다 멀리 수평선 너머로 지는 해는 그곳이 아니면 보기 쉽지 않은 광경이다. 그 광경을 보고 있노라면 눈길도 발길도 떨어지지 않는다. 어둠이 깔리는 순간까지 그곳에 머문다. 그런 아름다운 거문도가 한때 일본과 청나라며 러시아 등 주변국과 저 멀리 구미열강들까지 조선에 대한 지배권을 놓고 각축장이 됐다.

1885년 영국이 거문도에 상륙 군함10여 척에 800여 명의 군인을 1887년 초까지 주둔 포대와 병영을 구축 수뢰를 설치 섬 전체를 요새화 했다. 동도와 고도를 연결하는 제방도 쌓았다. 영국이 거문도를 점령하자 러시아가 조선을 침투하려고 했었던 것에 제동이 걸렸다. 또 청나라는 내정간섭을 강화했다.

거문도를 놓고 청나라, 러시아, 일본, 영국 등 열강들이 패권싸움을 했다. 그런데도 당사자인 조선은 무슨 일이 일어나고 있는지 마저도 모르고 강 건너 불구경하듯이 했다. 결국 청나라, 러시아, 영국 3개국이 상호교섭에 나섰고 그로인해 영국이 거문도를 무단 점령한 것이 아니라 일 년에 5천 파운드의 임대료를 주고 임차 사용한 것으로 협의 주변국들의 반발을 없앴다.

그런 와중에도 조정에서는 당파싸움만을 일삼았다. 국민들은 생활고에 시달리고 국력은 날로 쇠약해졌다. 이것이 개인이나 국가나 약자가 겪어야 하는 서러움이다.

국력이 약한 조선이 겪었던 서러움의 현장을 거문도에 가면 볼 수 있다. 거문도 사람들은 외세의 핍박 속에 힘들게 살아온 우리민족의 아픔을 깊이 간직하고 있다.

나는 거문도를 관광하고 있는 동안 마냥 즐거웠다. 오염되지 않은 대기와 물이 좋았다. 상쾌한 공기는 가슴을 설레게 했다. 비록 바닷물이었지만 검푸른 물은 맑고 깨끗해서 좋았다. 동백꽃 나무의 푸름도 마음을 시원스럽게 해줬다. 섬과 섬을 오가는 징검다리 같은 바위를 뛰어 밟는 기분도 그만이었다. 그런데 미양봉 아래 영국군 병사의 묘비를 보는 순간 기분이 언짢아졌다. 약소국의 서글픔 그 현장을 보는 것 같아서……

미양봉 아래 아담하게 자리 잡은 마을 사이로 오솔길이 있다. 그 길을 따라 오르다 보면 미양봉 기슭 비탈에 영국군 병사 묘 2기가 있다. 우리에게는 고통스럽고 부끄러웠던 역사를 상징하고 있는 현장이다. 약소국의 서러움이 묻은 역사의 흔적이 그 곳에 남아 있다. 선명한 묘비는 우리나라를 비웃기라도 하는 것 같아 안타까운 생각이 들었다.

전쟁을 하다 전쟁터에서 죽은 병사의 시신을 국가 간에 서로 정중하게 예의를 갖춰 인도인수하는 데 협조하도록 국제법으로 돼 있다. 그것은 예나 지금이나 같다. 인도주의차원에서 지켜지고 있다.

영국과 우리나라는 오래 전부터 수교를 하여 돈독한 외교관계를 맺고 있다. 그런데 왜 영국은 이국 멀리 대한민국 반도 끝 그것도 외딴섬 거문도에 외롭게 병사의 시신을 두고 있는지 영국정부의 속내를 알 수 없어 그 이유가 궁금했다.

영국정부가 특별한 목적을 가지고 무엇인가를 견양하고 의도된 행동 같아서 기분이 좋지 않았다. 한때 거문도를 점령해 짧지 않은 기간 동안 통치했었던 흔적으로써 남겨두고 있는 것이 아닌가? 그런 생각이 들어서 불쾌함까지도 들었다. 속된 말로 '찜' 해두고 있는 것 아닌가 싶었다.

우리나라가 세계를 지배하는 강대국이라면, 영국이 국제사회에서 우리나라 눈치를 살펴야 하는 처지라면, 그래도 그 병사들의 묘를 그곳에 두고 있을까 하는 생각도 해 보았다.

나는 약소국의 서러움 같은 것을 느꼈다. 잘 사는 나라, 어느 국가도 넘보지 못하는 강한나라가 되었으면 하는 바람도 가져보았다.

육지에서 아무리 멀리 떨어져 있는 섬이라 하더라도 주변의 강대국이 감히 넘보지 못하는 나라가 됐으면 했다.

독도를 놔두고 일본이 하는 짓 같은 그런 일이 없도록 우리는 강해져야 한다. 그러기 위해서는 쓸데없는 일에 국력을 낭비해서는 안 된다.

우리나라의 주변에는 경제적 대국인 일본이 또 지구상에서 어느 나라보다도 많은 인구를 가진 중국이라는 초강대국이 있는가 하면 잠든 사자가 코털이라도 건드리면 으르렁거리듯이 항상 우리를 넘보고 있는 러시아가 있다.

더 멀리는 미국이나 유럽의 강대국들이 관심을 버리지 않고 우리를 주시하고 있다.

또 38선이라는 휴전선을 사이에 두고 공산주의 최후 보류인 북한이 호시탐탐 우리를 노리고 있다.

이런 제반의 것들을 생각하면 딴눈 팔 수가 없다. 국민 모두는 정신 바짝 차리고 눈을 똑바로 뜨고 살아야 한다. 특히 정치권 사람들은 국력을 소모하는 행동 같은 행태에서 벗어나야 한다.

개미

아침이다. 빠른 걸음으로 전철역을 향해 걷고 있었다. 신호등의 빨간불이 잠깐 발걸음을 붙잡아 세웠다. 길바닥을 무심코 내려다보았다.

차가 쉴 새 없이 오가는 대로변 인도에 개미 몇 마리가 줄을 지어 어디론가 가고 있었다.

그래 너희들도 일터에 나가느라 아침 일찍부터 길거리로 나온 건 아닐 게고, 나처럼 전철을 타러 가는 것은 더더욱 아닐 테고 그런데도 위험한 찻길에 아침 일찍 나온 것이 바쁜 일이 있긴 있었는가 본데, 아무리 그렇다 하더라도 찻길을 조심해야한다.

너는 걱정 없다 할런지 모르지만 나는 네가 잘 못해서 찻길로 나가 차에 치이거나 인도에서 사람들의 발길에 치어 죽을까 걱정이 된다.

개미 너 내 심정 알겠니.

이것은 철없는 젊은이들을 보는 어른들의 심정이란다.

나그네

나는 가야한다. 어디로 그 곳으로, 그곳이 어딘데, 모른다. 그러면서 가야한다고, 그래도 나는 가야한다. 인간들의 삶이 다 그렇다. 가는 길을 멈추면 그날은 죽는 날이다. 생명이 끊기고 한 줌의 흙으로 돌아가는 날이다. 이름 세 자 남겨놓고 형체는 부서져 버린다. 그 길을 향해 가야한다.

사람들은 멍청하다. 얼마나? 모른다. 그래서 한 없이 멍청하다는 것 아닌가. 자신이 어디로 어떻게 흘러가는 것도 모르면서 화려한 미래를 꿈꾸며 그렇게 살고 있으니 말이다. 사는 것도 그냥 사는 것이 아니다. 남들을 음해 중상모략, 찍고 박고, 죽이고 빼앗고, 아옹다옹 싸우며, 온갖 못된 짓 다하며 사는 것 그것이 인간들의 모습이다.

보아라! 멍청한 인간을 그 멍청한 인간은 이렇다. 새해가 되면 한 해 동안 할 일을 계획하고 10년 20년 아니 평생 어떻게 살겠다고 계획을 세워 본다. 때론 세웠던 목표를 달성했다고 희희낙락 한다.

그러나 그 누구도 계획한 목표를 이룬 사람은 없다. 목표를 향해 나아가는 과정을 두고 이루었다고 생각한다. 그 과정을 결과로 보고 이루었다고 생각하면 그것은 착각이다. 결국 인간은 그 누구도 꿈을 이루지 못하고 뜻을 꺾고 만다.

인생은 흐르는 물위에 떠 있는 나뭇잎과 같다. 그 나뭇잎이 물길 따라 어디론가 떠내려가듯 인간도 보이지 않는 길을 따라가고 있다.

철로 같은 길을 따라 끝을 향해 쉬지 않고 달리고 있다. 그런 사람은 그나마 순탄한 사람이다.

또 물 위의 나뭇잎처럼 바위에 부딪치기도 하고 폭풍우에 휩쓸려 가기도 한다. 그런 사람은 살맛나지 않는 사람이다.

어쨌든 인간들은 어디론가 가고 있다. 자신이 목표를 정해 가겠다고 하여 가는 것이 아니라도 그냥 흘러가는 세월 따라 나뭇잎이 물 위에 떠내려가듯 간다.

때로는 폭우가 몰고 간 뒤의 풀잎처럼, 때로는 흐르는 듯 멈춰있는 듯 넓은 강 잔잔한 물 위에 떠 있는 나뭇잎처럼 인생살이가 그렇다. 그런 인간들이 나그네가 아니고 무엇이겠느냐. 그래서 어느 철학자가 '인생은 나그네' 라고 했다.

나그네 인생 마냥 즐거울 수만도, 그렇다고 괴로울 수만도 없다. 즐겁다가도 괴로울 수도, 괴롭다가도 즐거울 수도 희비가 상존하는 그런 가운데 삶은 지속된다.

어젯밤 잠자리에 들면서 내일은 뭘 해야지, 종일 할 일과 갈 곳을 차근차근 생각해 둔다.

동이 뜨고 잠자리에서 일어나는 순간 친구의 갑작스러운 소식에 밤새 세우고 계획했던 일들은 오간데 없이 친구에게 달려간다. 이렇게 예상 못했던 일들이 순간순간 벌어진다. 인생이 바로 그런 것이다. 그것이 나그네가 아니고 뭐겠는가?

누가 인생은 나그네라 했던가? 또 나그네 인생 어떻게 살라했던 가? 사는 것 각자 알아서 살아야한다. 그렇지만 후회 없는 삶이 돼 야한다.

산의 찬미

산엔 숲이 있다.

숲속에는 산새들이 지저귀고 파드득거린다. 산새들의 지저귐이 무슨 소리이고 파드득하는 행동이 왜 인줄 모르지만 그들은 쉴 새 없이 그런다. 그들끼린 무엇인가 주고받는 이야기고 의미 있는 행동이겠지만 사람들은 모른다. 아무튼 산은 그런 곳이다. 나는 그런 산을 좋아한다. 그래서 산을 찾고 등산을 한다.

고등학교 때다. 그 당시 나이 열아홉 살이었다. 따갑게 내리쬐는 햇살을 가르며 제주시내에 있는 관덕정에서 한라산을 향해 출발했다. 관음사를 지나 무려 열두 시간을 걸어 늦은 밤에 도착한 곳이 한라산 정상에 있는 백록담이었다.

잔잔한 물속에 있는 둥근 달덩이가 몸을 적시고 더위를 쫓으며 한가롭게 총총히 떠 있는 별들과 놀고 있었다. 곱고 부드러운 여인의 속살처럼 매끄러운 물 위를 바람이 스쳐 지나가면 별들은 깜박인다. 깜박이는 별들의 노래에 맞춰 달덩이는 덩실덩실 어깨춤을 구성지게 춘다.

백록담의 장엄한 오페라 연주에 매혹 돼 날 샌 줄 몰랐다. 동이 트는 순간 그들은 또 다른 무대를 찾아 떠나버렸다.

그날 이후 산을 즐겨 찾았다. 백록담을 품은 한라산만한 그런 산은 없었지만 그래도 새소리, 물소리, 벌레 소리가 좋고 바람이 살 끝을 스쳐지나가는 시원함이 좋아 산을 즐겨 찾았다. 시간이 있을 때마다 기회가 있을 때마다 산을 찾아 올랐다. 정상에 발끝이 닿으면 흔적을 뒤로한 채 내려오고를 반복하며 살았다. 반백 년을 훌쩍 넘긴 지금도 산을 찾아 떠나고 여행을 즐긴다.

산은 마음을 편하게 해준다. 마음을 포근하게 해준다. 정신을 맑게 기분을 상쾌하게 해준다. 그런 산을 오르고 내릴 때면 자연 속에 묻혀버린다. 자연의 소중함도 느껴진다.

산을 오르고 내리다 보면 등산로를 삶의 터전으로 하고 있는 가냘픈 나무들의 안타까운 모습도 눈에 띈다. 사람들의 발길에 밟히고 손끝에 닳아 상처투성이가 된 뿌리와 줄기를 볼 땐 어쩌다 이런 곳에 뿌리를 뻗어 저렇게 되었나? 씁쓸한 생각도 든다. 줄기는 물론 가지까지도 사람들의 손에 닳고 닳아 껍질이 벗겨져 번들번들하게 된 나무를 보면서 그래도 저 나무는 비록 이런 곳에 있지만 산을 오르내리다 지친 사람들에게 손을 잡아주고 몸을 지탱해주며 넘어지지 않도록 도와주고 있는 모습이 좋았다.

그 나무들은 등산객들을 돕다 껍질이 벗겨지고 뿌리가 잘려나가 저 꼴이 돼도 마다하지 않고 그곳에 꿋꿋이 머물며 자기 모습 그대로 끝까지 봉사를 하는 그 자세가 좋았다.

그것을 보면서 사기詐欺 등 못된 짓이나 하는 사람들을 떠 올렸다. 사람의 몸속에 붙어 영양분이나 갈취하며 사는 기생충을 떠 올렸다. 나무에 붙어 진액을 빨아먹으며 사는 겨우살이를 생각했다. 소牛궁둥이에 붙어 피를 빨아먹고 사는 진드기를 떠 올렸다. 그래 세상에는 그런 것들도 많이 있는데 저 나무는 좋은 일을, 자신의 몸이 부서져도 인간들을 위해 희생을 하는 그런 나무가 숲을 이룬 산이 좋았다.

사람으로 치자면 좋은 일 하는 착한 사람, 남을 배려하고 희생과 봉사정신이 강한 사람 같은 그런 나무로 숲을 이룬 산이 좋다.

숲을 이룬 나무가, 찍찍 지저귀는 산새들이, 산골짜기 졸졸 흐르는 물이, 나무 사이사이를 스쳐 지나며 내는 바람소리가 한데 어우러진 자연이 좋다. 그것이 자연환경이다. 또 환경에 순응하는 자연의 모습이다. 산만이 가질 수 있는 독특한 매력이다. 그런 자연은 인간의 스승이다. 인간에게 희생과 봉사에 대한 가르침도 잊지 않는다. 그래서 나는 산을 좋아한다.

문화유산으로 남을 초가

40여 년 전 까지만 해도 우리 농촌은 가을걷이를 끝내고 추운 겨울이 오기 전에 서둘러 하는 일이 이엉이었다. 사람들은 겨울나기를 위해 곡식을 곡간에 쌓아두고, 뒤뜰엔 땔감을 준비하고, 낡은 초가지붕을 걷어내고 새 볏짚으로 덮었다.

초가집 처마 끝에 매달린 고드름을 보고 노래도 부르고 또 따 먹기도 했었다. 그런 고드름이 여름철 배속을 시원하게 해 주는 얼음과자, 아이스케이크 더 나아가 아이스크림의 조상이 됐다.

'고드름 고드름 수정고드름
고드름 따다가 입에 물고서'

라는 노래를 부르고 뛰어 놀았다. 그토록 어린이들에게 추억을 만들어 주었던 초가집, 그 초가집이 없어져 버렸다.

이젠 30대 이후 도시 사는 사람, 또는 20대 이후 농어촌 사는 사람에게 초가집은 전설에 나오는 이야기처럼 됐다.

그 추억의 초가집은 이제 민속촌에 가야 볼 수 있게 됐다. 우리 조상들의 고귀한 주거공간으로 역사적 유물이 됐다. 현대건축, 현대주거시설에 비해 불편함을 간직한 초가집 그 집을 그래도 그리워하는 세대가 있다. 귀소 본능적 인간심리의 작용 또는 옛것을 그리워하는 인간 본능의 소산所産이겠지만 아무튼 나는 그 집을 못 잊어한다.

어렸을 적 있었던 일이다.

엄동의 끝자락 봄의 전령사가 아지랑이를 타고 옷 속으로 슬며시 스며들 때쯤 먹을 것이 떨어져 허기져 했다. 나물을 캐러 남녀노소 대바구니 옆구리에 끼고 들로 산으로 나섰다.

참새도 잡아 구워 먹고, 풀뿌리도 캐먹었다. 소나무껍질도 벗겨먹었다. 칡뿌리도 캐먹었다.

그 땐 참새들이 처마 끝 두툼한 이엉에 집을 짓고 살았다. 봄이면 암컷이 알을 낳았다. 몇날 며칠을 기다려 암컷이 품은 알에서 새끼가 태어났다. 그러나 누런 구렁이가 알을 품은 참새를 덮친다. 구렁이도 그렇게 허기진 배를 채웠다.

해가 지고 어둠이 들었다. 참새를 잡아 구워 먹기 위해 몇몇 친구들과 함께 처마 밑 새집에 전등을 비추고 손을 넣었다. 싸늘한 기운이 손끝에 닿았다. 참새려니 하고 깊숙이 손을 집어넣었다. 순간 기다란 꼬리가 손을 휘어 감았다. 재빨리 손을 빼려는데 커다란 구렁이가 어슬렁어슬렁 기어 나왔다. 그것을 보고 뒤로 벌렁 넘어지면서 사다리에서 떨어졌다. 높지 않아서 다행히 다치지는 않았다. 땅에 떨어지면서 엉덩이만 찍었다.

그 땐 얼마나 놀랐었는지 손이 떨리고 가슴이 콩당콩당 했다. 조금 과장하면 한 달포쯤 그랬던 것 같다. 지금 생각해도 소름이 끼친다.

그러나 추억으로 남아 있다. 영원히 지울 수 없는 추억으로.

초가집은 언제나 내게 그때 그 순간을 떠 올리게 했다. 초가집이 있는 그림만 보아도 구렁이와 참새가 떠오르고 허기가 진다.

비릿한 풀 냄새, 시냇가에 나가 물장구치며 송사리 잡아 풋 호박 썰어 넣고 지지고 볶아 동네 사람들 입맛 돋우는 구수한 냄새, 소나무껍질에서 풍기는 송진 냄새, 끈적거리는 손바닥이 연상됐다. 그런 것들은 내게 특별한 추억이 됐다.

그로부터 불과 40여 년이 지난 뒤 태어난 젊은 세대들, 그들은 컴퓨터 앞에 앉아 게임을 하며 즐긴다. 그들은 3D, 안드레이 폰, 아이팩트니 하는 것과 생활을 같이 한다. 그들은 초가집의 추억 같은 건 모른다. 모르는 것이 당연하다. 그러나 그들 세대에게도 40년이나 50년 후에는 또 다른 세계가 올 것이다. 그들 또한 초가집 추억 세대나 별로 다르지 않을 것이다.

세상은 변한다. 쉴 새 없이 그것도 초 스피드하게 변한다. 그 변화를 아무도 못 막는다. 머지않은 훗날 땅이 아닌 곳 두둥실 떠 있는 구름 위에 빌딩을 짓고, 구름 위에 그림 같은 집을 짓고 우주공간에서 생활하는 시대가, 세대가 분명 있을 것이다. 그 땐 땅위에 초가집이 아닌 빌딩을 짓고, 화려한 양옥집을 짓고 살았다는 세대들에게도 한편의 연극과 같이, 영화의 한 장면과 같이 추억으로 남을 것이다.

세월에 묻혀 흘러 가버린 인생

'세월은 유수流水와 같다' 라는 말이 있다. 인간의 삶 또한 세월에 묻혀 흘러간다. 그런 세월 잡을 수도 없다.

해가 뜨고 지듯 인생 또한 태어나면 죽는 건 필연이다.

사람은 태어난 순간부터 죽음을 향해 달려가고 있다. 죽을힘을 쏟아 달리고 있다. 달리다 지쳐 더 이상 갈 수 없어 멈추면 그만이다. 멈추지 않는 한 달려야 한다. 목적지가 어디인지 알 수 없는 곳을 향해 잠시도 멈추지 않고 가야 한다. 가야만 하는 이유도 알지 못하면서 무조건 가야한다. 그것이 인생이요 삶이다. 얼마쯤 가야 더 이상 갈 곳이 없어 멈추게 될 것인지 그것도 모른 채 인간들은 앞만 보며 가야한다.

그래서 오늘도 아침이면 사람들은 무거운 몸을 끌고 재물(돈)을 향해 집을 나선다. 물론 무거운 몸으로 집을 나서는 일이 먹고 살기 위해서만도 아니다. 입을 옷을 사기위해서도 아니다. 편히 쉬고 잠자기 위해서도 아니다. 그런 것들이라면 노숙자들처럼 살면 된다. 그러나 사람답게 살기 위해서는 안할 수도 없다. 그래서 한다. 그리고 세월에 묻혀 살아가야 하기 때문에 무거운 몸을 끌고 일터를 향해 갈 뿐이다.

사람마다 자기 인생에 대한 종착역이 어디인지 모른다. 그래서 그 종착역에 다다를 때까지 열심히 일하며 산다. 아침마다 바둥댄다. 생명이 있고 숨을 쉬고 있는 한 바둥대야한다.

하지만 아무리 세월에 묻혀 흘러가버릴 인생이라 하더라도 뚜렷한 목표가 있어야 한다. 실천할 의지가 있어야 한다. 멈출 줄 모르는 투지와 인내가 있어야 한다. 어차피 인생은 살아있는 한 무無에서 유有를 창조하는 개척자가 되어야 한다. 개척자일 수밖에 없다. 개척이라는 틀을 한 순간도 벗어날 수 없다. 그래서 목표가 필요하다. 뚜렷한 목표가 있어야 한다. 개척을 하기위한 목표가 있어야 한다.

그런 인간의 목표 중에는 권력을 삶의 목표로 하고 있는 사람이 있는가 하면 단순한 개인적 쾌락을 삶의 목표로 하는 자도 있다. 또 권력과 쾌락 둘 모두를 목표로 하는 자도 있다.

프랑스의 루이 14세가 그런 사람이다. 루이 14세는 권력도 쾌락도 모두를 한 몸에 지니고 삶을 마음껏 즐겼다.

루이 14세는 여섯 살에 왕위에 올라 72년 동안 프랑스를 다스렸다. 재임기간 중 31년간 영토 확장을 위해 인접국가와 전쟁을 했다. 그는 로마 가톨릭 추기경인 마자랭의 도움을 받아 절대군주제를 성립시켰다.

그는 파리 교외에 새로운 궁전을 지어 왕궁과 정부를 옮겼다. 새로 지은 왕궁이 베르사유궁전이다. 베르사유궁전에는 프랑스의 왕족은 물론 대 귀족들 전부가 이주 화려한 생활을 했다.

루이 14세는 사냥을 좋아하고 기마경기를 즐겼다. 또 트럼프와 당구 그리고 가무를 즐겼다. 연극을 좋아했다. 향락에 빠져 나날을 보내기도 했다. 화려한 궁중생활은 유럽의 새로운 문화를 꽃피게 했다. 권력과 쾌락을 거머쥔 루이 14세를 태양왕이라고도 불렀다. 태양왕이라고 불려진 루이14세는 두려움을 모르고 쉴 새 없이 주변국들과 전쟁을 일삼았다. 국토를 넓혔다. 그러나 지속된 전쟁 때문에 국고가 바닥나고 국민들은 많은 세금에 시달려 인심이 흉흉해지고 거리에는 거지가 들끓고 굶어죽거나 전염병으로 죽어간 시체가 여기저기에 나뒹굴었다.

결국 루이 14세는 절대 권력을 휘두르며 전쟁을 일삼다 국가 경제가 흔들려 국민들의 원성이 높아지자 손자인 루이15세에게 76세의 나이로 왕권을 넘겼다. 그는 루이 15세에게 '너는 이웃나라와 싸우지 말고 평화를 유지하도록 힘써라, 이점에서 내가 밟은 길을 따르지 말라, 국민들의 고통을 덜어주는 정치를 해라, 불행하게도 내가 행하지 못한 모든 일을 해 주기 바란다.' 라는 말을 남겼다. 그리고 그는 죽었다. 왕의 죽음을 전해들은 프랑스 국민들은 조금도 슬퍼하지 않았다. 오히려 기뻐했다.

여기서 우리는 무엇인가 생각해 보지 않을 수가 없다. 루이 14세의 죽음에 프랑스 국민들이 슬퍼하지 않고 기뻐했다는 것을 보고 인간이 어떻게 살아야 하는지, 참된 삶이 무엇인지 생각해 볼 필요가 있다.

이 세상에는 루이 14세와 같이 권력과 재물을 탐내 그 재물과 권력으로 쾌락만을 일삼는 사람이 있는가 하면 에스키모인과 같이 순록, 물고기, 바다표범, 바다코끼리 등 어로, 수렵을 하여 식량으로 하고 집은 목재나 고래 뼈로 틀을 짠 뒤 돌이나 뗏장으로 덮은 반 지하에서 대가족이 생활하며 세월에 묻혀 사는 사람들도 있다.

에스키모인 그들은 욕심도 허세도 부리지 않고 아옹다옹 다투지도 않는다. 이웃의 부부 또는 친구의 부부와도 서로 부인을, 남편을 바꿔 잠자리도 하며 살아 온 수천 년 세월이 흘렀어도 크게 변하지 않고 예나 지금이나 그것이 그것이다. 이렇듯 인간들의 삶이란 천태만상이다.

에스키모인은 평범한 생활에 행복을 느끼며 삶을 즐겼고 루이 14세는 전쟁을 즐기며 호화스러운 생활을 하다 말년에 국민들로부터 원성이 빗발쳐 불행한 삶을 마쳤다. 이렇듯 인간들의 삶에는 늘 좋은 일만 있는 것도 아니고 그렇다고 항상 궂은 일만 있는 것도 아니다.

세상을 살다보면 뼈아픈 일도, 즐겁고 행복한 때도 있다. 내게도 그런 일들이 거미줄처럼 얽혀 있다. 그것들 중 내 아버지가 겪었던 고통에 대한 이야기는 잊을 수가 없다.

어느 집 부모 할 것 없이 세상의 어버이들이란 큰 차이가 없지만 유독 내 아버지는 달랐다. 10여 년 전 이 세상을 떠나버리신 내 아버지는 가족의 생계를 위해, 가족들의 생명을 위해 헌신적인 생활을 하셨다.

내가 태어나기 전이거나 어릴 적 있었던 일이라서 기억이 희미하지만 크면서 철이 들 때쯤의 기억은 생생하다. 그러니까 아버지가 생존해 계시면 백 세쯤 되니까 우체국에 다니실 때는 30대 초반이셨을 것이다.

우체국은 집에서 13Km쯤 떨어져 있는 군 소재지에 있었다. 오솔길을 따라 산 고개를 넘고 들판을 가로질러 도랑을 건너 아침저녁 출퇴근을 하셨다. 비가 오고 눈이 내리는 날도 때로는 어둠이 짙게 깔려 앞이 보이지 않아도 그 먼 길을 걷거나 자전거를 타고 다니셨다. 낭떠러지로 굴러 떨어지는 일도 수없이 많았다고 하셨다. 한번은 늦은 밤 퇴근을 하다 자전거가 낭떠러지에서 굴러 허리를 다치셨다. 그때 다친 허리 때문에 우체국도 그만 두고 농사를 짓고 남의 자전거 수리도 해 주고 머리도 깎아주며 사셨다. 마치 고생하기 위해 세상에 태어난 사람처럼 사셨다. 그러다 6.25라는 한국동란을 맞이했다. 6.25전쟁은 민족의 비극이기도 하지만 우리 집안에는 혹독한 마귀였다.

아버지 형제 중에 동생 한 분이(내게는 숙부) 공산주의 신봉자였다. 공산주의에 빠져 밤 사람, 산 사람이 됐다. 6.25전쟁은 숙부에게 황금기였다. 전쟁이 끝나고 수복이 된 뒤 아버지는 죄 없이 공산당인 숙부 때문에 경찰서에 끌려가 매를 맞았다. 시도 때도 없이 끌려 다니며 매를 맞았다. 한번은 너무 많이 맞아 죽을 뻔 했다. 젊었을 적 우체국에 다닐 때 다쳤던 허리를 또 맞아 평생고생을 하셨다. 허리를 다쳐 직장을 잃고 병마와 싸워야했고 빨갱이 동생 때문에 감시와 핍박으로부터 가족을 지켜야 했다.

그런 아버지가 세상을 뜨신 뒤 자식들은 세월에 묻혀 뇌리에서 아버지라는 존재를 까마득히 잊고 산다. 인생이란 그런 것이겠지 포기하듯 살지만 그래도 생각하면 쓸쓸하다.

사람은 가끔 운명 같은 것에 매달려 포기도 한다. 아예 체념해 버리기도 한다. 그러나 인간의 삶은 물 흐르듯 흘러가게 돼 있다. 그런 삶, 그런 운명을 두고 안달복달, 안절부절, 아옹다옹, 살아야 하는가. 루이 14세가 손자 루이 15세에게 이웃과 싸우지 말고, 평화를 유지하고, 국민들의 고통을 덜어주는 정치를 하라고 당부했던 말을 음미해 보면 삶이란 어떻게 살아도 지나고 보면 별것 아니더라. 그래서 욕심을 버려라. 욕심을 버리면 싸울 일도 고통도 없는 평화로운 세상이 될 것이다 그래서 국민을 편하게 해 주는 정치를 하라고 했다. 결국 인간이란 세월에 묻혀 흘러가버리더라는 말로 귀결된다.

공해의 덫에 신음하는 벌

산들산들 부는 봄바람을 타고 방긋! 꽃잎 활짝 내미는 매화꽃 그
윽한 향기 좇아 늦잠에서 깨어난 왕벌의 채찍에 기지개를 펴고 부스
스한 얼굴로 일터를 찾아 나간 일벌들의 행렬이 이어졌습니다.

일터로 나가기 전 여왕벌이 일벌들을 모아놓고 일장 훈시를 했습
니다. 독극물에 오염된 꽃을 조심하라고 꽃가루를 채취할 욕심으로
꽃잎 속으로 함부로 들러붙지 말라고 신신당부를 했습니다. 일터로
나간 일벌들은 여왕벌이 말한 매화꽃을 찾아 산야를 헤맸습니다. 그
러나 좀처럼 꽃이 보이지를 않았습니다. 헤매고 또 헤매다 강변 가
로를 따라 피어 있는 매화꽃을 만났습니다.

터지지 않은 꽃망울 사이사이에 입을 떡 벌린 꽃송이가 잔잔한 웃
음을 머금고 손짓을 하고 있었습니다. 검붉은 꽃잎에 쌓여 노랑꽃술
이 옹기종기 모여 다정하게 식사를 하며 내리쬐는 아침햇살을 마음
껏 즐기고 있었습니다. 이 때다 싶어 우리 일벌들이 쳐들어가 점령
을 했습니다. 꽃가루를 입으로 빨아 머금고 발에 묻혔습니다. 작업
을 마치고 우리는 집으로 돌아갔습니다. 하루 내내 부지런히 가져온
꽃가루가 창고 가득 쌓였습니다.

몇날 며칠이 지나자 꽃들은 시들어 버렸습니다. 비가 촉촉이 뿌리고 대지는 푸른 옷으로 갈아입기 시작을 했습니다.

개울가엔 개나리가, 산비탈 양지바른 언덕엔 진달래가 봄의 전령으로 찾아오고 논에는 자운영이 꽃을 피우려고 몸부림을 치고 있었습니다.

우리들에게는 참으로 반가운 소식들이었습니다. 숨 가쁘게 일을 해야 하는 때가 왔기 때문입니다.

금년 봄은 유달리 봄 날씨가 좋고 꽃들도 활짝 피어 풍성하게 꽃가루를 보듬고 있었습니다. 몸은 고달파도 즐거웠습니다. 꽃가루를 나르느라 하루 해가 짧았습니다.

그런데 자운영 밭으로 일 나간 녀석들이 돌아오지를 않았습니다. 유채꽃 찾아 작업 나간 놈들이 친구들을 찾으러 자운영 밭으로 갔습니다. 자운영 밭 어디에도 친구들은 없었습니다. 자운영이 심어진 논두렁에 이름 모를 들꽃들이 활짝 피어 탐스러워 보였습니다. 그 꽃을 보고 혹시나 하고 그곳으로 갔습니다. 그랬더니 그 꽃들이 있는 사이 풀 섶에 친구들이 죽어 있었습니다. 그 친구들을 집으로 옮겨 장례를 치르려고 하는데 시체에서 농약냄새가 풍겼습니다. 자세히 살펴보니 농약에 오염된 꽃에서 화분을 채취하다 중독되어 죽은 것이 틀림없었습니다. 웬 농약인가 싶어 주변을 살폈더니 논두렁 넘어 못자리(묘판)에 뿌린 농약이 날아와 꽃잎과 꽃술에 들러붙어 있는 것을 모르고 친구들이 꽃가루 채취를 하다 중독되어 죽은 것이었습니다.

인간들의 이기주의가 우리 벌들의 삶을 곤경에 빠뜨렸습니다. 우리들이 지금 고통 받은 것은 그 뿐만이 아닙니다. 최근 몇 년 전부터는 우리 벌들의 주된 먹잇감인 밤나무나 아카시아나무를 하나씩 잘라 없애버리고 있습니다.

인간들 말에 의하면 산밤은 꽃이 피었을 때 약을 해 주지 않아서 밤 속에 벌레가 생겨 오랫동안 저장할 수가 없으며 나무가 굽고 괭이가 많을 뿐만 아니라 질이 거칠고 약해 용재로도 못쓰고 발열량 또한 적어 화목으로도 적합하지 않다고 합니다. 그래서 없애버리고 있다고 합니다. 또 6월이면 활짝 핀 하얀 꽃이 탐스럽고 화술이 많아 우리 벌들에게는 유채꽃 못지않게 풍성한 식량을 제공해 주는 아카시아나무가 있습니다. 그 아카시아나무도 요즘에 사람들이 마구 베어 없애버리는 바람에 일터도 식량도 없어져 버렸습니다.

아카시아나무는 뿌리를 옆으로 계속 뻗어 그곳에서 새 줄기가 나오고 또 뿌리를 뻗어 줄기를 나오게 하는 등 강한 생명력 때문에 다른 나무들이 견디지 못해 몇 년 지나다 보면 온 산이 아카시아나무로 뒤덮여버리고 가시 돋친 줄기며 가지 때문에 사람들 접근이 쉽지 않을 뿐만 아니라 나무질이 좋지 않아 건축이나 가구 등 아무데도 쓸데가 없다고 합니다. 그야말로 화목 외는 가치 없는 나무라고 하여 베 없애고 있답니다.

요즘 밤나무와 아카시아나무가 사람들로부터 겪은 수난 때문에 결국 우리 벌들의 먹잇감이 없어져 삶에 고통을 받고 있답니다.

또 공장 굴뚝과 자동차에서 배출되는 가스나 미세먼지가 대기 중에 떠돌다 비와 눈과 함께 꽃잎 깊숙이 스며들어 꽃이란 꽃들 모두가 오염이 돼 버렸습니다. 그런 꽃들 때문에 수 없이 많은 친구들이 목숨을 잃고 있습니다. 그리고 공해병으로 신음을 하고 있는 친구들이며 죽은 친구들이 날로 늘어 계속 이렇게는 살지 못할 것 같습니다. 이제는 우리 벌들도 인간들이 살지 않고 발길이 뜸한 깊은 산골이나 높은 산, 산짐승이 날 뛰고 산새들이 모여 노래하는 그리고 야생화가 하늘거리는 곳으로 삶터를 옮기지 않으면 멸종위기를 벗어나지 못할 것 같습니다.

인간들이 만들어 사용하는 기계 등에서 발생하는 공해물질로 죄 없는 우리들이 겪는 고통이란 이루 말할 수 없습니다. 뿐만 아니라 공장 등에서 배출하는 이산화탄소의 증가로 온실효과에 의한 급속한 지구온난화가 이루어져 아열대성 기후지대로 바뀌면서 시도 때도 없이 쏟아 대는 게릴라성 폭우로 꽃이 제대로 피지도 못하고 핀 꽃마저도 비에 젖어 꽃가루를 채취하지 못해 겨울나기가 여간 걱정이 아니랍니다. 그런데도 인간들은 우리 걱정은 조금도 하지 않고 어렵사리 모아놓은 식량을 모조리 가져가버린답니다.

특히 금년은 공해도 공해지만 날씨가 변덕을 부려 시도 때도 없이 비가 왔기 때문에 꿀을 채취 못했다 하더라도 이듬해 날씨가 좋아 야생화, 유채꽃, 벚꽃, 진달래꽃, 아카시아꽃 등이 활짝 피어 꽃가루를 많이 채취할 수 있을 줄 모르는 일인데 인간들 하는 행위란 이해할 수가 없습니다.

다음 해라도 꿀을 채취할 생각이라면 우리가 한 겨울 먹고 살 수 있도록 먹이를 남겨 놓아야 할 텐데 인간들은 그러려고 하지를 않고 닥치는 대로 꿀을 가져가 버린답니다. 그런 것을 보면 인간들의 머리가 나쁜 것인지 아니면 당장 눈앞에 보이는 욕심 때문인지 아무튼 우리 벌들만 죽을 지경이랍니다.

이제는 인간들도 눈앞에 보이는 이익에만 급급하지 말고 꽃이 피는 나무나 야생화가 만발한 자연을 가꾸고 보호하여 우리 벌들과 공생할 수 있도록 해야 합니다.

　공해에 더 이상 신음하는, 희생되는 일이 없도록 해야 할 것입니다. 인간들에게 간곡히 부탁하고 싶습니다.

　벌도 자연 속에 존재하는 없어서는 안 되는 구성인자라는 것을 인간들이 알아줬으면 합니다.

부러진 손, 부러진 마음

지금 당신 행복한가? 그래 행복 해

　지금, 당신 행복한가? 행복! 잠깐 마음의 여유를 갖고 생각해 보시죠!

　며칠 전에 길을 걷다 목격한 일이다.

　"지금 당신은 행복한가?"

　"그래요, 행복합니다."어두운 밤에 남남처럼 보이는 두 청춘남녀가 공원 한적한 곳 딱딱한 벤치에 앉아 키스를 하다 지나가는 나를 보고 놀라 입을 뗀 사람들처럼 숨을 몰아쉬며 하는 말을 옆을 지나다 들었다.

　그래 참 행복도 하겠다. 그런 생각을 하며 몇 발짝 걸었다. 행복하다는 말에 심술이 치밀었다. 궁금증이 발동했다. 나도 모르게 뒤돌아 벤치를 향해 발걸음을 옮겨 가까이 다가가 그들 옆 빈자리에 앉았다.

　내 스스로도 이것은 아닌데 하는 생각을 하면서 짓궂게, 능청맞게, 관심 따위 없다는 듯, 시치미를 떼고 앉았다. (사실은 다리가 불편해서 잠깐 쉬어가고 싶었었는데 그들 때문에 그냥 지나가려고 했었던 것, 그런데 도저히 쉬지 않고는 더 걷기가 힘들어서) 그들은 옆자리에 앉은 나 따위는 안중에도 없었는지 아랑곳 하지 않고 볼 일만 봤다. '핑계 김에 닭 잡아먹는다.' 라는 말과 같이 오히려 잘 됐다는 듯, 남자가 여자 옆구리를 껴안았다. 여자 또한 몸을 비스듬히 남자에게 기대는데 그 광경을 보고, 변한 세상을 느낄 수 있었다.

내 나이 저만 때쯤엔 여자와 함께 있다가 옆에 사람이라도 오면 슬그머니 그 자리를 피했었는데 요즘 젊은이들 저렇다니까. 뻔뻔하기 짝이 없어서인지 우리가 이렇게 있는 ㄷ[도 불구하고 옆자리에 와 앉은 짓이 어처구니없어서, 그런 생각으로 무시 하는 것인지 여하간 많이 변한 정도가 아닌 지나치게 변했다.

그 순간 나는 그들이 주고받는 말 중에 당신 행복해? 했었던 그 행복! 행복이라? 그래 행복! 마음속으로 그러면서 고대 로마 철학자 〈호라티우스〉가 말했다는 것이 떠올랐다. '모든 것을 다 만족시키는 행복이란 없다.' 라고 했던 말, 그 말이 생각났다. 그런데 그 젊은 남녀가 말한 행복은 도대체 무엇이었을까? 행복을 알고 진정한 행복을 묻고 또 하는 대답이었을까?

〈호라티우스〉말과 같이 완벽한 행복이 아닌, 순간 느끼는 쾌감, 그것에 의해 도취된 행복이었을 거라 혼자서 남의 일에, 남의 말을 곱씹어 보았다.

부족하지 않는 행복, 완벽한 행복은 없다는데 하는 생각을 하면서 둘이서 주고받는 말이며 하는 행동을 눈 똑바로 뜨고 보면서 귀 기울여 들었다.

여자가 뻔뻔스럽게,

"당신아" 하니까.

남자가,

"말 해봐. 무엇이든지 다 들어줄게."

"나! 돈 좀 줄래?"

"얼마나?"

"조금 많이."

"네 보짱에 많으면 얼마나 많겠니? 천만 원 아니면 일억?"

"그래 1억은 아니고 천만 원 보다는 조금 더."

"무엇하려고 그렇게 많이."

"나, 우리 어머니 아파서 병원비 보태드려야 해! 형제들은 몇 있어도 돈 보낼 형제는 하나도 없어. 결국 내가 보태야 해. 그래서 말인데 당신이 도와주지 않으면 나 일하러 나가야 해."

"또 그곳에?"

"자기가 알다 시피 그곳 아니면 나 같은 것 누가 돈 주고 시킬 일 있겠어? 남들처럼 많이 배우기를 해서 지식이 있나, 지혜가 있나, 가진 거라고 부모가 준 몸뚱이 하나뿐인데 다행히 늘씬한 몸매에 예쁘다는 얼굴 지니고 태어난 건 내겐 보배지. 부모님이 만들어준 몸 부모님을 위해 그런 곳에서 일하면 어때? 심청이처럼 목숨을 버려서라도 도와드려야 한다고 생각 해."

"그래도 그렇지 그곳에서 빠져 나온건 기적 같은 일 아니었니. 그런데 또?"

"그럼 어떻게 해."

두 사람 대화 내용을 듣자하니 유흥업소 같은, 청량리 588이나 미아리고개 넘어 언젠가 여자 경찰서장이 정리해 버리려고 했었던 그런 곳에서 일했던 여자. 그런 여자를 그런 곳에서 만난 남자 같았다. 그럼 그렇지 어쩐지 하는 짓이 수상쩍다 싶더니.

그 때 남자가,

"일천오백이면 되겠니? 일천오백 그 정도면 며칠만 기다려라, 내가 만들어 보지. 이제 됐니?"

"역시 내겐 자기밖에 없다. 기분 좋다. 자기도 원하는 것 말해 봐, 돈만 빼 놓고, 나 돈은 없으니까. 돈 말고는 다 줄게, 나 지금 너무 행복하다."

둘이서 주고받는 이야기를 듣다보니 시간이 많이 흘렀다. 그런 곳에서 만났으면 몇 번이나 만나고 얼마나 깊은 관계에 있었는지 잘은 알 수 없었으나 너무 쉽게 말을 주고받으며 행복해 하는 것 그것이 진짜 행복인지 〈호라티우스〉가 '모든 것 다 만족시키는 행복이란 없다' 라고 했었는데 두 남녀는 마치 모든 것 다 만족한다는 듯한 행복, 그 행복을 만끽하는 것 같았다.

마음먹기에 따라서는, 생각하기에 따라서는, 경우에 따라서는, 부족하지 않는 행복도 있는 것 같다.

영원한 것이 아닌 한 순간 한 순간에 '모든 것 다 만족시키는 행복' 이 있다 해도 그건 잠깐 머물다가 버린다는 것, 틀림없이 가버릴 텐데 저리도 주겠다는 말로, 받는다는 기분으로 행복해 하다니 그러고 보면 행복도 별것 아닌 것 같다.

푸념

"이 세상에 '나'라는 존재를 기다려 주는 사람, 보고파 하는 사람, 더 나아가 사랑해 주는 아름답고 마음씨 고운 사람이 있을까?"

얼마 전 나이 듬직한 사람이 했던 푸념이다. 그는 또 이런 말을 했다.

"해가 한 낮을 지나 수평선에 아슬아슬하게 걸려 있는 듯, 또 그믐에 가려진 달이 자정을 지나 밝아오는 햇살에 묻힐 듯, 촛대에 꽂혀 타다 남은 초처럼, 태풍에 밀려 파도를 타고 바윗돌에 부서지듯 늙고 병든 사람에게도 보고 싶어 기다리고 사랑을 쏟는 그런 사람이 있을런지. 그런 사람이 있다면 그 사람은 세상을 잘 살아온 사람이야, 그런데 나는 세상을 잘 못 살았어."라고 했다.

그런 말을 하는 그는 젊음을 부질없이 보내버리고 황혼의 문턱에서 뒤를 돌아보며 삶을 허둥대는 사람인 듯싶었다. 인생의 끝자락에서 병들고 지친 몸으로 살고 있는 사람인 듯싶었다.

보아하니 그는 이미 젊음이 끝났다. 후회해 봐야 별 도리가 없을 처지인 듯싶었다.

나는 그 사람을 보고 이런 생각을 해 보았다. '그래! 그런 그도 한 때는 젊음이 있었을 것이다. 그 땐 희망도 있었을 것이다. 꽃이 피는 삼월 같은, 싱그러운 유월 같은, 오곡이 영그는 풍성한 시월 같은 그런 때가 있었을 것이다. 눈 속에 파묻혀 따스한 봄을 기다리는 씨앗 같은 그런 때가 있었을 것이다.'

왠지 그 사람 하는 말이며 모습이 쓸쓸해 보여 그런 생각을 해 보았다. 그리고 이런 말을 해 주고 싶었다.

'단단한 껍질을 깨고 땅에 뿌리를 내려 자라나는 나무에 꽃이 피고 지듯, 열매가 열리고 떨어지듯, 필 땐 아름답던 꽃도 질 땐 추하듯, 녹음방초綠陰芳草도 가을이 되면 시들고 떨어지듯, 검푸른 나무도 겨울이 되면 앙상한 가지와 뿌리만 남듯, 좋은 때가 있으면 나쁜 때도 있는 것 그런 일이 반복되다 병들어 시름시름 죽는다는 그것이 세상의 이치인 것 그 이치를 알아야죠.' 그래서 사람을 포함한 모든 생물은 생로병사生老病死의 단계를 거친다. 이를 불교에서는 윤회라 한다. 자연이 다 그렇다. 그것이 진리요 거역할 수 없는 순리다. 순리에 맞게 살아야 한다. 순리를 두고 원망해서는 안 된다. 순리는 순리로 받아들여야 한다. 순리대로 열심히 살다보면 보고파 기다려 주는, 사랑해 주는 사람도 있을 것이다. 그런 사람들이 있고 없고를 마음에 둘 필요가 없다. 자신의 일에 충실하고 남에게 누를 끼치지 않는 행동으로 성실하게 살면 된다.

인류역사상 위대한 사람 중 장애인으로 인류의 존경을 받는 헬렌켈러라는 사람이 있다. 그는 장님이면서 귀머거리에다 벙어리였다. 그가 '내 인생은 참으로 아름답다고 생각한다.' 라는 말을 했다.

그는 매사에 당당했다. 인류사에 영원히 남는, 만인에게 귀감이 될 의지의 인간으로, 그래서 기다려주는 사람, 보고파 하며 사랑한 사람들이 있다. 지금도 많은 사람들이 그를 동경하고 그의 발자취를 보고 싶어 하고, 그의 숭고한 정신과 사상을 사랑하고 싶어 하고, 사랑하고 있다. 그가 남긴 말에 심혈을 기울여 경청하고 실천하려 노력 하지 않는가.

헬렌켈러 그는 불구의 몸, 영원히 고칠 수 없는 장애를 지니고도 자신의 인생이 참으로 아름답다고 그 아름다움을 말하며 행복해 했었지 않은가.

그처럼 긍정의 사고와 태도를 갖는 사람들에게는 기다려 주는, 보고파 하는, 사랑해 주는 사람이 있니 없니 말하는 것, 그 자체가 수치스러운 일이다. 결과적으로 그 모든 것은 자신의 태도와 생각에서 이루어진다. 라는 말로 귀결된다.

내게도 그런 사람이 있었으면, 그래 내게도 그런 사람이 있어, 있고말고. 그렇게 생각하고 그렇게 노력하면 되는 것 아닌가 싶다.

탐욕貪慾의 이利와 해害

　인류의 역사는 전쟁의 역사라 하고 전쟁의 배경에는 인간들의 탐욕이 자리 잡고 있다. 그래서 인류의 역사를 탐욕의 역사라 할 수 있다.

　탐욕 때문에 이웃과 다툼이 생기고 국가 간 전쟁도 한다. 부모형제자매간에도 싸움을 한다. 다툼을 근원으로, 싸움을 배경으로, 전쟁을 바탕으로 문학이, 과학이 시작된다. 삶에 대한 모든 것이 이루어진다.

　그런 탐욕에는 이利와 해害라는 두 가지 결과를 가져온다. 개개인이나 전 인류에게 이익을 가져다주는 탐욕, 그리고 또 다른 탐욕은 특정인이나 불특정다수에게 손해를 끼치는 탐욕이 있다.

　인간을 비롯한 모든 동식물에게 이익이 되는 탐욕, 긍정적 가치가 되는 탐욕, 그런 것에 바탕을 두고 살펴보면 탐욕이 반드시 해로운 것만은 아니다 라는 것을 알 수 있다.

　죽음으로 치닫는 인간의 생명을 구하기 위해 발달한 의술이 그렇고, 삶의 편리를 위해 발전한 과학의 발달이 그렇고, 지혜를 터득하기위한 배움이 그렇다. 보다 나은 행복을 얻기 위한 노력이 그렇다.

자신의 영화만을 위한 과욕寡慾이 아닌 인류의 행복을 위한 과욕過慾, 그런 과욕, 그런 탐욕은 나쁠 것이 없다. 병리적 탐욕이 아닌 순리적 이고 합리적인 탐욕, 그런 탐욕은 아무리 많아도 좋다. 결국 인류는 합리적 탐욕에 의해 새로운 문화를 창조하고, 보다 나은 삶의 질을 높였다.

좋은 세상, 좋은 사회를 만들기 위해서는 상반된 탐욕의 이利와 해害에 대한 각별한 주의가 필요하다. 그리고 이기적利己的 탐욕貪慾만 버리면 된다. 문제의 원인은 탐욕의 이利와 해害에 대해 잘 못된 인식에서 이기적 탐욕이 시작됐다.

인간들이 이기적 탐욕에서 얼마나 자유스러워 지느냐에 따라 세상이 달라진다. 그런데 불행하게도 과학문명의 발달은 삶의 기준을 바꿔놓았다.

철저한 개인주의와 물질 중심적 이기주의로의 탐욕에 빠트렸다. 이利의 탐욕이 아닌 해害의 탐욕으로 빠트렸다. 그래서 사회는 부도덕이 판을 치고 질서가 무너지고 있다.

망망대해에서 선장을 잃은 난파선과 같이 인류의 생존에 위협을 받고 있다. 이利의 탐욕이 아닌 해害의 탐욕에 빠져있다.

민주주의는 실종되고 무질서가 판을 친다. 무질서, 부도덕이 이 시대 이 사회 최고의 민주화, 최고의 자유로 망상적 사고에 빠져있다. 또 이기적 관념이 가슴 깊이 도사리고 있다. 그런 것들이 곧 인류의 미래를 어둡게 한다.

인류의 밝은 미래를 위해서는 해害가 되는 탐욕에 대해 사회적 합의가 이루어져야한다. 그렇지 않고서는 결국 인간은 인간의 좋지 못한 탐욕 때문에 멸망하고 말 것이다.

밝은 세상, 밝은 사회, 밝은 미래는 건전한 탐욕의 바탕에서 이루어진다. 어두운 세상, 병든 사회, 암흑의 미래 또한 탐욕에서 시작된다. 과욕過慾이 아닌 과욕寡慾에서 시작된다. 결국 탐욕의 선택도 인간이고 탐욕의 결과 또한 인간의 몫이다. 그래서 탐욕의 이해利害에 대해 소홀히 해서는 안 된다.

말이 씨가 된다

　오늘도 나는 즐겁고 행복해! 그리고 건강해! 그런 생각 그런 말을 입에 달고 살자! 라는 말을 곱씹었다.

　인간의 신체구조 중 중요하지 않은 부분이 없지만 그 중에서 더더욱 중요한 곳이 어디냐고 한다면 그곳은 곧 입이 아닌가 싶다.

　사람이라 하면 누구나 생명을 유지하기위해서는 먹어야하며 먹기 위해서는 특별한 경우를 제외하고 입이 필수적이다. 그런 입의 기능은 먹는 것뿐만이 아니다. 먹은 음식을 토해내기도 한다. 또 소리를 내 의사 표시를 하는 역할도 한다.

　목청을 통해서 입으로 나오는 소리는 가슴 속 깊은 곳에서 우러나온다. 그 소리가 말이다. 그런 말이 씨가 된다고 했다.

　〈빅토르 위고〉는 "우리의 행동이 우리를 만든다. 우리는 우리가 저지른 행동의 소산이다." 라는 말을 남겼다.

　행동은 곧 생각의 실천이다. 실천의 수단으로는 말과 행동이 있다. 여기서 우리의 행동이 우리를 만든다는 말은 결과적으로 생각을 실천한 결과가 곧 우리라는 말과도 일맥상통한 점이 있다. 그래서 '말을 할 때는 그 말 자체를 중시해야 한다.' 는 심오한 뜻이 담겨있다.

2009년 늦은 여름이다. 광주 살고 있는 중학교 때 친구 나종수가 부인과 함께 찾아왔다. 네가 보낸 '선택과 운명', '피할 수 없으면 즐겨라', '안 되는 놈은 되는 일이 없다' 라는 책을 받고 "네게 무엇을 선물할까 고민하던 중 최근에 인상 깊게 읽었던 이지성이 쓴 「꿈꾸는 다락방」이라는 자기개발서를 한권 사 왔다."라며 불쑥 내밀었다.

나는 그 친구가 준 책을 받아 들고 "고맙다. 잘 읽을게."하고서 떠올리는 것이 꿈꾸는 다락방 그것은 가난, 가난 속에서 성공, 결과적으로 '성공' 이야기 그렇게 생각을 했다.

그래, 맞아! 다락방하면 부엌과 천장 사이 공간에 이층처럼 만들어 물건을 넣어두게 한 곳, 또 문간이나 헛간의 기둥 중간에 덕처럼 매어서 세간을 넣어두거나 사람이 올라가 쉬도록 만들어 놓은 곳, 그래서인지 다락방하면 먼저 가난을 떠올리게 했다. 이지성이 쓴 「꿈꾸는 다락방」은 가난한 사람이 희망을 키우며 사는 상상의 공간을 의미했다. 그런 곳에서 성공을 위한 희망의 꿈을 가져보라는 자기개발서다. 작가 이지성은 성공의 비결은 희망, 꿈, 목표를 갖고 그 목표와 꿈을, 그리고 희망을 입에 달고 성실하게 실천하면 꿈이 이루어진다고 하는 비과학적이고 아주 소박한 이야기들로 쓰여 졌다. 꿈을 입에 달고 살면서 성공했던 사람들의 이야기를 모아놓았다. 그들의 성공이야기를 듣고 지혜를 깨우쳐 성공을, 지혜를 터득해 꿈을 이루라는 메시지를 전하고 있다. 이 글을 읽고 있는 당신도 가슴으로 생각하고 머리로 상상하고, 입으로 되새겨 정신을 집중하면 지혜가 떠오르고 그것을 실천하면 반드시 꿈을 이루게 될 것이다. 라는 생각을 해 보았다.

또 이루고자 하는 꿈을 갖고 그 꿈을 달성하기 위해 그 꿈을 입에 달고 살아라. 라고 말하고 싶다. 그래서 당신이 갖는 꿈을 이루도록 하라고. 말이 씨가 되도록 희망을 떠올리며 말 하라고, 주문을 외우듯이 바람을 입에 달고 살라. 고 말하고 싶다.

당신이 되고자 하는 사람, 바라는 사람이 있다면 그 사람을 상상하고 꿈꾸며 그 꿈을 입에 달고 살아라.

〈톨스토이〉가 '한 사람이 하는 일은 그의 삶이 되고 그의 운명이 된다. 그것은 삶의 법칙이다.' 라고 했듯이 당신이 하는 일은 곧 당신의 삶이 되고 그것이 곧 당신의 운명이 된다는 것을 잊어서는 안 된다. 당신이 되고자 하는 사람이 있다면 그 모습을 상상하며 그 바람을 입에 달고 성실하게 실천하여 그것이 곧 삶이 되도록 해라. 그러면 당신이 하고자 하는 일이, 되고자 하는 사람이, 누리고자 하는 행복과 즐거움을 얻게 될 것이다. 목표로 하는 것을 입에 달고 살아라, 또 나쁜 생각, 나쁜 말은 생각하지도, 입에 담지도, 하지도 말고 좋은 생각 좋은 말만 하여라. 그리고 꿈을 꾸어라. 그러면 반드시 꿈은 이루어질 것이다. 목적하는 바 꿈을 입에 달고 사는 것 그것도 성공의 비결이라면 비결이다.

부러진 손, 부러진 마음

이 말은 육체적 건강보다 정신건강이 보다 더 중요하다는 말을 하기 위한 것이다.

손이 부러져 사용할 수 없더라도 대체할 수 있는 수단이 있으나, 마음이 비틀어지면 그것을 대체할 수 있는 것이 없다는 점에서 매우 중요한 의미를 지닌 현실적인 말이다. 그렇지만 손도 마음도 건강해야 한다. 어느 것 하나 중요하지 않은 것 없다. 손도 마음도 부러진다는 것은 장애를 의미한다. 손이 부러진 신체적 장애는 다른 방법으로 대체가 가능하다. 의수의 방법도 있고, 손이 할 것을 발로한다거나 경우에 따라서는 입으로 할 수도 있다. 기계를 이용해 말로 지시하여 하고 싶은 행동을 할 수 있다. 손 대신 입으로 붓을 물고 발가락 사이에 붓을 끼우고 글씨를 쓰기도 그림을 그리기도 한다.

그러나 마음이 부러진 사람은 행동에 앞서 생각이 정상적이지 못해서 언행에 제약을 받고, 사고를 치고, 늘 비정상적인 행동으로 제삼자에게 이익보다는 손해를 끼치게 한다.

마음이 부러져서는 안 된다. 마음이 부러지면 모든 것을 잃는다. 아무것도 못하기에 앞서 할 수 없다.

'손은 부러져도 일을 하지만 마음이 부러지면 아무것도 못 한다.'
라는 말이 시사한 바가 있다. 여기서 우리가 알아둬야 할 것이 있다.
지나치지 않는 욕심과 긍정적인 사고, 성실하고 부지런한 태도, 신
뢰를 중시하는 자세, 법과 질서를 존중하는 마음, 그런 마음이 부러
지지 않는 마음이다.

예수 믿지 않으면 지옥 간다

　퇴근길에 전철을 탔다. 늘 타는, 그것 보다는 매일 출퇴근하면서 타고 다니는 내겐 유일한 교통수단이라서 오늘 전철을 탄 것이 새삼스러운 일은 아니었다.

　경로석에 자리가 하나 있어 앉았다. 경로석은 노인, 임산부, 유아와 함께한 보호자, 장애자 또는 몸이 불편한 사람을 위해 정부당국이 지정해 놓은 좌석이다.

　고령화시대에 접어든 우리의 현실에 비춰볼 때 전철 한량 내에 배치된 좌석 54개 중 아홉 자리 또는 열두 자리를 경로석으로 지정한 것은 절대량이 부족한 실정이다. 항상 좌석에 비해 보호석에 앉아야 할 대상자가 많은 것을 볼 수 있다. 이 경우를 놓고 경로우대라고 하기에는 너무 미약하다. 이런 경로석 지정제도는 오히려 젊은이들에게 자리를 양보 하지 않아도 된다는 빌미를 주고 있다.

　젊은이들은 노약자가 통로에 서 있는 것을 보며 내심으로 입장곤란하게 왜 내 앞에 서있어요. 저기 경로석으로 가시지 않고 하는 태도를 보이며 경로석에 자리가 없어 서 있는 것은 나와는 상관없는 당신 일이다. 당신이 내 앞에 있으니 불쾌하다. 그런 불쾌한 표정을 짓는 것을 가끔 엿볼 수 있을 뿐만 아니라 이 자리는 젊고 건강한 사람들을 위한 공간이다. 여기 서 있지 말고 다른 곳으로 가세요. 당신이 이곳에 서있으니 내가 불편하다 어서 다른 곳으로 가세요. 그런 생각을 하고 있는 것을 느낄 수 있다.

노약자 좌석지정은 희생정신이 결려되고 이기주의가 팽배한 젊은 이들에게는 지정된 좌석 외의 다른 좌석은 노약자에게 양보하지 않아도 된다. 라는 의미로 인식되어버렸다.

노약자 지정석 제도는 결과적으로 배려라는 차원을 떠나 무관심 또는 학대로 변형 되었다.

요즘세상 하루가 다르게 변하고 있다. 변해도 너무 많이, 너무 빨리 변하고 있다. 그 변하게 된 원인에는 많은 이유가 있다. 요즘이 아닌 이전에는 사회생활을 할 때 어른을 섬기고 공경하고 약한 자를 위해 자리를 양보해야 한다. 그것이 미덕이다. 사람이 살면서 지켜야 할 규범을 지키지 않으면 안 된다. 이렇게 학교에서 선생이 가정에서 부모가 사회에선 각계각층의 지성인들이 가르치고 또 그렇게 배웠는데 요즘은 그런 교육 시키지 않는다. 아니 시키지 않는 것이 아니라 시키지 못 한다. 누구 한 사람도 잘 못된 것을 지적하지 않고 오히려 못 본 척한다. 그래서 지금 젊은 세대들은 자유분방한 행동을 일삼고 있으며 심한 이기주의에 빠져있다. 옆도 돌아보지 않은 자기중심 자기만족에만 급급하고 있다. 이런 사람들에게는 노인이나 몸이 불편한 사람 어린애를 데리고 있는 여자 등등이 전철통로에 서서 힘들어 해도 그것을 보고 못 본 척 또는 물끄러미 쳐다보고 있는 것이 다반사다.

나는 그런 것을 보면서 왜들 저러나, 젊고 건강할 때 좋은 일 해

두었다가 나이 먹거나 몸이 불편하여 힘들 때 도움 받으면 안 되나. 그런 생각을 해 보았다.

젊고 건강할 때 좋은 일 하는 것 결코 헛되지 않고 그것이 바로 저축이다.

돈이라는 재물만 저축이 아니다. 봉사도 배려도 저축이다. 어찌보면 그것이 더 크고 유익한 저축이다. 내가 남에게 좋은 일 하면 남또한 또 다른 남을 위해 좋은 일 하게 돼 있다. 그것이 결국 자기에게 돌아온다.

그날따라 손님이 많아 전철은 비좁았다. 내 옆자리 노약자 보호석에 50대 중반쯤 돼 보인 여자 둘이 앉아 이야기를 주고받고 있었다. 그 여자들은 정신없이 수다를 떨었다. 노약자 좌석에 앉아 있는 젊은이들에게는 공통점이 있다. 눈을 감고 잠을 자는 척 하는 사람, 휴대폰이나 게임기를 가지고 놀이 등 다른 일에 열중하는 척 하는 사람, 아니면 옆 사람과 대화하는데 정신이 팔려 있는 것처럼 한다. 모두가 그런 척 한다.

경로석에 앉아 있는 50대의 두 여자는 한동안 잡담을 늘어놓고 있었다. 앞에는 70대 중후반쯤 된 남자가 서있다. 그 사람을 힐끗 쳐다보고 나서 옆자리에 앉아 있는 내게 말을 걸어왔다. 그 여자가 내게 말을 걸어온 의도를 나는 대충 짐작 했다.

그 여자는 내게 그리스도교를 믿느냐고 물었다.

"왜요?" 하고 반문하자,

또 다시 "예수를 믿습니까."

그래서 나는 한 마디로 "나는 종교 같은 것 믿지 않습니다." 라고 잘라 말 했다. 그렇지 않아도 아직은 노약자석에 앉을 만큼 늙거나 병들지 않은 젊은 여자가 앞에 나이 들직한 어른이 서 있는 것을 보고 모른 체 하고 앉아 있는 꼴이 좋지 않아 보였다. 저런 행동을 하면 안 되는데 그런 생각을 하다 보니 미웠다. 그런 여자가 하는 말이 그리스도교 믿습니까? 그래서 묻는 말에 불순한 태도로 대답을 했다.

그때 그 여자는 " 예수를 믿으세요. 예수 믿지 않으면 지옥 갑니다. 예수 믿는 자만이 천당 갑니다. 저승에서는 영원히 살게 됩니다. 그래서 지옥가면 안 됩니다." 하면서 예수를 믿으라고 강요하듯 말을 계속했다.

"그래요, 그렇다면 어느 교회를 다니고 계십니까?"

"예수그리스도교를 나갑니다."

"부지런히 다니세요. 그리고 좋은 일 많이 하세요. 나 교회 왜 안 다니는지 말해 드릴까요? 이유는 간단합니다. 나는 교회를 다니지는 않아도 구약성서, 신약성서 한두 번쯤은 읽었습니다. 그 책을 읽고 나는 안 다닙니다. 왜냐고요? 그 좋은 말들 다 지킬 수 없어서 성서에서 하는 그 좋은 말 그 말 지키지 못한 것 그 자체가 죄인 것을 죄를 짓고 용서를 빌고 또 그것들을 반복 할 바에는 차라리 처음부터 믿지 않겠다는 것입니다. 그렇다고 나쁜 짓하겠다는 것 아닙니다. 믿지 않고도 얼마든지 남들 보이지 않게 좋은 일 할 수 있어요. 내 말 틀렸어요? 틀리지 않았을 걸요? 예수를 믿는답시고 요란스럽게 하면서 남을 사랑하는 일 저 멀리 잊고 음해하고 모략하고 불안이나 조성하는 등 나쁜 짓 하는 그런 사람도 흔히 볼 수 있어 그것을 볼 때면 저럴 바에 차라리 믿지 않겠다. 그런 생각한답니다. 지금도 그렇지요. 지금 이곳에서도 그런 일 있잖아요? 안 보이십니까? 모르는 척 하는 겁니까? 내가 말할까요. 그래요 나 보기에는 아주머니 아직은 노약자석에 앉을 만큼 늙거나 병들지 않은 것 같은데 앞에 노약자가 서 있는 것도 불구하고 앉아 있잖아요. 나 그런 사람을 보면서 무슨 생각을 할 것 같이 보이죠?"

"그래도 믿어야 합니다. 죽거든 천당 가야 합니다. 천당에 가시려면 예수를 믿으세요. 예수를 믿지 않으면 지옥 갑니다." 예수 믿지 않으면 지옥 간다는 말을 몇 번이고 반복했다. 예수를 믿지 않은 사람으로써는 그 말 정말 듣기 싫었다. 그래서,

"예수 믿지 않으면 지옥 간다고요? 어디 그런 것이 있습니까?"

"그렇다니까요? 지옥가고 말고요."

예수 믿지 않으면 지옥 간다는 말 반복해서 하는 바람에 화가 슬슬 나기 시작했다. 그래서 다시 물었다.

"예수 안 믿으면 지옥 간다고요. 믿지 않아도 좋은 일 많이 하면 되지 않아? 예수 믿어야만 천당 가고 그런 것 어디 있어요? 예수 믿으며 나쁜 짓 하는 것 보다 안 믿고 좋은 일 하는 사람, 예수가, 하느님이 있다면 누구를 천당 보내겠어요. 좋은 일 하지만 예수 안 믿는다고 지옥 보내고 나쁜 일 해도 예수 믿으니까 천당 보낸다면 그런 예수 믿어 무엇 합니까?" 하며 듣기 싫은 말을 했다.

예수를 믿으세요! 하느님을 믿으세요. 다 좋은 말인데 분명 이 말만은 안 했으면 좋겠다 싶다. '예수 믿는 자만이 천당 가고 예수 안 믿으면 지옥 간다. 이것이 참이고 사실일지언정 예수를 욕되게 하고 그런 종교요 그런 종교인이라면 그것은 당연히 배척되어야 한다.

빈 그릇이 요란스럽다고 했다. 무식한 사람일수록 시끄럽고 잘난 척 허세를 부린다고 했다. 전철 같은 대중이 운집한 곳에서 시끄럽

게 외치며 "예수 믿으세요?" 하는 사람, 이사람 저사람 붙잡고 예수 믿으세요! 하는 사람, 그 사람들 때문에 때로는 종교인 모두가 좋지 못 한 인상을 받는다는 것 알아야 한다.

괴테의 말을 빌어본다

〈요한 볼프강 폰 괴테〉 그는 1749년 8월 28일 독일 푸랑크 푸르트 암마인에서 태어난 철학자이자 시인이며 비평가 거기다 화가로도 무대연출가로도 알려져 있다.

〈괴테〉가 남긴 명언은 인간이 사는 세상에 세상사는 진리요, 올바른 삶을 사는 지렛대로 과거도 그랬고 현재도 그렇지만 미래에도 영원히 남을 것이다.

〈괴테〉가 한 말로 전해지고 있는 명언 중에 내겐 떠오르고 또 떠오른 말이 있다. 또 몇 번이고 떠 올려보고도 싶다. 음미하면 할수록 구수한 맛이 있고, 군침이 입속을 빙글 돈다.

"노인은 상실의 계절에서 마지막 배편을 기다리는 나그네"라고 그가 늘그막에 했던 이 말이.

상실이라 함은 누군지는 몰라도 사람과의 관계가 끊어지는 것, 헤어지는 것, 어떤 것이 흔적도 없이 사라져 버리는 것, 그런 것이라 하는데 늙은 사람이 헤어짐을 위해서 타고 떠날 마지막 배를 기다린다니 그것도 떠돌이라 했으니 결코 희망이 망가진 절망을 알리는 영원의 소리와도 같았다.

그는 상실을 또 이렇게 말했다. "건강과 돈의 상실, 친구와 일감의 상실, 꿈의 상실" 이라고 했다.

여기서 문제는 노인이다. 노인의 기준이다. 사람들이 흔히 말하는 노인이란 나이가 들어 늙은 사람이라고 간단히 정의하고 있다.

그렇다면 몇 살을 먹어야 나이가 들었다고 보며 어떤 모습이 늙은 사람이라고 볼 수 있는 것인지 애매모호하다.

우리나라의 경우 국가는 나이 65세가 되면 누구나 노인이라 하고 있다. 일반적인 개념도 그렇다. 그러나 현대는 다르다. 의학이 발달하고 생활이 윤택해지면서 건강이 좋아졌다. 건강이 좋다보니 평균수명도 길어졌다.

요즘 60대는 젊은이 못지않은 패기가 넘치고 경제력도 있고 친구도 일감도 있다. 대통령이 되겠다는 꿈도 국회의원, 고급관리도, 재벌총수가 되겠다는 꿈도 있다.

인도의 〈마하트마 간디〉는 뒤 늦은 나이에 비폭력무저항운동을, 〈세르반테스〉는 세계인의 흥금을 울리는 문학작품을, 〈그랜드 모지스〉는 독특한 화풍으로 그림을, 〈샌더스〉 대령은 캔터키 프라이드 치킨 창업을, 늙은이라는 60대에 시작 크게 성공했다. 그들뿐만 아니라 지금 글로벌기업을 왕성하게 끌고 가는 60~70대 재벌총수들이 많다. 많은 정도가 아닌 대부분이다. 그뿐만 아니라 정치인 다수도 과학자도 예술가도 그렇다.

세계 두 번째로 돈 많은 부자 〈워런버핏〉은 80세가 코앞이다. 몇 년 전 그러니까 그의 나이 76세가 되던 새해 첫 사장단 회의에서 중역 한 사람이 "회장님, 이제 건강을 위해 후계자를 정하여 맡기고 편히 쉬시지요." 하고 건의하자 그는 "나는 건강하다. 그리고 더 많은 돈이 필요하다. 그래서 일하고 싶다. 나 걱정 말라." 라고 했다.

그렇다면 상실의 계절에서 마지막 배편을 기다리는 나그네라는 노인은 몇 살을 먹은 사람이며 어떤 사람인가.

노인이라는 개념이 모호해진다. 나이와 노인은 별개가 아닌가 싶다. 나이 40이나 50에도 건강을 잃고 돈을 잃은 사람, 친구도 일감도 없는 사람, 꿈을 잃어버린 사람이 있다. 그렇다면 그를 노인이라해야 하는 것인지, 젊다고 해야 하는 것인지, 〈괴테〉 말에 따르면 혼란에 빠진다. 그런 사람이 있다면 그는 분명 노인은 아닌데 상실에서 마지막 배편을 기다리는 나그네임에는 틀림없다.

노인과 젊은이 이런 애매모호한 말, 시대가 바뀌었으니 그 개념도 기준도 달라져야 한다.

애 늙은이라는 말도 있다. 어린아이가 어른스러운 말이나 행동을 할 때 그 애더러 애 늙은이라고 한다. 물론 비유이기는 하지만 이 경우는 어린아이 생각이 늙었다는 말이다. 그러나 노인은 아니다. 그 아이는 분명 상실의 계절에 마지막 배편을 기다리는 노인이 아닐 뿐만 아니라 희망이 가득한, 총명함이 넘치는 아이를 가리켜 하는 칭찬의 말이다. 그래서 더욱 애매하다는 말이다. 때문에 개념에 대한 생각이 변해야 한다.

〈괴테〉가 태어나 살았던 200여 년 전 노인과 현재의 노인은 사뭇다르다. 괴테가 살던 시절, 상실의 계절에서 마지막 배편을 기다리는 나그네인 노인에게 자식이 필요했었다면, 지금의 노인에게는 건강을 잃은 순간까지 돈과 일감과 꿈이 있다. 그래서 상실의 계절에서 마지막 배편을 기다리는 나그네가 돼도 외롭지 않다.

읍참마속泣斬馬謖

눈물을 머금고 아끼는 부하의 목을 베라. 죄인의 목을 베는 것도 쉽지 않은데 더군다나 아끼는 부하의 목을 벤다. 그것은 보통 인간이 하기에는 쉽지 않은 일이다.

인정人情을 지닌, 이성과 감성을 가진, 인간이 할 수 있는 일이 아니다. 그렇지만 정의와 대의를 위하고, 보다 나은 미래를 위해서는 아끼는 부하라 하더라도 큰 과오를 범했을 땐 목을 과감히 벨 수 있는 용기가 필요하다. 그것이 바람직한 지도자의 태도다.

중국 오천년 역사에 서한의 문경, 당나라 정관, 청나라 강희제, 옹정, 건륭 등 이들 다섯 명을 일컬어 태평성세를 이룬 황제라 했다. 그 중에서 강희제는 자신이 책봉한 세자라도 세력이 강해져 위협을 느끼면 세자의 목을 베거나 귀향을 보내 죽였다. 자신의 영화를 위해서 읍참마속을 서슴지 않았다.

또 아끼는 부하보다도 더 소중한 자식을, 남편을 죽이고 권력을 누리기도 했다. 이조시대 영조 대왕이 간신들의 농간에 사도세자를 뒤주에 가두어 죽였는가 하면, 18세기 러시아 여제 예카테리나 2세는 황제가 되기 위해 궁중반란을 일으켜 황제이자 사랑하는 남편인

표토로 3세를 체포제거하고 자신이 러시아의 황제가 됐다. 또 독일 출신 철학자 쇼펜하우어에게 어렸을 적 있었던 일이다. 쇼펜하우어의 스승이 그의 뛰어난 재능을 보고 천재라며 장차 훌륭한 인재가 될 거라 칭찬을 하자 어머니 요한 나 헨리 에테트로지나가 한집에 천재가 두 명이 있어서는 안 된다며 아들 쇼펜하우어를 죽이려고 하루는 자기 집 2층 계단에서 아래로 밀어 버렸다.

그들은 자신의 영화를 위해 사랑하는 남편, 혈육인 자식의 목숨을 끊었거나 끊으려 했다.

읍참마속은 정의로워야한다. 대의를 위해 이루어져야한다. 정의롭지 못하고 대의가 아닐 때 읍참마속이 돼서는 안 된다. 다른 심각한 문제가 발생할 수 있다는 것을 분명히 알아야 한다. 또 강희제황제, 에카테리나 여제, 쇼펜하우어 어머니처럼 권력과 명예에 눈먼 부도덕한 행동을 해서는 안 된다. 읍참마속의 진정한 의미를 알아야 한다. 특정인의 영화나 욕망을 위한 건 분명히 아니라는 것, 정의나 대의를 위해 필요하다는 것 그것을 알아야 한다.

아끼는 부하의 목을 베는 것이 때론 약이 되고 독이 된다는 것 또한 알아야 한다. 지도자는 읍참마속이 필요할 때를 가리는 탁월한 감각을 가져야한다. 그래서 말인데 국정 책임자는 선거 등을 통해 나타난 민의를 똑바로 헤아려 필요하다면 아끼는 부하의 목을 베서라도 국정쇄신을 하는 것이 현명한 지도자라 할 것이다.

당부컨대 자신의 영화나 욕망 때문에 민의를 잘 못 판단하거나 호도하여 읍참마속을 해서는 안 된다. 역사는 왜곡되지 않는다는 것을 명심해야 한다. 진실은 언젠가는 밝혀지게 돼 있다.

자신보다 못한 사람과는 다투지 말라

　현자는 죽은 개를 걷어차지 않는다. 또 자신 보다 못한 사람과 다투지 않는다. 바보만이 자신보다 못한 사람과 다투거나 죽은 개를 걷어찬다.

　어리석은 사람은 죽은 개를 찬다. 중요한 개 일수록 더 많이 차 본다. 비록 죽은 개이지만 유명한 개를 차 보았다는데서 보다 큰 보람과 만족을 느낀다. 라는 말이 있다.

　또 영국에서 있었던 이야기다. 〈에드워드 8세〉가 어렸을 적 —14세 황태자 시절에 해군사관학교에 해당하는 데본서의 디트머스대학 생도시절— 한 해군장교로부터 걷어 채였다. 해군장교는 황태자가 규칙을 지키지 않았거나 특별한 이유가 있어서 걷어찼던 것이 아니고, 먼 훗날 해군사령관이나 함장이 됐을 때 언젠가 내가 황태자를 걷어찬 적이 있었다고 자랑하기 위해서였다. 고 했다. 그리고 독일의 철학자 〈쇼펜하우어〉는 '비천한 사람은 위인의 결점이나 어리석은 행동을 보고 커다란 기쁨을 느낀다.' 라는 말을 했다. 어리석은 사람의 행동을 비꼬아 한 말이다.

　자! 여기서 우리는 무엇인가를 알 수 있다. 다른 사람을 비판하고,

죽은 개를 걷어차고, 자신보다 못한 사람과 다툼질이나 하고, 남의 결점이나 어리석은 행동을 보고 커다란 기쁨처럼 느끼는 사람, 그런 것에 만족하고 보람을 느끼는 사람치고 똑똑하고 잘난 사람이 아니더라는 것, 현자가 할 짓이 아니더라는 것임을 알 수 있다.

또 이런 생각을 해 볼 수도 있다. 철부지 어린애나 세상을 잘 못 살아온 어리석은 자는 그런 일 하고도 남는다. 반대로 현명한 사람은 그런 행동거지 해서는 안 된다는 것을 안다. 는 것을.

논쟁도 다툼의 일종이다. 논쟁은 승자가 없다. 논쟁에서 이겨도 패자요 져도 패자다. 결과적으로 논쟁 당사자 모두 얻는 것 없이 잃는 것만 있다. 그래서 결국 논쟁에서 이기려면 논쟁을 피하는 것이 최선이라고 했다. 논쟁을 피하려는 자는 현명한 자고 논쟁을 즐긴 자는 어리석은 자다.

사람의 성격은 다양하다. 남의 약점을 건드려 즐기는 사람, 똑똑하지 못한 사람이 보잘것없는 지식을 바탕으로 잘난 척 하는 사람, 말이 많고 어리석은 행동과 남의 흉허물이나 가지고 남들을 웃기는 사람, 그런 사람치고 제대로 된 사람이 없다.

문인들은 누가 뭐라 해도 자칭 지성인이다. 라고 자부를 한다. 여기에 문제가 있다. 극히 일부이기는 하지만 지성인으로써, 인간으로써 지켜야 할 기본적인 사회질서나 규범을 지킬 줄 모르고 잘난 척만 하고, 문인으로써의 책무에는 무관심하기도 한다. 그래서는 안 된다. 어느 시대 어떤 환경에서도 문인들은 꿋꿋이 살면서 자기 할 바를 다 했다. 그런 의미에서 문인들은 칭송의 대상이었지 비난의 대상은 아니었다. 이점 잊어서는 안 된다.

그래서 특히 문인들은, 정상적인 사고를 갖는 사람들은, 자신보다 못한 사람과는 다투지 말아야 한다. 자신보다 못한 사람과 다툼을 벌이는 사람은 그 사람보다 더 못한 사람이다. 그런 사람이 되지 않기 위해서는 행동거지를 똑바로 해야 한다. 행동거지 바르지 못한 양반 없고, 행동거지 바른 상놈 없다는 말, 또 자신보다 못한 사람과는 다퉈서는 안 된다는 말, 깊이 새겨 볼 필요가 있다. 이유야 어떻든 다툼을 걸어왔다면 그것은 분명 자신보다 못한 사람이다. 그렇다고 같이 해서는 안 된다. 같이 하면 똑 같은 사람이 되거나 더 못한 사람이 된다.

'똥이 무서워서 피하는 것이 아니고 더러워서 피한다.' 라는 속담이 있다. 더러운 것은 보지도, 듣지도 말라. 혹 자신보다 못한 사람이 싸움을 걸어오거든 못 본체 못 들은 척 지나치는 것도 현명한 삶이다. 그렇다고 절대 비겁한 것 아니다.

섬김과 사랑

경제발전과 민주화의 결과는 생활의 편리함과 풍요 그리고 속박으로부터 벗어나 한층 자유스러운 언행을 누릴 수 있는 반면 섬김과 사랑을 상실한 부도덕한 사회로의 전환이 급속히 이루어지고 있다.

인간에게는 다른 어떤 동물에게도 찾아 볼 수 없는 감성과 이성이라는 것이 있다. 그래서 슬픔을, 즐거움을, 행복을, 불행을 느끼며, 해야 할 것, 해서는 안 되는 것을 구분할 줄 안다. 뿐만 아니라 욕심도 베품도 있고 때로는 포기할 줄도 안다.

그런데 요즘 부도덕과 무질서가 도덕과 질서를 구축하는 세상으로 변하고 있다. 부도덕한 행동, 무질서한 태도가 아무렇지도 않게 이루어지고 있다.

16세기 영국의 경제학자 토머스 그래섬이 제창한 소재가 나쁜 화폐인 악화가 금화인 양화와 동일한 가치를 갖고 함께 유통할 경우 악화만이 그 명목가치로 유통되고, 양화는 그 소재가치 때문에 사람들이 사용(유통)하지 않고 깊숙이 보관함으로써 사라져 버린다는 '악화가 양화를 구축한다.' 라는 그래섬의 법칙 같이, 인간들의 삶 또한 부도덕과 무질서가 도덕과 질서를 무너뜨리는 세상으로 그런 세태가 판을 치고 있다. 지각 있는 사람들은 움츠리고 체면부지의 사람들이 잘났다고 들썩이고 설쳐 대는 세상이 됐다.

아무리 그런 세상이라 하더라도 인간이란 최소한의 기본질서는 지킬 줄 알아야한다. 의례 젊은 사람은 나이 먹은 어른을 섬기고 강자는 약자를 도와주고 약자는 도리를 지킬 줄 알아야한다.

또 어른은 젊은이를, 약자는 강자를 사랑하는 마음으로 따뜻하게 안아 줘야 한다.

섬김과 사랑이 공존하는 사회, 그런 사회라야 도덕과 질서가 지배를 하고 그런 사회라야 보다 즐겁고 행복한 사회가 될 것이다. 인간이 추구하는 궁극적인 목적에 도달하는 사회로 갈 것이다.

악화가 양화를 구축하듯이 부도덕이 도덕을 약화시키고 질서를 깨뜨려서는 안 된다.

전철 등 대중이 운집한 곳에서 흔히 볼 수 있는 풍경이 있다. 남들의 이목을 무시하는 태도, 젊은이가 어른을 공경할 줄 모르는 태도, 이기적인 태도, 나만 있고 네가 없는 태도, 어른이 어른답지 못한 행동, 어른이라는 명분만 앞세워 젊은이들을 무시하는 강압적인 행동 그런 잘 못된 사고에서 벗어나야 한다. 젊은이는 어른을 공경할 줄 알아야 하고 어른은 젊은이를 사랑하는 마음을 가져야 한다.

섬김과 사랑이 공존해야한다. 그랬을 때 모두가 즐겁고 명랑하고 행복한 사회가 된다.

이런 말이 있다. '자신을 사랑할 줄 아는 사람이어야 남을 사랑할 줄 안다.' 그렇듯 섬김도 남을 섬길 줄 아는 사람이어야 남들로부터 섬김을 받는다. 그래서 젊은이는 어른을 섬기고 어른들은 젊은이들을 사랑하는 마음, 그런 자세를 가져야 한다. 결국 남을 섬기고 사랑하는 것은 자신이 섬김을 받고 사랑을 받는 일이다.

이기주의를 버리고 이타利他주의와 배려의 정신으로, 부정을 긍정으로, 미움을 사랑으로, 업신여김과 무시를 섬김과 존경으로 생각을 바꾸고 실천하는 자세가 필요하다. 그렇게 변해야 한다. 변하지 않으면 안 된다. 변하지 않는 한 사회는 반목과 갈등으로 삶은 점점 고통스러워 질 것이다.

인간도 섬김과 사랑이 있지 않는 한 늑대나 사자와 같은 동물과 다르지 않을 것이다. 그런 인간이 되지 않기 위해서는 섬김과 사랑을 실천함이 무엇보다 중요하다.

보다 행복한 세상을 위해서 섬김을 실천하고 사랑을 베풀자. 그것이 어른은 존경받고 젊은이는 사랑받는 초석이 된다.

사람 사는 이야기 속을 거닐다

초판1쇄 인쇄 | 2011년 1월 19일
초판1쇄 발행 | 2011년 1월 20일

지은이 | 한정규
펴낸이 | 박대용
펴낸곳 | 도서출판 징검다리

주소 | 413-834경기도 파주시 교하읍 산남리 292-8
전화 | 031)957-3890,3891 팩스 031)957-3889
이메일 | zinggumdari@hanmail.net

출판등록 | 제 10-1574호
등록일자 | 1998년 4월 3일

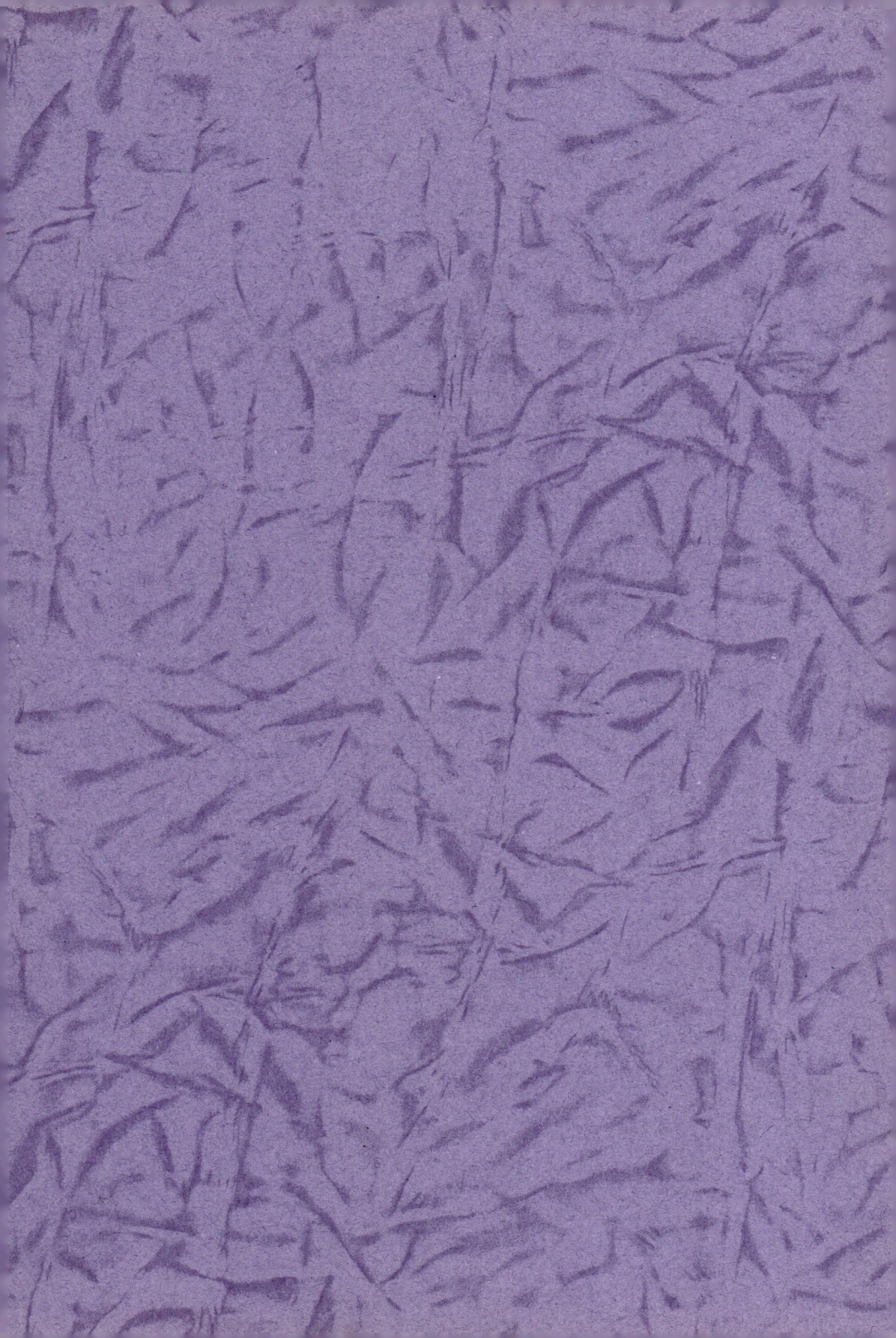

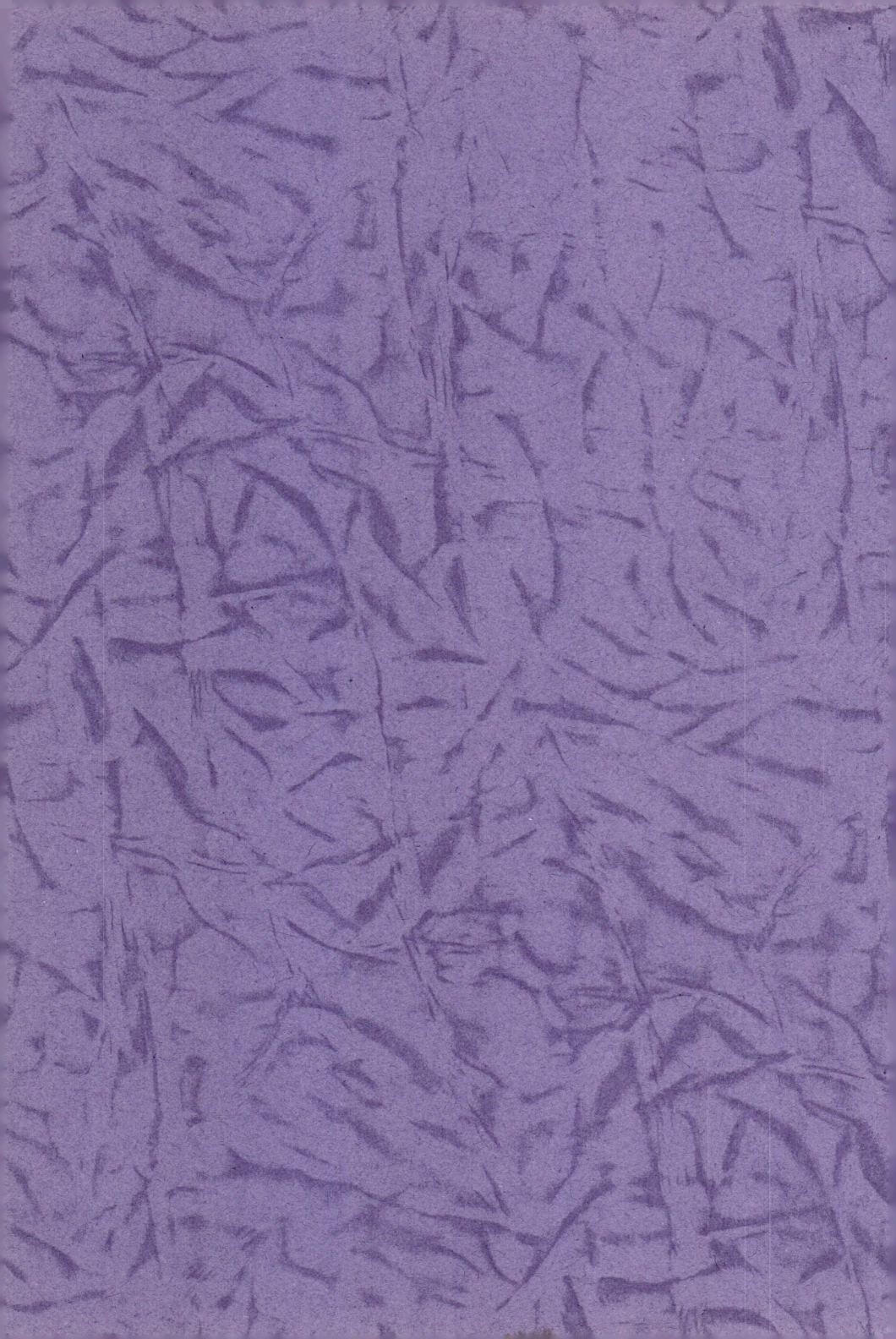

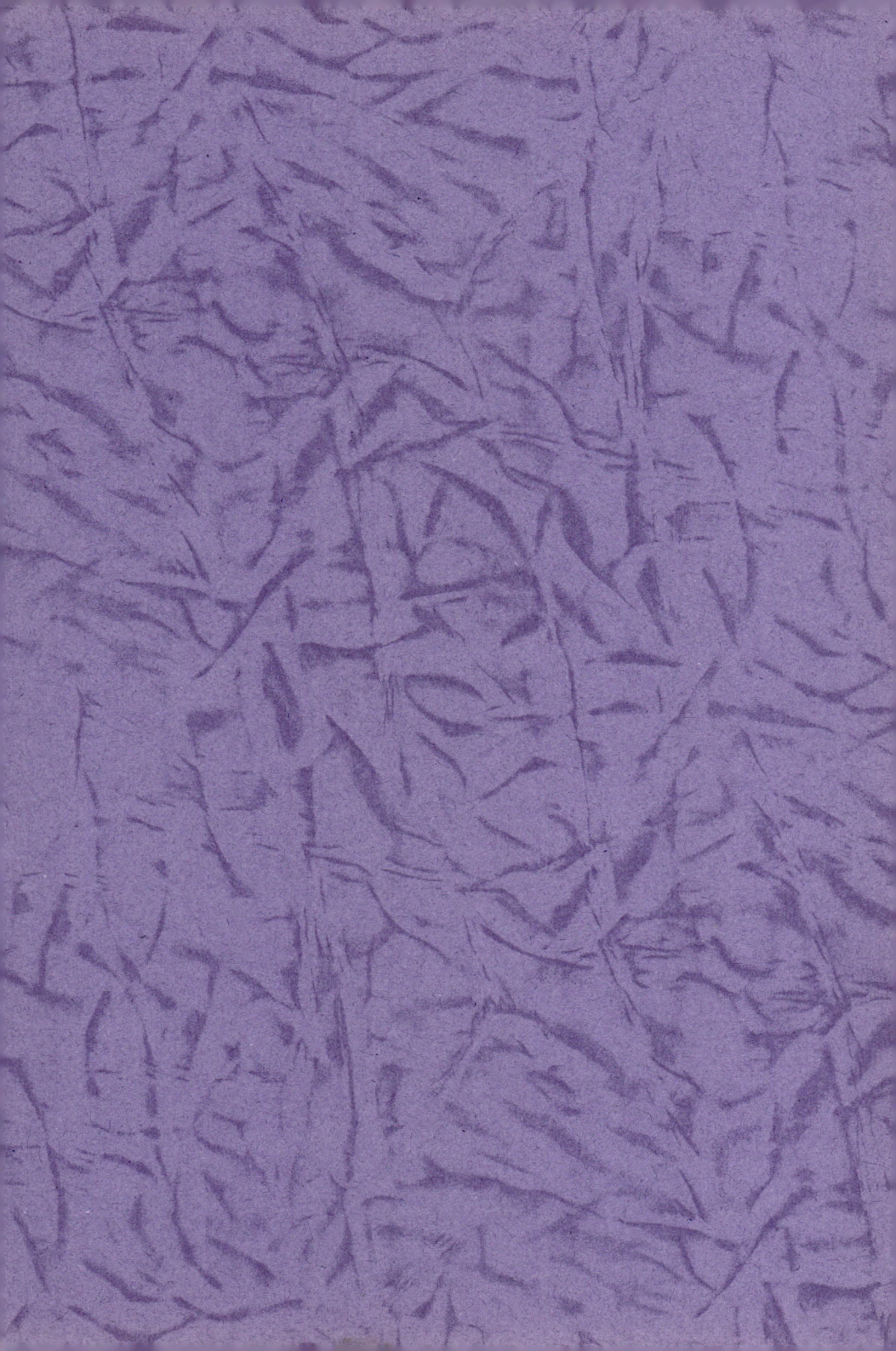

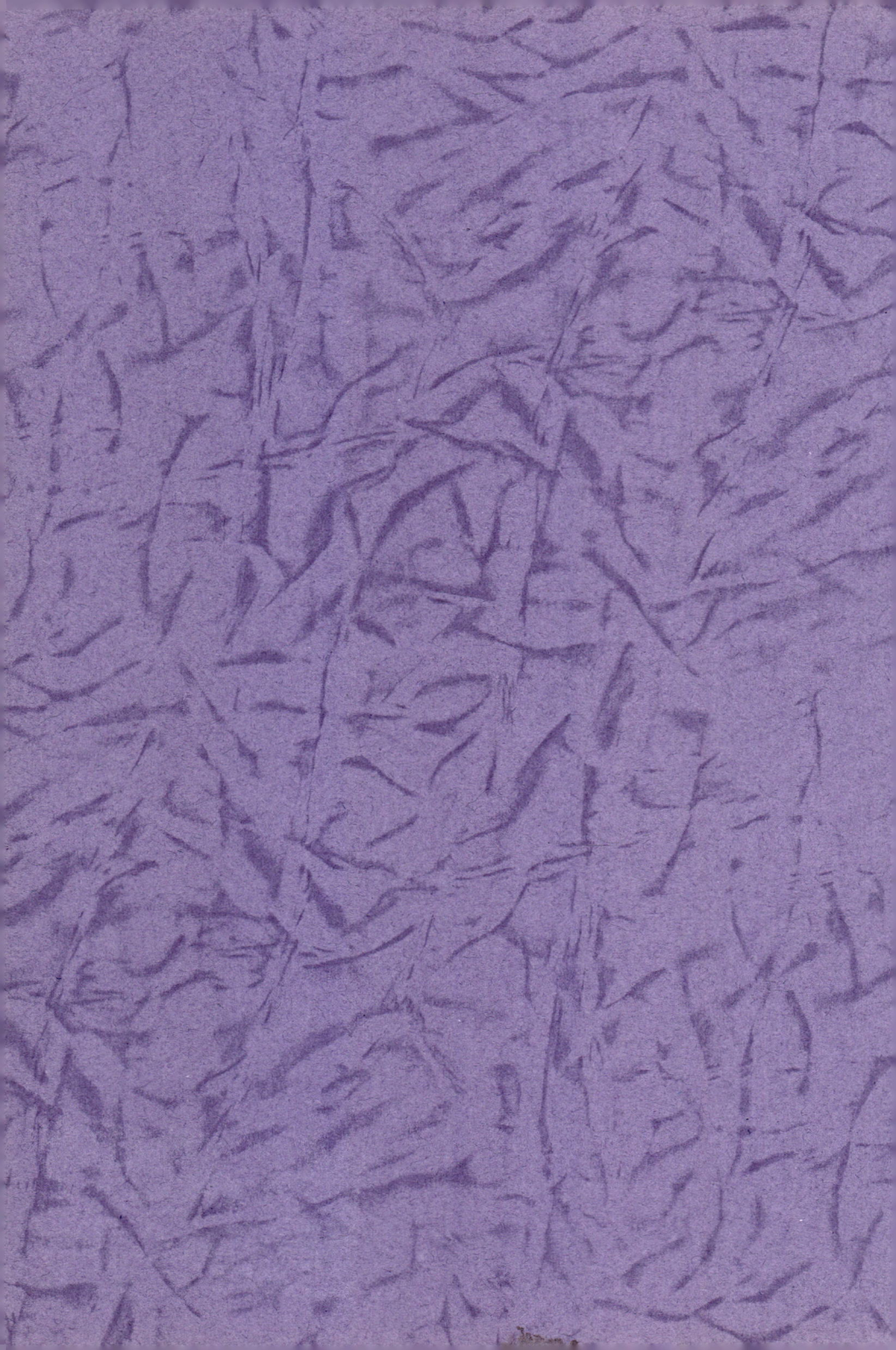